# 붉은 스카프

RED SCARF GIRL by Ji-li Jiang

Copyright © 1997 by Ji-li Jiang

All rights reserved.

Korean translation copyright © 2005 by Ahchimyisul Publishing Co.

This Korean edition published by arrangement with HarperCollins Children's Books,

a division of HarperCollins Publishers Inc., New York

through KCC(Korea Copyright Center Inc.), Seoul.

이 책의 한국어 판 저작권은 (주)한국저작권센터(KCC)를 통한
저작권자와의 독점계약으로 도서출판 아침이슬에 있습니다.
저작권법에 의해 한국 내에서 보호를 받는 저작물이므로 무단전재와 무단복제를 금합니다.

이 도서의 국립중앙도서관 출판시도서목록(CIP)은
e-CIP 홈페이지(http://www.nl.go.kr/cip.php)에서 이용하실 수 있습니다.
(CIP제어번호: CIP2005002850)

# 붉은 스카프

지앙지리 지음 ┃ 홍영분 옮김

아침이슬

# 1966년, 가장 행복한 아이

나는 음력으로 새해 첫날인 설날에 태어났다.

부모님은 꽤나 고심 끝에 내 이름을 지었다. 행운과 아름답다는 뜻이 담긴 '지리'라는 이름, 두 분은 내가 세상에서 가장 행복한 아이가 되길 소망했다. 그리고 나는 정말 그런 아이가 되었다.

나는 항상 주변 사람들로부터 사랑과 존중을 받았기 때문에 당연히 행복했다. 더불어 내겐 발전 가능성이 있고 반드시 성공할 거라는 그 분들의 기대는 내게 무한한 자신감과 자부심을 불어넣어 주었다. 나는 빛나는 미래를 한 번도 의심한 적이 없었다.

또한 나는 내가 배운 것을 한 번도 의심하지 않았다.

'하늘과 땅은 광대하다. 그러나 공산당의 친절함은 그보다 훨씬 광대하다.'

'아버지와 어머니는 소중하다. 그러나 마오 주석은 그보다 더욱 소중하다.'

운명적인 1966년이 다가오기 전까지, 나는 공산 소년소녀단임을 알리는 붉은 스카프를 목에 두르고, 또한 기쁨으로 터져 버릴 것만 같은 가슴을 안고 매일 무언가를 이루며 성장해 갔다.

그때 나는 열세 살, 초등학교 6학년이었다.

그리고 그해에 문화혁명이 시작되었다.

# 인민 해방군 무용단

칠판 위에 걸린 사진틀 속에서 마오쩌둥 주석의 웃음 띤 얼굴이 우리를 내려다보고 있었다. 나른한 오월의 오후, 여기저기에서 들려오는 온갖 소리와 냄새들이 창문턱을 타고 교실 안으로 밀려들어 왔다. 새로 돋은 나뭇잎, 여린 풀잎 냄새가 부드러운 바람에 실려 왔다.

'열심히 공부하여 날마다 전진하자'는 구호가 마오 주석의 사진 아래서 가볍게 흔들렸다. 교실 뒤쪽 게시판에 예쁘게 장식되어 걸려 있는 우리의 작품들도 덩달아 봄바람에 살랑거렸다. 지난번 만점 받은 내 수학 시험지도 그 중 하나이다.

우리는 음악 수업 중이었지만, 아무도 선생님의 수업에 집중할 수 없었다. '공산 소년소녀단의 애국가'를 혼성으로 부르는데, 화음이 서로 맞지 않아 뒤죽박죽이었기 때문이다. "우리는 공산 소년소녀단, 공산주의 계승자들이여. 붉은 스카프가 우리의 가슴 위에 펄럭인다."

음을 맞춰 보려고 자꾸 되풀이해 불렀지만, 오래된 검은 풍금조차도 우리들의 불협화음을 참기 어려운지 끽끽 소리를 내며 씨근덕거렸다. 다시 한 번 노래를 시작한 즈음, 왕다용이 먼저 킥킥거리는 바람에 온 교실에 웃음보가 터지고 말았다.

바로 그때 교실 문가에 롱 교장선생님이 나타났다. 평상시보다는 덜 근엄한 모습으로 들어서는 교장선생님 뒤로 낯선 사람이 보였다. 자세히 보니 인민 해방군 복장을 한 젊고 아름다운 여군이었다.

인민 해방군이라니! 그녀는 갈대처럼 호리호리한 체구에 꼿꼿하게 서 있었다. 눈은 반짝거렸고, 허리까지 길게 땋아 내린 머리에는 빨간 리본이 동여매졌다. 마흔 명이나 북적이던 우리 교실은 각자 부러움 어린 눈길을 그녀에게 보내느라 한순간에 조용해졌다.

교장선생님이 우리들 전원에게 일어서라고 했다. 그 여군은 얼굴에 미소를 띠었을 뿐 아무 말도 하지 않았다. 그러고는 분단 사이를 오가며 우리들 하나하나를 살펴보더니, 교장선생님에게 나지막하게 무언가를 말했다.

"통차오 그리고 지앙지리." 마침내 교장선생님이 지시했다.

"너희 둘은 지금 우리와 함께 체육관으로 가야겠다."

아이들의 수군거림을 뒤로하고 자리에서 일어나 교실 밖으로 나왔다. 통차오와 나는 영문을 몰라 서로 얼굴을 쳐다볼 뿐, 여군의 걸음에 맞춰 흔들리는 뒤로 땋아 내린 머리채를 말없이 따라가는 수밖에 없었다.

체육관은 텅 비어 있었다.

"너희들 몸이 얼마나 유연한지 확인할 것이다. 자, 먼저 다리를 들어 올리겠다."

여자 인민 해방군은 부드럽게 말하더니, 내 오른쪽 다리를 잡고 앞쪽 머리 위로 들어올렸다.

"됐다! 자, 이번엔 내가 받쳐 줄 테니 몸을 최대한 뒤로 젖혀 보아라."

그건 내게 쉬운 일이었다. 나는 곡예사처럼 몸을 뒤로 젖혀서 발목까지 잡았다. "잘했다!"라고 여군이 만족한 듯 힘주어 말했을 때, 그녀의 땋아 내린 머리가 덩달아 흔들렸다.

"이 아이가 지앙지리입니다."

롱 교장선생님이 예의를 갖추려는 듯 몸을 앞으로 숙이며 자랑스레 말했다.

"지앙지리는 2학년 때부터 무술을 연습해 왔습니다. 한동안은 이 지역의 어린이 무술 시범단 단원이기도 했고요. 그때 그 아이들의 무술 시범이 촬영되어 여러 곳에서 상영되기까지 했답니다."

여자 인민 해방군은 흡족한 듯 웃었다. "그래, 썩 잘했어. 자, 이제 너는 교실로 돌아가도 좋다." 그녀는 내 머리를 가볍게 쓰다듬고는 통차오를 시험하려고 돌아섰다.

교실로 되돌아왔지만 그 이후 어떤 노래를 불렀는지조차 생각이 나질 않았다. '여자 인민 해방군이 왜 나를 불러낸 걸까? 혹시 어떤 일에 나를 추천하려는 건 아닐까?' 아무리 생각해도 이유를 알 수 없었다.

학교 수업을 마치는 종이 울렸는데도 가방 챙길 생각을 못하고 내 자리에 붙박여 있는데, 어떤 아이가 교장선생님이 나를 호출했다고 전해 주었다. 반 아이들이 서로 떠밀고 소리 지르는 혼잡한 교실을 빠져나와 천천히 복도를 따라 걸어가는 내 머릿속엔 아름다운 그 여군의 모습, 그녀가 내 머리를 쓰다듬을 때의 찌릿한 느낌으로 가득 찼을 뿐이다.

묵직한 교장실 문을 조심스레 열고 들어갔다. 6학년 다른 학급에서 몇 명의 아이들이 먼저 와 있었다. 2반의 왕치가 앉아 있고, 4반에서는 유샤오판과 잘 모르는 남자 아이 한 명이 더 와 있었다. 그 세 명은 조금은 초조한 기색이었지만, 공손한 태도로 교장선생님을 마주하고 앉아 있었다. 나는 조용히 그들 옆으로 다가가 앉았다.

롱 교장선생님이 자신의 커다란 책상 앞쪽으로 몸을 내밀었다.

"너희들이 아까 만난 여자 인민 해방군에 대해 궁금한 것이 많은 줄 안다." 교장선생님의 목소리는 다소 흥분되고 기분 좋은 듯이 들렸다.

"오늘 그 여군이 왜 온 줄 아나? 왜 그 군인이 너희들에게 몸을 뒤로 젖히는 동작을 시킨 줄 아나?"

교장선생님은 우리 얼굴을 하나하나씩 죽 훑어보더니, 우리의 궁금증을 더 자아내려는 듯, 찻잔을 들어 천천히 차를 들이켰다.

"그녀는 중앙 해방군 기예사관학교에서 파견 나온 리 동무다."

나는 천천히 깊은 숨을 들이마셨다.

"그 사람은 무용단 훈련생들을 선발하는 중인데, 일단 너희 넷에게 선발대회에 나갈 자격을 주었다. 그것만으로도 우리 신얼 초등학교로서는 대단한 영광이지. 나는 너희 네 명이 자랑스럽다. 그리고 너희들이 반드시 최선을 다하리라 믿는다."

그 이후에도 교장선생님의 말은 계속 이어졌지만, 더 이상 아무 내용도 내 귀에 들어오지 않았다. 내 머릿속엔 인민 해방군 군복을 입고 허리까지 치렁치렁하게 땋아 내린 머리에 갈대처럼 날렵하고 꼿꼿하게 서 있는 나, 지앙지리의 완벽한 모습이 떠오를 뿐이었다.

내가 인민 해방군이라니! 마오 주석을 도와 중국을 제국주의와 그 앞잡이들로부터 해방시키고, 한국 전쟁에서 미군을 물리쳐 전 인민들로부터 영웅으로 칭송 받는 인민 해방군, 내가 바로 그 중 한 사람이 될지도 모른다!

게다가 엄마가 했던 것처럼 나도 무용단의 일원이 되어 순회공연을 다니면서, 우리나라뿐만 아니라 전 세계 사람들에게 마오 주석이 건설한 새로운 중국을 소개하고, 또 그것이 어떻게 점점 강해질 수 있었는지 알리는 것이다.

언제나 나의 맞수인 왕치마저도 이 순간만큼은 무척이나 가소롭게 느껴졌다.


"엄마! 아빠! 할머니!"

미처 전등을 켤 겨를도 없이 어둡고 가파른 아파트 계단을 단숨에 뛰어 올라가다, 하마터면 계단 끝에 있는 항아리에 걸려 넘어질 뻔했다. 학교에서 있었던 일을 빨리 말하지 않고는 숨이 터질 지경이었다. 보나마나 가족들도 나만큼이나 기뻐할 테니까.

우리 집은 언제나 나를 따뜻하게 반기는 듯했다. 자줏빛 커튼이 창문 밖의 어둠을 가려, 하나뿐인 널따란 우리 방을 한층 아늑하게 해 주었다. 내가 황급히 들어섰을 때, 우리 가족은 높게 난 프랑스식 창 앞에 자리잡은 네모진 마호가니 식탁 위에 김이 모락모락 나는 음식을 차려 놓고, 빙 둘러앉아 이야기꽃을 피우는 중이었다. 내가 호들갑을 떨자 가족들의 기대에 찬 눈길이 일제히 나에게 쏠렸다.

"무슨 일이 있는 줄 아세요? 오늘 우리 학교에 인민 해방군에서 파견 나온 여군이 저를 시험해 보고는 제게 중앙 해방군 기예사관학교에 응시할 자격을 주었어요. 생각해 보세요. 제가 해방군에 들어갈지도 모른다니까요. 그리고 순회공연을 다니게 될 거고요. 대단하지 않아요?"

나는 흥분된 나머지 우리 집 고양이 소백이를 번쩍 안아 들고 입맞춤을 했다.

"오랫동안 무술을 연습하길 잘 했어요. 제가 몸을 뒤로 젖히는 걸 보고는 그 여군이 칭찬해 주었어요."

나는 가족들을 향하여 몸을 돌려 발뒤꿈치를 맞부딪치고는 거수경례를 올렸다.

"할머니 동무, 이상 지앙지리가 보고 드렸습니다!"

남동생 지용이 바로 식탁에서 튀어나와 내게 거수경례로 답했다. 막내 동생 지윤도 덩달아 신이 나서 나를 따라하려고 몸을 틀다가 미끄러져 넘어지고 말았다. 그러자 지용과 나도 같이 엎어져, 우리 셋은 한데 얽혀 바닥에서 뒹굴었다.

"지리야!" 아빠가 부르는 소리에 올려다보니 엄마와 아빠, 할머니는 모두 심각한 얼굴이 되어 서로 눈길을 주고받았다.

"네가 그 선발대회에 나가지 않는 게 좋을 것 같구나."

아빠가 천천히, 아주 진지하게 말했다.

"뭐라고요, 아빠?"

"대회에 나가지 마라, 지리야." 내 얼굴을 똑바로 바라보며 말하는 아빠의 목소리는 나에게 포기할 것을 재촉하는 듯했다.

"대회에 나가지 말라고요? 왜 그만두라는 말씀이세요?"

아빠는 아무 말도 없이 고개를 가로저을 뿐이었다.

"엄마, 왜 안 돼요?" 다급해진 나는 이번에는 엄마 팔에 매달렸다.

엄마는 내 손을 꼭 쥐고는 걱정스런 얼굴로 나를 보았다.

"그곳은 선발기준이 무척 엄격하기 때문에 네 아빠가 반대하시는 거란다."

"에이, 아빠! 아빠 때문에 정말 놀랐잖아요."

엄마의 말을 듣고는 안도감에 웃음이 나왔다.

"그 점에 대해선 저도 이미 알고 있어요. 롱 교장선생님이 경쟁이 치열할 거라고 말씀하신걸요. 저도 그 정도쯤은 각오하고 있어요. 하지만 혹시 누가 알아요, 운 좋게도 제가 선발될는지?"

나는 찐빵 하나를 집어들고 한 입 베어 물었다.

"단지 재능만을 의미하는 게 아니다." 아빠의 말이 계속됐다.

"거기에 선발되기 위해선 재능보다 더 중요한 자격요건을 갖추어야한다. 예를 들면, 정치적인 배경을 고려한다든지……."

"아빠, 그런 문제라면 걱정 마세요."

여전히 자신감에 찬 나는 또다시 찐빵을 한 입 베어 물었다.

"저는 모범생에다 공산 소년소녀 단원이고 게다가 전교 학생회장인데, 이 정도면 충분하지 뭐가 더 필요하겠어요?"

입 안 가득 찐빵을 우물거리며 앞으로 팔을 뻗어 아빠에게 빨간 줄 세개가 그어진 전교 학생회장 완장을 보였다.

그 순간 아빠의 얼굴에는 전에 볼 수 없던 고통의 빛이 스쳤다.

"내가 말하는 문제라는 건 너에 관한 것이 아니다, 지리야. 그러니까아빠 말은, 중앙 해방군 기예사관학교는 아주 엄격한 정치적 배경 조사를통과해야만 선발될 수 있는 곳이란다."

"정치적 배경 조사라고요? 그게 뭐예요?"

"우리 조상들의 출신성분과 우리 가족 전체를 조사한다는 말이다."

아빠가 의자에 등을 기대자 전등 불빛에서 비껴난 아빠의 얼굴에 어둔그림자가 드리워졌다.

"그리고 지리야, 사실을 말하자면, 우리 가족 누구도 출신성분 조사를무사히 통과할 수 없는 처지다."

아빠의 말이 천천히 이어졌다.

"절대로 네가 해방군 순회 공연단에 들어갈 수는 없을 게다."

잠시 침묵이 이어졌다.

"왜 못 들어간다는 거예요?"

내가 기어들어가는 목소리로 마침내 되물었다.

아빠가 뭔가를 더 말하려는 듯하다가 이내 멈추었다. 다시 아빠의 얼굴이 전등 불빛 아래로 드러났을 때, 나는 아빠의 얼굴에 슬픔이 담겨 있는 것을 알아챌 수 있었다.

"그걸 설명하기는 복잡하다. 아빠가 말해 주어도 지금은 네가 이해하기 어려운 문제야. 네가 좀더 자랄 때까지 기다려야 해. 무엇보다 중요한 건, 네가 선발대회에 응시한다고 해도, 결코 넌 합격할 수 없다는 사실이다. 어차피 심사에 떨어질 게다, 알아듣겠니?"

나는 더 이상 아무 말도 하지 않았다. 반쯤 먹다 남은 찐빵을 내려놓고, 방을 가로질러 있는 커다란 옷장의 거울 앞으로 다가가 차가운 거울에 이마를 대고 지그시 눌렀다. 애써 마음을 진정시키려 했지만, 마침내 걷잡을 수 없는 울음이 터져 나오고 말았다.

"전 도전해 보고 싶어요. 한번 해 보고 싶다고요. 그럼, 이제 와서 룽 교장선생님한테는 뭐라고 해요? 반 친구들에겐 어떻게 말해야 하고요?" 나는 울부짖었다.

"아범아, 아무래도 지리가 응시하도록 허락하는 게 나을 것 같구나, 어차피 선발되지는 않을 테지만……." 할머니는 아빠를 바라보았다.

자리에서 일어서는 아빠는 깊은 한숨을 내쉬었다.

"이렇게 하는 게 지리한테 제일 좋은 방법이에요. 제 아빠가 허락하지 않아 지리가 응시를 포기한다고 말하면, 분명히 반 친구들이나 선생님들은 당연히 놀라겠지요. 하지만 어머니, 만일 지리가 선발대회는 통과했는데 정작 출신성분 조사에 걸려 떨어지면 그 다음엔 어떻게 되겠어요? 그럼 우리 가족의 출신성분에 문제가 있다는 걸 모두 알게 될 텐데요."

아빠가 말하는 동안, 아빠의 목소리는 점점 커져 갔다.

지용과 지윤조차 놀란 눈으로 아빠를 올려다보았다. 나는 울음을 참느라 입술을 깨물며 아무 말 없이 침대로 향했다.


교장실 앞 복도는 유난히 조용했다. 크고 붉게 씌어진 교장실 팻말을 보자 더욱 긴장되었다. 문을 열려고 손잡이를 잡았지만 잠시 망설이다가 이내 손잡이를 놓고 말았다. 교장실을 등지고 계단으로 되돌아오는 내 몸은 땀에 흠뻑 젖은 채 휘청거렸다.

다시 한 번 교장선생님에게 말할 내용을 속으로 되뇌어 보고는, 교장실 쪽으로 되돌아가서 문을 힘껏 밀고 들어갔다.

신문을 읽고 있던 교장선생님이 방금 들어온 방해자가 누구인지 확인하려는 듯 얼굴을 들어 안경 너머로 눈길을 보냈다.

"교장선생님, 저희 아빠가 교장선생님께 쓴 편지 전해 드리려고 왔습니다."

나는 허둥대며 땀에 젖은 손으로 꼭 쥐고 있던 편지를 교장선생님에게 건넸다. 그러고 나서 교장선생님이 아빠의 편지를 읽기 전에 서둘러 그곳을 나와 버렸다. 다른 애들과 부딪치는 것도 모르고 긴 복도를 달리는 내 머릿속엔, 교장선생님이 아빠의 편지를 읽은 후 얼마나 실망할까 하는 생각뿐이었다.


오후 한 시가 되어 수업 시작을 알리는 종이 울리자, 나도 모르게 긴 한숨을 내쉬고 도서관에서 나왔다. 친구 안이와 담임선생님이 본관 앞에 서 있는 게 보였다. 날 발견하자마자, 안이가 큰 소리로 물었다.

"너 지금까지 어디 있었어? 갑자기 마음이 변해서 선발대회에 안 나가려는 건 아니겠지? 빨리 서둘러, 늦을지 몰라!"

나는 입을 열었지만 말이 나오질 않았다.

"왜 그래, 무슨 일이야?" 구 선생님이 물었다.

"저……, 저, 그만둘 거예요." 나는 고개를 숙인 채 목에 두른 붉은 스카프 자락을 만지작거릴 뿐이었다.

"뭐? 너 제정신이니? 이번 일이 너한테 얼마나 중요한 기회인데!"

안이의 얼굴을 차마 똑바로 볼 수 없어서 나는 여전히 얼굴을 들지 못했다.

"정말이니? 왜 안 하기로 했어?" 구 선생님의 목소리는 차분했다.

터져 나오려는 울음을 가까스로 참으며 대답했다.

"아빠가 허락하지 않으셔서……."

안이가 뭔가를 더 말하려 했지만, 구 선생님의 다음 말이 가로막았다. "그래, 잘 알았어. 네 가족이 그렇게 결정했다면 우리가 더는 이야기 안 하는 게 좋겠다."

구 선생님이 내 어깨에 손을 얹더니 나를 가볍게 감싸 안았다. 선생님과 안이는 더 이상 말을 하지 않고 교실로 돌아갔다.

운동장 건너편으로 롱 교장선생님과 왕치, 다른 남자아이들 두 명이 체육관에서 나와 내가 있는 쪽으로 걸어오는 게 보였다. 황급하게 나무 뒤에 숨은 내 앞으로 일행이 지나갈 때, 그들이 서로 이야기 나누며 웃는 소리가 들려왔다. 그 아이들은 선발대회에 나갈 것이다. 나도 그들과 함께 갈 수 있었는데 하고 생각하는 순간 눈물이 앞을 가렸다.

구 선생님이 나를 바라보던 모습이 생각났다. 선생님의 눈에는 실망, 염려, 궁금증 등이 모두 담겨 있었다. 아빠의 편지를 읽었다면 롱 교장선생님도 같은 눈으로 나를 보았겠지. 아마 왕치, 유샤오판, 우리 반 아이들 모두도 마찬가지였을 것이다.

이제는 생각하기도 지쳤다. 빨리 숨을 곳을 찾아서 아무도 만나지 않기를 바랄 뿐이다.


이번 일이 일어나기 전까지는, 나는 내 인생이나 우리 가족들이 거의 완벽에 가까운 존재인 줄만 알았다.

아빠는 180센티미터가 넘는 키에 어깨가 약간 굽은 연극배우다. 큰 키와 엄격해 보이는 얼굴 때문에, 아빠는 소속된 어린이 극장에서 악랄한 지주나 어리석은 임금 같은 악당 역을 주로 맡았다. 그렇지만 집에서는 재미있는 우스갯소리도 잘 하고, 자상하고 현명한 분이다.

또한 아빠는 독서를 많이 할 뿐 아니라, 아빠가 알고 있는 지식을 우리들이 이해하기 쉽게 풀어서 알려 주기를 즐겨 한다. 유명한 연기 지도자인 스태니슬라브스키의 연기를 그대로 재현해 내고, 찰리 채플린의 우스꽝스런 걸음을 흉내 낼 뿐 아니라, 아빠는 미적분학에 관한 책을 읽을 때면, 제노의 역설이나 무한급수에 대해서 설명해 주기도 했다.

우리들이 보기엔, 이 세상에 아빠가 모르는 일이란 없는 것 같았다.

엄마가 배우였을 때 아빠를 만났는데, 지금도 엄마는 여느 현역 배우 못지않게 예쁘다. 내가 어릴 적에 엄마는 배우를 그만두고, 그때부터 운동구점에서 일해 왔다.

매일 저녁이면 나와 동생들은 엄마가 집으로 돌아오기만을 기다리다, 엄마가 문을 열고 들어서면 달려 나가 인사를 하는 둥 마는 둥, 무엇보다 엄마 가방을 뒤지느라 법석을 떨었다. 엄마 가방 속엔 우리에게 줄 뭔가가 늘 들어 있기 때문이다. 그럴 때마다 할머니는 엄마가 우리들 버릇을 나쁘게 들여 놓았다며 걱정스레 혀를 찼다.

여느 할머니들과 달리, 우리 할머니는 좀더 특별한 삶을 살아왔다. 학교를 다니는 여자들이 아주 드물던 시절인 1914년에 할머니는 신식 고등학교를 졸업했다. 중국이 해방된 후에는, 지금 내가 다니고 있는 신얼 초등학교를 설립하는 데 기여했다.

할머니는 나중에 우리 학교의 교감으로 부임하여 학생들을 가르치다가, 내가 태어나면서부터 학교를 그만두고 일하는 엄마를 대신해 우리 셋을 키워 주었다.

할머니와 함께 길을 나서면 이따금 할머니의 옛 제자와 마주치게 되는데, 그들은 이미 어른이 되었는데도 여전히 '카오 선생님, 안녕하셨어요?' 하며 허리를 굽혀 할머니에게 공손하게 인사한다. 그럴 때면 나도 모르게 내 어깨가 으쓱해졌다.

지용은 나보다 한 살 아래인 열두 살이고, 지윤은 지용보다 한 살 더 어렸다. 언젠가 엄마가 말하길, 아내이자 며느리의 의무인 출산을 마무리 짓고 하루빨리 혁명과업을 수행하는 데 참여하기 위해, 3년 동안 연년생으로 우리 셋을 낳았다고 했다.

내가 아빠를 닮아 키가 크고 호리호리한 반면에, 지용과 지윤은 엄마를 닮아 작고 통통한 편이다. 지용은 까무잡잡한 피부에 단단하게 생겨별명이 '차돌'이다. 방과 후에는 골목에서 친구들과 노느라 공부에는 별관심이 없는 아이다.

지윤은 웃을 때마다 양 볼에 파이는 보조개 때문에 더 귀엽다. 나처럼 뭐든 최선을 다하려 애쓰는 일 없이 지윤은 매사에 태평인데, 한번 고집 부리기 시작하면 아무도 이겨낼 재간이 없을 만큼 끈질기다.

우리 가족 이외에 우리 집엔 송포포 아줌마도 있다. 애초에 유모로 들어와 우리들을 키우다가, 우리가 자란 후에는 가정부로 여전히 우리와 함께 지낸다. 아줌마는 아래층 조그만 방에 살고 있다. 아줌마가 우리 셋을 키워 주었기 때문에, 우리한테 아줌마는 또 다른 할머니나 마찬가지다. 우리가 아줌마를 좋아하는 만큼, 아줌마도 우리 셋을 무척이나 예뻐했다.

상하이에서도 좀 깨끗한 동네에 있는 큰 건물 중 하나에 우리 집이 있다. 아래층에는 넷째 이모네 가족이 살고 있다. 이모부는 몇 년 전 홍콩에서 돌아가시고, 이모의 딸이자 내 사촌인 유메이와 귀엽고 깜찍한 유메이의 딸 후아후아가 이모와 함께 지낸다. 유메이의 남편은 직장이 다른 도시에 있어, 1년에 두 번 상하이 집에 들를 뿐이다.

송포포 아줌마 말로는, 한때 우리 집안 일가는 모두 합하여 방이 열 개가 넘는 건물 여러 동을 차지하고 함께 모여 살았다고 한다.

"그러더니 다른 일가붙이들이 모두 이사 나가고, 지금은 너희 가족과 넷째 이모네만 남아 사는 거란다. 이제 너희 가족에게 남은 거라곤 방 한 칸뿐이니, 정말 안됐어."

안타까운 듯 고개를 저으며, 언젠가 아줌마가 내게 들려주었다.

맨 위층 우리 방을 퍽 좋아하는 나로서는, 아줌마가 왜 속상해 하는지 잘 이해되지 않았다. 프랑스식으로 크게 난 유리창에 높다란 천장은 언제나 속이 확 트이게 만들어 줄 뿐 아니라, 겨울에는 따뜻하고 여름에는 시원하게 한다. 층계참을 개조하여 만든 부엌이 좁은 게 조금 아쉽긴 해도 내겐 별 문제 아니다. 하나뿐인 방이지만, 우리 방은 내 친구들 집보다 열 배나 넓고, 백 배나 밝고 따스했다.

무엇보다도 우리 집엔 변기, 욕조, 세면대를 갖춘 우리 가족만의 전용 목욕탕, 그것도 크기로 치자면 웬만한 다른 집만큼이나 하는 목욕탕이 있다. 대부분의 집들엔 목욕탕이 아예 없을 뿐만 아니라, 신식 변기를 갖춘 집도 드문 형편이고, 겨우 몇몇 집들에만 변기, 욕조, 세면대를 모두 갖춘 전용 목욕탕이 딸려 있을 뿐이다.

우리 가족에겐 특별한 게 더 있다.

가끔씩 토요일 저녁이면 아빠의 친구들이 우리 집을 방문했다. 그들은 이 모임을 '지앙 씨의 살롱'이라고 불렀다. '살롱'이 무슨 뜻인지 몰랐지만, 우리 집에 모인 아빠와 친구들은 서로 뜻이 잘 맞는 것 같아, 나도 덩달아 그 모임을 좋아했다.

모임이 있는 날이면 엄마는 맛있기로 소문난 쇠고기 국을 끓이고, 할머니는 찐빵을 만들게 마련이다. 우리들도 송포포 아줌마를 도와 마호가니 식탁을 윤이 나도록 닦거나, 오래 전부터 할머니가 지녀온 빨갛고 금빛 나는 가죽 궤들을 공들여 닦아, 나무와 가죽으로 된 겉면에 우리 얼굴이 비칠 만큼 반질반질하게 만들었다.

"아저씨, 아주머니, 어서 오세요." 드디어 손님들이 도착하면 우리들은 한껏 예의바르게 인사하고 곧바로 차 심부름을 했다. 그들 대부분은 아빠가 소속된 극장의 배우들인데, 연기 외에도 다방면으로 재능이 뛰어난 분들이다.

그 중 한 명인 주 아저씨는 젊은 배우로서, 연기뿐만 아니라 서예 솜씨도 일품이다. 아저씨는 올 때마다 꼭 시간을 내서 내게 붓글씨를 가르쳐 주었다.

티안 아저씨와 우 아줌마는 아주 젊고 잘생긴 데다, 옷차림도 늘 멋졌다. 두 부부가 새 자전거를 타고 우리 집에 도착할 때면, 동네 사람들조차 한눈에 알아보고는 쫓아와 참 잘 어울리는 부부라며 아줌마, 아저씨에게 부러운 눈길을 보내기 일쑤였다.

환 아저씨는 대학교 때부터 아빠의 친구였다. 아저씨가 모임에 등장하면 오가는 대화가 훨씬 재미있어진다. 영화든 연극이든, 아저씨가 최근에 본 것에 대해 어찌나 열정적으로 설명하는지, 듣는 사람들도 마치 함께 관람한 듯, 아저씨의 이야기 속 영화나 연극으로 푹 빠져들고 만다.

극작가인 바오 아저씨는 언제나 담배를 입에 물고는, 나를 자기 무릎 위에 앉혔다. 다른 사람들에 비해 아저씨는 말을 적게 했지만, 나는 항상 아저씨의 명쾌하고 정확한 해석을 기다렸다.

시간이 흐를수록 '지앙 씨의 살롱'에서 오가는 대화는 더욱더 풍성해져, 밤이 깊어도 우리들은 통 잠이 오지 않았다.

선발대회를 포기해야 하는 일이 일어나기 전까지는, 적어도 나는 세상에서 가장 행복한 아이였다.


안이는 내가 전혀 다른 사람으로 변해 버린 것 같다고 했다. 쉬는 시간이면 나는 반 친구들과 마주치지 않으려고 피해 다녔다. 그 일이 있은 후 식구들이 지나치게 내게 신경 쓰는 것도 싫어, 방과 후에는 아예 학교 도서실에 남아 문이 닫힐 때까지 시간을 보냈다.

언젠가 우리 집 고양이 소백이가 유리 조각에 꼬리를 베인 적이 있다. 식구들이 모두 나서서 반창고를 찾느라 부산을 떠는 동안 소백이는 다락으로 도망쳐 버려, 며칠 동안 저 혼자 제 꼬리의 상처를 핥아가며 숨어 지낸 적이 있었다. 지금은 나도 소백이처럼 가족이나 친구들로부터 떨어져서 혼자 지내고 싶다.


선발대회에 나간 다른 세 명이 모두 떨어졌다는 소식도 나에게는 아무런 위안이 되지 않았다. 선발대회는 내게 단순한 대회에 불과한 것이 아니었다. 그동안 꿈꿔 온 나의 미래에 어두운 먹구름이 드리우는 것만 같아 왠지 불안했다.

나는 늘 아름다운 미래를 꿈꿔 왔다. 한때는 흰 가운에 청진기를 목에 걸고, 주의 깊게 환자 한 사람 한 사람을 진찰하며 그들의 건강을 지켜 주는 의사가 되고 싶었다. 어떤 때는 건축가가 되어 이 세상에서 가장 아름다운 다리를 설계하는 꿈을 꾸기도 하고, 배우가 되어 축하 화환을 한 아름 안고 무대 위에서 객석을 향해 인사하는 나를 꿈꾸기도 했다.

지금까지 내가 원하는 거라면 뭐든 이루어진다는 생각을 한 번도 의심한 적이 없었다. 나의 미래에 무한한 가능성이 펼쳐 있으리라 믿었기 때문이다. 그러나 이젠 미래, 가능성, 그 어느 것도 확신할 수 없게 되었다.

선발대회가 끝난 지 일주일쯤 지난 어느 날 오후, 하굣길에 한 꼬마가 비누방울을 불어 날리는 걸 보았다. 햇빛을 받아 표면이 아롱지고 빛나는 크고 아름다운 비누방울들이 하나, 둘, 공중으로 날아오르더니 이내 터져 버렸다. 순식간에 비누방울들이 모두 사라지고 말았다.

내 마음에 간직해 오던 소중한 꿈들이 생각났다. 공중으로 날아오르자마자 이내 사라지고 마는 아름다운 비누방울들처럼, 나의 꿈들도 그렇게 사라져 버린 것일까?

# 네 가지 구악을 깨부수자

일요일 오후가 되면, 아빠는 모처럼 긴 휴식을 취하려고 우리 셋에게 삼십 환을 주어 책방으로 보낸다. 이 시간만큼은 우리들도 한껏 마음이 가벼워져, 지용, 지윤과 나는 서로 잡은 손을 흔들며 홍할아버지 책방을 향해 골목길을 따라 걸어간다.

우리 골목길은 아름다운 건물들이 줄지어 있기로 유명한데, 골목치고는 차 두 대가 나란히 달릴 수 있을 정도로 폭이 넓은 편이다. 마치 곧게 뻗은 큰 나무 줄기처럼, 골목의 한쪽만 큰길과 연결되어 있다. 이 골목길을 중심으로 해서 양쪽으로 작은 골목 다섯 개가 뻗어 나가는데, 각 골목마다 적갈색 돌로 지은 건물들이 죽 늘어서 있다.

붉은 석조 건물들은 대부분 3층 높이로 엇비슷한 모양으로 지어진 주택들인데, 대문 너머로 네모반듯하게 잘 꾸며진 안뜰이 숨겨져 있고, 집 뒤 부엌 쪽에도 자그마한 뒤뜰이 자리잡고 있다.

한때는 부유한 사람들만이 이런 주택에 살았다고 한다. 원래의 건물주인들 대부분이 아직도 자기가 살던 곳에 거주하고 있지만, 지금은 주택의 일부만을 차지했을 뿐, 각 건물마다 여러 가족들이 공간을 나누어 함께 살고 있다.

홍 할아버지 책방은 우리 골목 어귀 모퉁이에 있다. 이 동네 아이들이라면, 온갖 책들로 가득 찬 책방뿐 아니라, 흰머리에 허연 수염이 성기게 난 홍 할아버지까지도 무척 좋아한다. 오래 되어 색이 바랜 누런 안경 너머로 우리들을 바라보는 할아버지 얼굴엔 언제나 미소가 담겨 있다.

할아버지는 나와 동생들이 각자 어떤 종류의 책들을 좋아하는지도 훤히 꿰고 있다. 보나마나 나는 동화책을 고를 테고, 지용은 모험담을, 그리고 지윤은 동물 이야기를 좋아한다.

삼십 환이면 육십 권을 빌릴 수 있다. 1환에 두 권을 빌리는 셈이니 꽤 괜찮은 값이다. 할아버지의 도움을 받아 책을 다 고르고 나면, 할아버지는 언제나 우리들 책 더미에 덤으로 각자 한 권씩 더 얹어 준다. 사방 벽으로 바짝 붙여 놓은 긴 나무의자들은 고르지 못한 진흙 바닥 위에서 언제나 덜컹거렸다.

그 중 하나를 골라 나란히 앉은 우리들은 각자 자기 옆에 스물한 권을 쌓아 놓고 한 권 한 권씩 읽어 나간다. 자기 몫을 다 읽고 나서도 서로 돌려 읽느라 여전히 분주하게 마련이다.

내가 좋아하는 수많은 동화책 속 주인공들 ─ 원숭이 대왕, 우렁 각시, 백설 공주, 알라딘 ─ 그 밖에도 더 많은 친구들을 바로 홍 할아버지 책방에서 만났다. 책방에 들어서는 순간, 나는 신비의 세계를 여행하며 옛날 옛적 아름다운 공주도 만나고 흉측한 괴물과 마주치기도 한다.

밖이 어둑해질 무렵이 되어서야 우리 셋은 예순세 권을 다 읽어치우고, 그때쯤이면 아빠도 긴 휴식에서 깨어나 있을 시간이다.

이번 일요일에도 어김없이 동생들과 책방에 갔는데, 책방 안에는 우리 말고 다른 아이들은 보이지 않았다. 책을 모두 고르고 막 나무의자 위에 자리잡으려 할 때 안이가 황급히 뛰어들어와 나를 찾았다. 안이와 나는 어릴 적부터 친구라 서로를 잘 알 뿐 아니라, 안이도 책방에 꽤 자주 오는 편이어서, 일요일 오후에는 반드시 내가 홍 할아버지 책방에 있다는 것을 그 아이는 훤히 안다.

"내가 너희들 여기 있을 줄 알았지. 지리야, 나 좀 봐!" 안이는 천식으로 가쁜 숨을 몰아쉬며 내게 얼굴을 들이댔다.

"지금 사람들이 대번영 상회 앞에 잔뜩 몰려들어서 간판을 뜯어 내리고 있어!"

더 물을 것도 없이 우리들은 읽으려던 책을 팽개치고 황급히 안이를 쫓아 책방 밖으로 뛰쳐나왔다. 드디어 '네 가지 구악을 깨부수자'는 구호가 실행되는 현장을 보게 되는 것이다.

지난 오월, 경애하는 마오 주석이 문화혁명의 시작을 선언했다. 그때부터 '네 가지 구악(오래된 악습)'이라고 하여, 낡은 사상, 낡은 문화, 낡은 풍속, 낡은 습관 등의 사악하고 해로운 영향력을 깨부수어야 한다는 내용들이 날마다 라디오에서 방송되었다.

마오 주석에 따르면, 우리들이 네 가지 구악을 청산하고 네 가지 새로운 정신을 건설하지 않고는 결코 강력한 사회주의 국가를 건설할 수 없다고 한다. 그 중 한 예로, 많은 상점들의 상호에는 여전히 낡은 자본주의의 악취가 배어 있으므로, 그것들을 떼어내 부숴 버리고 새로운 이념이 담긴 간판을 올려야 한다는 것이다.

대번영 상회가 자리잡은 난징 거리는 우리 골목길에서 불과 두 구획 떨어져 있는, 상하이에서도 가장 번화한 상가 거리이다. 그 길에는 양옆으로 큰 상점들이 줄지어 있어서 언제나 많은 사람들로 붐볐다. 수많은 자전거와 삼륜인력거, 짐 실은 수레들로 복잡한 데다, 인도를 점한 사람들이 차도까지 넘쳐, 거리는 한층 북새통을 이루게 마련이었다.

대번영 상회까지는 거리가 꽤 되는 지점에 다다랐을 뿐인데도, 상점 쪽에서 사람들이 바삐 뭔가를 하고 있는 듯한 소리가 들려왔다.

상하이에서도 번창하는 식품점 중 하나인 대번영 상회 앞에는 유난히 많은 인파가 몰려 있었다. 다른 지방에서 생산되는 진귀한 먹을거리나 유리창 앞에 주렁주렁 걸어 놓은 말린 오리 내장 같은 맛있는 먹을거리들로 가득 차 있는 상점인데, 오늘은 유리창에 내 걸린 것이 하나도 없고, 가게 안이 텅 비었다.

가게 앞에 빽빽하게 둘러선 사람들에게 모든 시선이 집중되었다. 둥글게 모여 선 사람들 안쪽에서 청년 몇이 흥분하여 소리치는 가운데, 절반이 넘는 사람들은 단지 목을 길게 빼고 구경만 할 뿐이었다.

우리들은 사람들 틈을 비집고 인파 속으로 끼어들었다.

둘러선 구경꾼들 안쪽으로 적어도 4미터는 넘어 보이는 커다란 나무 간판이 땅바닥에 나뒹굴었다. '대번영 상회'라는 황금색 글씨가 제 빛을 잃고 빨간색 간판 위에 죽어 가는 생명체처럼 누워 있어도, 여전히 보는 사람의 눈길을 사로잡았다.

상점 점원으로 보이는 속옷 차림의 건장한 청년 둘이 숨을 고르더니 간판으로 다가왔다.

"자, 다시 한 번 해 보자!" 키 큰 청년이 힘주어 말했다.

그는 손바닥에 침을 퉤 뱉더니 두 손바닥을 마주 대고 비볐다. 그러고는 다른 청년과 함께 어깨 높이까지 간판을 들어올렸다. "하나, 둘, 셋!" 하더니 그들은 간판을 바닥에 내동댕이쳤다.

간판은 바닥을 두 번이나 퉁기고 떨어졌지만 부러지지 않았다. 청년들이 재차 시도해 보아도 간판은 꿈쩍도 하지 않았다.

"간판 한쪽을 인도 위에 걸쳐 놓고 가운데를 밟아 보쇼, 그러면 부러질 거요!" 누군가가 거들고 나섰다.

"아, 그렇게 하면 될 것 같군요!"

"자, 그럼 또 시작해 보자!"

여기저기서 훈수 두는 소리로 소란스런 속에서 두 청년은 간판 한쪽을 보도 위로 올리고, 그 위에 올라서서 발을 굴러 밟기 시작했다. "하나, 둘, 셋⋯⋯." 간판 위에서 발 구르는 소리가 요란하게 들렸다. 간판은 여전히 굴복하지 않았다.

"망할 놈의 구악 같으니라고, 질기기가 똑 고래 힘줄이네! 여러분, 이리 오시오. 우리 같이 밟아 봅시다!"

키 큰 청년이 사람들을 향해 소리쳤다.

내가 안이의 얼굴을 살피느라 미적거린 사이에 간판 위에는 벌써 발 디딜 틈도 없이 많은 사람들이 올라섰다. 몸이 빠른 지용은 어느 결에 사람들 사이에 끼어 간판 위에 올라가 있었다. 그들은 잔뜩 흥분하여 밟고, 구르고, 펄쩍펄쩍 뛰었다. 서로 밟고 밟히고, 어깨와 엉덩이를 부딪치면서 한바탕 웃음판이 벌어졌다.

간판은 완강하게 버텼다. 엄청난 무게로 수없이 밟고 굴렀어도 끄떡없었다. 끈질기게 저항하는 간판에 화가 났는지, 모여 있던 사람들 사이에서 새로운 방법들이 쏟아져 나왔다.

"간판을 목수에게 넘겨 토막내 버립시다!"

"그 위로 트럭을 몰아서 간판을 박살냅시다!"

한 남자가 간판 앞으로 다가가려고 빽빽하게 서 있는 사람들을 밀쳐 내기 시작했다.

"이보쇼, 내가 도끼를 갖고 있소. 나 좀 지나갑시다. 내가 도끼를 들고 있다고요!"

우리는 한 걸음씩 뒤로 물러서서 그 남자에게 길을 만들어 주었다. 그가 도끼를 어깨 위로 들어올린 뒤 숨을 고르느라 잠시 움직임을 멈추었을 때, 도끼날이 햇빛 아래서 번쩍였다. 번뜩이는 호를 그리며 마침내 도끼가 움직이기 시작하더니 한 번, 두 번, 간판을 찍어 나갔다.

쿵 하고 도끼날이 단단한 나무를 찍을 때마다 둘러선 사람들은 환호성을 질렀다. 남자는 계속해서 도끼를 휘둘렀다. 드디어 간판은 마지막 신음 소리를 내며 두 동강이 나고 말았다.

그러자 한 떼의 사람들이 일시에 소리치며 동강난 간판 위에 올라서서 마구 짓밟기 시작했다. 안이와 나 이외에 우리 반 친구들 몇몇도 무리 속에 끼어 서로 부둥켜안고 소리 지르며 간판 위에서 발을 굴렀다. 단지 나무판자 하나를 자르고 부순 것뿐인데, 마치 전쟁에서 큰 승리라도 거둔 듯 우리들은 한껏 우쭐해졌다.

석양빛을 받으며 돌아오는 길에도, 미처 흥분이 가라앉지 않은 우리들은 펄쩍펄쩍 뛰며 서로 키들거렸다. 방금 전에 목격한 일 덕분에, 우리들은 다른 상점들 앞을 지나면서 그 간판들도 역시 바꿔야 한다는 사실을 깨달았다.

"저 가게 좀 봐. 이름이 행운 사진관이네. 저 이름 역시 대번영 상회처럼 떼돈을 벌겠다는 뜻 아니야? 마오 주석이 말씀하시길, 떼돈을 번다는 건 그만큼 노동자를 착취한다는 뜻이랬어. 누나, 행운 사진관 간판도 갈아치워야 할 구악에 속하는 거 맞지?"

지용이 으스대며 물었다.

"맞아. 저 이름을 노동자 사진관으로 바꿔야겠다."

"여기 이 간판도 문제야, 해맑은 아동 완구점?"

안이가 목소리를 높였다.

"'해맑은'이란 말은 성격이 아리송해. 계급에 대한 인식이 결여되어 있어. 뭐라 바꾸면 좋을까?"

"공산 아동 완구점이라고 하면 어때?"

"그럴 듯한데." 내가 대답했다.

"그럼 평화 극장은 혁명 극장으로 바꿔 부르는 게 낫겠다. 무엇보다도 혁명을 거치지 않고서야 어떻게 평화를 누릴 수 있겠니?"

우리들은 우쭐해진 나머지, 마치 우리 자신이 새로운 중국을 만들어 나가는 것 같은 착각마저 들었다.


할머니의 반응은 뜻밖이었다. 저녁 식탁에 둘러앉아서 대번영 상회에서 일어났던 일을 할머니와 엄마, 아빠에게 들려 줄 때이다.

"원, 저런, 세상이 어찌 돌아가려고 이러는지!"

부지중에 할머니의 탄식이 흘러나왔다.

"주인네가 꽤 돈을 들여 만든 간판이라던데. 그리고 특별히 길일을 택해 간판을 올렸다더구나. 그 덕에 지난 삼십여 년 간 대번영 상회가 번창해 왔다고 말하더구먼, 쯧쯧……, 누가 그런 간판을 함부로 떼어 낸단 말이냐?"

"할머니, 이젠 그런 낡은 사상이나 낡은 문화, 풍속, 습관 따윈 모두 없애 버려야 해요. 마오 주석께서 말씀하시길, 그런 것들이 우리를 낡은 중국에서 헤어 나오지 못하게 가로막고 있대요."

내가 친절하게 설명했다.

"게다가, 할머니, 길일이라는 건 아무 의미도 없어요. 허무맹랑한 미신이에요. 미신은 분명히 오래된 악습 중 하나고요. 그리고 대번영 상회라는 이름도 잘못됐어요. 가게 주인이 큰돈을 벌려는 욕심에 대번영 상회라고 이름 지었을 텐데, 떼돈을 벌려는 사람들은 나쁜 짓을 많이 하잖아요. 안 그래요?"

지용이 동의라도 구하듯 엄마, 아빠 쪽으로 얼굴을 들이밀고 말끝을 올렸다.

엄마, 아빠는 서로 눈길을 주고받더니 할머니를 바라보았다.

"그래, 지용이 말이 맞다."

이렇게 말하며 엄마는 고개를 가로저었다.

막내 지윤조차 미신을 믿는 건 어리석은 짓이란 걸 잘 안다. 설날에 집안을 청소하면 집안의 재물 귀신이 다 쓸려나가게 되니 절대 청소하면 안 되고, 밀전병을 싸 먹으면 돈이 저절로 굴러 들어와 부자가 된다는 따위의 터무니없는 말들이 있다. 이 참에 친구에게 들은 이야기를 할머니에게 들려주었다.

"안이의 삼촌이 잘 아는 가족이 있는데, 그 집안의 할머니가 돌아가셨을 때 장례를 치르느라 돈을 아주 많이 쓰고 굉장히 힘들었대요. 장례를 치르는 일주일 내내 가족들이 시신을 모신 관 앞을 꼬박 지키고 있었대요. 매장한 뒤에도 또 음식을 많이 차렸을 뿐 아니라, 그로부터 칠 일이 되는 때를 따져 일곱 번이나 일가친척들에게 두부를 돌리고요, 사십구 일째 되는 날에 또 한 번 음식을 거창하게 차려야 했대요. 그렇게 해야만 돌아가신 분이 하늘나라로 잘 갈 수 있다나요. 그러곤 돈을 불태워서 돌아가신 분이 저승길 갈 노자로 쓰게 했대요. 무엇 때문에 장례에 그렇게 많은 돈을 써 가며 복잡하게 하는지 이해가 안 돼요. 게다가 하늘나라는 도대체 어디에 있다는 거예요? 바로 이런 것들이 우리나라의 발전을 가로막는 낡은 생각이에요."

지용, 지윤과 나는 돌아오는 길에 우리들이 새로 바꿔 지은 상점 이름들을 어른들 앞에서 자랑스럽다는 듯 죽 나열해 보았다. 엄마, 아빠는 입을 다물고 있을 뿐이었다. 이번에 새롭게 시작된 구호에 대해서도 별 관심이 없어 보였다. 이전에 있었던 구호나 운동에 대해서는 엄마, 아빠가 무척 열성이었는데, 이번에는 참 이상한 일이다.

내가 어렸을 때, 마오 주석이 영국이나 미국보다 더 많은 철강을 생산하라는 교시를 전 인민에게 내린 적이 있었다. 그때 엄마는 내가 쇳조각을 많이 모을 수 있도록 도와주었을 뿐 아니라, 우리 집에서 쓰던 주물 주전자를 기부하라고 흔쾌히 내 주기도 했다.

또 한번은 자연 재해로 기근이 닥쳤을 때였다. 마오 주석은 전 인민이 식량 생산에 전력을 다하라고 교시했다. 마오 주석의 뜻을 받들어, 나도 우리 반 아이들처럼 발코니에서 바닷말을 길렀는데, 그때도 엄마는 나를 적극 도와주었다.

최근에 마오 주석이 제시한 '네 가지 구악을 깨부수자'는 운동에 대해 연일 신문이나 라디오에 보도되는 걸 보면, 이번 운동이 이전 것들보다 훨씬 중요해 보였다. 문화혁명 운동은 중국의 미래를 위해서 꼭 필요한 일인데, 왜 엄마, 아빠는 아무런 관심도 보이질 않는지 이해되지 않았다.

믿어지지 않는 일이 일어났다. 불과 이틀 만에 구악의 흔적이 남아 있는 상점 간판들이 모두 철거되었다. 며칠 전 우리가 장난삼아 바꿔 부른 상점 간판들도 모두 새로운 이름으로 바뀌었다.

상점 출입구마다 검정이나 흰색 페인트로 새 이름이 씌어진 빨간 천이 걸려 있었다. 거리 곳곳에 빨간 천이 너풀거려서 전에 있던 간판만큼 보기엔 안 좋았지만, 빨간색이 상징하는 혁명 정신이 온 도시에 새롭게 활기를 불어넣는 것 같았다.

새로운 변화로 인해서 공기조차도 한층 맑게 느껴졌다. 무엇보다도 평화 극장은 우리가 장난삼아 바꿔 부른 이름과 꼭 들어맞게 혁명 극장으로 바뀐 사실 때문에, 나와 친구들은 말할 수 없이 기뻤다. 진정 우리들이 혁명의 주체라도 된 듯했다.

내 또래의 아이들은 위기에 처한 중국을 구해 낸 용감한 혁명 용사들의 이야기를 배우며 자라났다. 우리들은 언제나 목에 두르고 있는 붉은 스카프를 자랑스럽게 생각한다. 우리나라의 국기와 같이, 나라를 위해 순국한 혁명 영웅들의 붉은 피로 물들인 고귀한 스카프이기 때문이다.

중국을 집어삼키려는 일본 침략자를 물리친 일, 중국 인민을 폭정으로 억누른 독재자 장제스에 저항하여 그와 그의 일당을 몰아낸 일, 그리고 한국 전쟁에서 미국 침략자에게 맞서서 싸운 일 등에 대해 배울 때마다, 우리들은 나이가 너무 어려 마오 주석을 도와 함께 싸우지 못한 것이 못내 애석하기만 했다. 조국을 지켜 내 인민의 영웅이 될 기회를 우리 모두 갖지 못한 것이다.

이제 우리에게도 기회가 다가왔다. 네 가지 구악을 깨부수는 일은 새롭게 시작하는 전쟁이나 마찬가지로 중요하다. 우리나라의 공산주의 이념이 흔들리지 않도록 끊임없이 노력해야 한다. 비록 실제 전쟁터에 나가 총이나 탱크에 맞서 싸우는 건 아니지만, 이것은 더 어려운 전쟁이 될 수도 있다. 우리 안의 적들, 낡은 사상이나 습관들이 우리 속에 강하게 뿌리 내리고 있기 때문이다.

이와 같은 일에 너무 열을 내다보니, 얼마 전에 있었던 선발대회 포기라는 우울한 사건은 어느덧 내 마음속에서 씻은 듯이 사라졌다. 내가 수행해 내야 할 중요한 임무들이 다가왔다. 내 자신은 이미 완전 무장하고 공격 명령이 떨어지기만을 기다리는 인민 해방군 전사 같았다.


지윤과 내가 집으로 오는 중이었다. 거리는 자전거 행렬과 승객을 가득 싣고 경적을 울려 대는 전차들로 붐볐다.

언제나 그렇듯이, 오늘도 지윤은 피아노 교습 때 시큰둥하여 열심히 하지 않았다.

"지윤아, 선생님이 말씀하실 때 집중해서 들어야지."

내 훈계가 이어졌다.

"네가 마지막 소절을 칠 때 분명히 선생님이 느리게 하랬는데, 너는 점점 빨라지더라. 너, 도대체 왜 그러니? 새로 시작하는 곡에 대해 선생님이 설명해 주셨지? 어떤 분위기의 곡이라고 하시던?"

"행복하고 기분 좋은 분위기?" 지윤이 대충 얼버무려 대답했다.

절로 한숨이 나왔다.

"선생님이 활발한 분위기의 곡이라고 하셨잖아? 활발하다는 건 기분 좋은 것과는 사뭇 달라. 제발 딴청부리지 말고 선생님 말에 집중 좀 해. 내가 너 때문에 당황한 적이 한두 번이 아니야. 너……."

바로 그때 고등학생 몇이 내 시야에 들어왔다. 남학생 둘에, 양 갈래로 머리를 땋은 여학생 하나가 이쪽으로 걸어왔다. 그들 모두 내 나이보다는 서너 살 많아 보였다. 학생들은 혼잡한 인파 사이로 천천히 걸으며 행인들의 바짓부리나 신발을 유심히 살폈다. 지윤과 나는 부러운 눈길을 그들에게 보냈다. 바로 그들이 복장 단속반 학생들이다.

얼마 전 신문에서, 인민들의 옷차림에도 자본주의의 구악이 배어 있다고 지적한 이래, 고등학교 학생들 사이에서 그런 구악을 일소하기 위한 복장 단속반이 조직되었다. 예를 들면, 바지통이 여자인 경우 20센티미터, 남자는 22센티미터보다 좁으면 구악으로 간주되어 처벌받는다.

우리 뒤쪽에 있는 정류장에 버스 한 대가 멈춰 서자, 꽤 많은 사람들이 내리고 탔다. 곧이어 버스가 출발하고 난 자리에 사람들 한 무더기가 모여 있는 게 보였다.

"야, 단속반이 드디어 목표물을 발견했나 보다!"

나는 지윤의 손을 잡아끌어 서둘러 그들 쪽으로 다가갔다.

"……꼭 끼는 바지나 끝이 뾰족한 신발은 서구 자본주의 반동들이 좋아하는 것들입니다. 우리 사회주의 인민들이 걸치기엔 모양이 흉측할 뿐만 아니라, 몹시 불편합니다. 뿐만 아니라 혁명에도 유해하기 그지없습니다. 그러므로 우리들은 단호하게 그것들을 제거해 내야 합니다."

안경 낀 남학생이 막 일장연설을 마무리하는 중이었다.

오늘의 피고인은 삼십 대 초반의 인물이 좋은 남자이다. 그는 테가 짙은 안경을 쓰고, 지퍼를 반쯤 내린 크림색 웃옷에 날 서게 주름잡은 옅은 밤색 바지 차림이다. 게다가 옷 색깔에 맞추어 크림색과 옅은 밤색 가죽을 잇대어 만든, 이른바 '샴페인 구두'라 불리는 최첨단 유행 구두를 신었던 모양이다. 구두가 그의 옆에 나란히 놓인 채, 남자는 한 발로 땅을 딛고 다른 한 발을 그의 바지통을 재는 단속반 학생 무릎 위에 올려놓고 있었다.

바닥을 딛고 있는 발을 잔뜩 구부린 걸 보니, 신발도 못 신고 한 발로 보도에 깔린 자갈을 밟고 있는 게 무척 아픈 모양이었다. 그를 둘러싸고 있는 단속반 학생들 앞에서 흰 양말바람으로 서 있는 그 남자는 몹시 긴장한 얼굴에 차려 자세로 고분고분한 태도였다. 이따금씩 그는 양팔을 들어 균형 잡느라 애썼다. 잘생긴 그의 얼굴은 처음엔 빨갛게 달아오르더니, 이내 핏기를 잃어 갔다. 몇 번인가 그가 입술을 깨무는 게 보였다.

단속반 중 남학생 하나가 남자의 바짓부리로 빈 맥주병을 쑤셔 넣었다. 새롭게 고안된 바지통을 재는 방법이다. 만일 맥주병이 바짓부리 속으로 쉬 밀려 들어가지 않으면, 그 바지는 구악으로 간주되어 가위질이라는 혁명 수술을 받아야 한다.

남학생이 두 번에 걸쳐 맥주병을 밀어 넣어 보았다. 여학생은 원하는 결과라도 얻은 양, 가위를 흔들며 드러내 놓고 즐거워했다.

"여러분, 여길 보십시오. 꼭 끼는 바지가 또 있군요. 자, 우리 함께 구악을 몰아냅시다!"

여학생은 이렇게 목소리를 높이더니 바짓부리에 가위를 대고 썩둑 잘라 냈다. 그러고는 잘린 두 끝을 양손으로 잡고 무릎께까지 쭉 찢어 올리는 바람에, 남자의 허연 장딴지가 다 드러났다.

보고 있던 사람들이 웅성거렸다. 더 가까이서 보려고 앞쪽으로 밀고 들어가는 사람, 거침없이 가위질하는 걸 보더니 슬그머니 자리를 뜨는 사람, 또 무의식적으로 자기가 입은 바지를 힐끔거리는 사람 등 반응이 제각각이었다.

여학생이 다른 바짓부리도 마저 자르기 시작했을 때, 안경 낀 남학생이 남자의 구두를 집어들더니 구경꾼들을 향해 흔들면서, "끝이 뾰족한 구두지요? 이것도 우리가 깨부수어야 할 구악입니다!" 하고 목소리를 높였다.

"그, 그, 그렇지만 난 여기 제일 백화점에서 그 구두를 샀소. 바로 정부에서 운영하는 백화점 말이오. 어떻게 정부가 하는 일이 구악일 리가 있소?" 남자가 자포자기한 듯 울먹이며 변명했다.

"당신이 무슨 근거로 정부 소유의 상점들은 구악과 상관없다고 말하는 거요? 그렇게 말하는 것 자체도 구악이오. 많은 상점의 간판이 떨어져 나간 걸 모르오? 대부분 국영 상점의 간판들이었소. 정부 소유 상점이었단 말이오."

남학생이 비웃듯 콧방귀를 뀌더니, 자신의 무릎에 올려진 남자의 한쪽

발을 던지듯 내려놓고 일어났다. 남자는 몸의 중심을 잃고 거의 넘어질 뻔했다.

학생들의 말에 동의라도 하듯, 모여 선 사람들 사이에서 웃음이 터져 나왔다.

세 학생들은 더 한층 고무되어 구두를 잘랐다. 모든 시선이 그들에게 쏠렸을 뿐, 구두 임자에게 눈길을 주는 사람은 아무도 없었다. 나는 남자를 쳐다보았다.

발목 언저리에서 펄럭이는 찢긴 바짓가랑이 사이로 흘러내린 양말을 드러낸 채, 남자는 볼썽사나운 모습으로 보도 위에 굴욕스럽게 서 있었다. 머리카락 한 움큼이 그의 이마 위로 흘러내렸다. 그가 바짓가랑이를 내려다보더니 초조한 듯 연신 안경을 밀어올리고 주위를 힐끔거렸다. 한 순간 남자의 눈이 나와 마주쳤으나, 그가 황급히 눈길을 돌렸다.

학생들이 환호성을 지르며 의기양양하여, 방금 가위질을 끝낸 남자의 구두를 하늘 높이 던졌다.

남자가 부들부들 떨더니 갑자기 뒤로 돌아 걸어가기 시작했다.

"잠깐!" 한 남학생이 남자를 불러 세웠다. 그는 바닥에 떨어진 구두를 집어들어 남자 앞으로 획 던졌다.

"이 구악은 당신 것이니 당신이 가져가시오. 집으로 돌아가 당신의 썩어빠진 사상을 완전히 개조하길 바라오."

남자가 누더기가 된 구두를 집어들고 사람들 사이로 빠져나갈 때, 그의 찢어진 바짓가랑이가 너풀거렸다.

"저 사람 집에 도착하면 양말 바닥이 다 해져 구멍이 숭숭 나 있을걸."
누군가가 킬킬 대며 빈정거렸다.

구경꾼들이 제 갈 길을 향해 각자 흩어지기 시작했다. 복장 단속반 학생들은 어깨를 으스대며 길을 따라 어디론가 갔다.

지윤이 내 팔짱을 끼며 채근했다.

"언니, 우리도 가야지. 이제 다 끝났잖아?"

나는 아무 말 없이 지윤의 손을 잡고 집으로 발걸음을 돌렸다.

"참 안됐어." 내가 혼잣말로 중얼거렸다.

"그 남자가 진작부터 그런 옷을 입으면 안 된다는 걸 알았다면 좋았을 텐데. 만일 내가 그 남자처럼 사람들 앞에 강제로 세워져 내 바짓가랑이가 잘려지기라도 한다면, 난 차라리 죽어 버릴 거야."

학교 수업이 모두 끝났다. 우리들이 교실 밖으로 막 나왔을 때 운동장에 비가 퍼붓기 시작했다. 미처 우산을 챙겨 오지 못한 우리들은 황급히 교실로 되돌아왔다.

"아이, 속상해! 엄마 말씀 듣고 양산을 가져오는 건데."

안이가 옷에 묻은 빗물을 털어 내며 푸 하고 한숨을 내쉬었다.

"안이야, 너 방금 네 입으로 구악을 말한 거 아니?"

안이의 등 뒤에서 양후안이 갑자기 튀어나와 반 우스갯소리로 말했다. 나는 깜짝 놀랐다. 평상시에 양후안은 통 자기 의견을 말하지 않아, 오죽하면 우리들은 그 아이를 '메아리'라고 부른다.

"뭐, 뭐라고? 무슨 말이야?" 안이가 조금은 화난 듯 되물었다.

"네가 방금 우산을 양산이라고 했잖아. 그게 구악이 아니고 뭐니?"

"너, 날 놀리는 거니? 양산이란 말이 구악이라면 그럼 우비는 뭐라 해야 하는 거야?"

안이의 대꾸에 교실에 있던 아이들이 재미있다는 듯 안이와 양후안 주위로 몰려들었다.

당황한 양후안의 얼굴에서 웃음기가 가셨다.

"너희들 뭐가 재밌다는 거냐? 그거 구악 맞아."

두하이가 갑자기 의자 위로 성큼 올라서더니 걸상에 턱 걸터앉으며 끼어들었다.

"양은 서양을 의미해. 그래서 양산이란 서양 우산이란 뜻이야. 우리나라가 해방되기 전에는 우산을 서양에서 수입해 왔기 때문에 그렇게 부르게 됐어. 이제 우리 중국에서도 우산을 잘 만들어 내는데 왜 아직도 양산이라고 부르는 거지? 네가 서양이라면 정신 못 차리고 떠받드는 숭배자라는 증거 아니냐?"

두하이는 신문에서 보았음직한 최신 구절을 섞어 가며 잘난 체를 했다.

두하이는 늘 문제를 일으키는 아이다. 못된 짓만 골라 하며 다른 아이들을 괴롭히지만, 그 아이의 엄마가 지역 당 중앙위원회 서기로, 우리 동네를 관할하는 공산당 지방 관료여서 누구도 감히 두하이에게 맞서지 못한다.

두하이와 우리의 눈이 서로 마주쳤다.

"무엇보다도 '양'이란 글자는 태양을 뜻하는 거지, 서양이란 뜻이 아니야. 그래서 양산이라고 하면 서양 우산이란 말이 아니고, 태양 빛을 가려주는 우산이란 뜻이지."

나는 두하이의 잘못된 해석을 지적하면서 일부러 그 아이를 외면했다.

"그리고 말이 나왔으니 말인데, 양후안! 너 언제나 성냥을 성냥이라 하지 않고 양화라고 하지? 양화가 무슨 뜻인 줄이나 알아? 그 단어야말로 정말 서양 불이란 뜻이야. 그렇다면 너야말로 네 입으로 구악을 떠들어 댄 장본인 아니니?"

안이를 거들어 하던 말을 끝내면서, 두하이의 얼굴을 슬쩍 훔쳐보았다. 아이들 사이에서 한바탕 웃음이 터졌다.

나의 공격을 예상하지 못한 양후안은 멈칫하여 말문이 막혀 버렸다. 그 아이는 도움이라도 청하려는 듯 두하이 쪽으로 눈길을 주었다.

"흥, 모범생 지앙지리, 넌 매일 선생님들을 만날 때마다 안녕하세요 하고 인사 열심히 하지?"

두하이의 반격이 시작됐다.

"그것도 역시 구악 중 하나란 사실을 알고는 있냐?"

"인사 잘 하는 게 뭐가 잘못됐다는 거야? 선생님들께서 너를 가르쳐 주시는데, 당연히 너는 그분들을 존경하고 공손하게 대해 드려야지."

내가 말릴 새도 없이 안이가 나서서 쏘아 붙였다.

"뭐? 선생님들을 존경해야 한다고? '스승의 존엄성'이라는 말은 구시대의 유물에 불과해. 하긴 너희 둘은 선생님들에게 순종 잘 하는 전형적인 충견들이니 그렇게 생각할 만도 하지, 안 그래?"

두하이가 신문에 실린 구절들을 한껏 인용해 가며 비아냥거렸다.

세상이 뒤죽박죽되어, 이제는 학생이 선생님을 존경하는 것도 죄가 되어 버렸다. 나는 더 이상 듣고만 있을 수 없었다.

"그래, 맞아. 우리들은 선생님 말을 잘 듣는 충견들이야. 그런데 두하이, 너는 어떻게 된 거니, 내가 보기엔 너야말로 구악 덩어리 같은데? 지난번 수학 시험에서 백 점 만점에 겨우 이십육 점 받았을 때, 네가 했던 말 생각나? 전생에 죄를 많이 지어서 오늘날 바보가 된 거라고 네 입으로 말했을 텐데. 전생 어쩌고 하는 거, 그거 미신 아니야?"

내 목소리가 한층 격앙되었다.

"그리고 점쟁이가 너보고, 네 눈이 작아서 큰 복을 누릴 상이라고 했다면서? 그것도 구악이 아니고 뭐야?"

안이도 거세게 몰아붙였다.

두하이의 작고 찌그러진 눈이 더욱 오그라들었다.

"그건……, 그건 그냥 재미삼아 해 본 말이야. 아무튼 나는 너희들보다는 훨씬 나으니까. 늬들은 언제나 입버릇처럼 선생님 말씀 잘 따르자, 부모님 말씀 잘 듣자고 하잖아."

그 아이가 천식으로 색색거리는 안이의 목소리를 흉내 내서 말하자, 교실에 있던 아이들이 배를 잡고 웃었다. 일그러졌던 두하이와 양후안의 얼굴이 일시에 펴졌다.

"지앙지리, 너네 집에 가정부 고용했지? 그건 노동 착취야. 너희 가족은 모두 자본주의 반동분자들이라고."

"그리고 안이, 네가 날마다 얼굴에 크림 바르고 다니는 거 다 알아. 그건 부르주아나 하는 짓이야. 길게 기른 그 머리도 마찬가지지. 제발 부끄러운 줄을 알아라. 지금 같은 때는 혁명에 걸맞게 짧게 잘라야 하는 것 아니냐?"

두하이와 양후안이 번갈아가며 재빠르게 우리를 몰아붙이는 바람에, 안이와 나는 미처 대꾸할 겨를이 없었다. 반격하지 못하고 속수무책인 우리를 보고 아이들이 비웃었다.

"자, 비도 그쳤으니 이제 집으로 돌아가자."

승리감에 빠진 그 둘은 이쯤에서 그만두는 게 낫다고 생각한 모양이었다. 두하이와 양후안이 책가방을 집어들고 의기양양하게 교실을 빠져나갔다. 다른 아이들도 여전히 왁자지껄 웃고 떠들며 그 둘을 따라나갔다.

교실 안에 달랑 둘만 남겨진 채, 안이와 나는 분노와 무력감에 한동안 아무 말도 할 수 없었다.

"도대체 얼굴 크림을 바르거나 머리를 땋는 게 왜 잘못이란 말이야?"

안이가 분이 가라앉지 않은 듯, 발로 쿵 하고 바닥을 내리쳤다.

"그런데 우리 집 가정부 문제는 그 아이들 지적이 맞을지도 몰라."

어깨 너머로 책가방을 둘러매던 나는 그 문제가 영 맘에 걸렸다.

"걔네들이 송포포 아줌마를 문제 삼은 대목이 아무래도 꺼림칙해. 엄마에게 말씀드려야겠어."

# 대자보 쓰기

우리 교육제도가 완전히 잘못되었다는 사실을 누가 믿을 수 있겠는가? 중국이 해방된 이래 십칠 년이 지난 지금까지, 학교가 학생들을 진정한 사회주의자, 공산주의자로 교육시켜 왔다는 우리의 믿음과는 달리, 기껏 수정 자본주의자들을 배출해 왔다는 지적이 연일 신문지면을 장식했다. '수정 자본주의자'라면, 자본주의 이념에 물들어 당 내부에서 끊임없이 공산주의 이념을 약화시키려고 획책하는 위험한 부류를 칭하는 말이다.

마오 주석이 문화혁명을 발진한 데 이어, 공산당 중앙 위원회에서 학교의 문제점들을 제기한 사실에 대해 신에게 감사라도 해야 할 노릇이었다. 그렇지 않았다면, 우리들은 학교에 그런 심각한 문제들이 도사리고 있는지조차 알지 못했을 터이다. 생각만 해도 아찔하다.

어느 월요일, 모든 학교가 무기한 휴교에 들어갔다. 학생들은 수업 대신 벽보 쓰기 운동에 참여하라는 지시를 받았다. 그 벽보는 이름하여 '대자보'인데, 커다란 종이에 우리들의 교육제도를 비판하는 글을 쓰는 것이다. 흰 종이 두루마리들, 수십 자루의 붓, 그리고 붉은 색, 검은 색 물감이 각 교실로 분배되었다. 선생님들은 학교 어디에서도 찾아볼 수 없었다.

교실 안은 혁명의 열기로 가득 찼다. 책상 몇 개를 잇대 놓은 위에 커다란 종이를 펼쳐 놓고 둘러서서, 저마다의 의견을 쏟아내느라 목청을 높였다. 개중에는 교실 안 여기저기를 어슬렁거리는 아이들이 있는가 하면, 다른 사람 어깨 너머에서 큰 소리로 대자보를 읽거나 누군가에게 고함치는 아이들도 있어, 한편으론 어수선하기 그지없었다.

남학생, 여학생 할 것 없이 밖으로 달려 나가 대자보를 붙이고는, 바삐 되돌아와 또 새로운 대자보를 썼다. 책상, 탁구대 또는 교실 바닥까지도 흰 종이가 펼쳐졌다. 종이가 바닥나면 학생들은 철 지난 신문을 가져와 그것을 대신 사용했다.

어느 곳이든 대자보 천지다. 교실이나 복도 벽을 따라 죽 붙여졌을 뿐만 아니라, 심지어 운동장 벽돌 담장에도 온통 대자보투성이다. 운동장 한쪽에 줄지어 서 있는 나무 위에는 더 많은 대자보들이 걸려 있어, 마치 가지마다 활짝 핀 꽃 같았다. 운동장을 가로질러 매단 줄에도, 빨랫줄에 널려 있는 빨래들처럼, 수많은 대자보들이 햇빛 아래 걸려 있었다.

내 앞에 커다란 종이를 펼쳐 놓고 나는 무엇을 쓸 것인지 고민했다. 참으로 알 수 없는 일이다. 집에서 신문을 읽을 땐, 수정 자본주의적인 교육제도가 십수 년 동안 우리 청소년들을 망가뜨려 왔다는 사실에 꽤나 분개

했었다. 그러나 학교에 와서 날마다 우리들을 가르쳐 준 선생님들을 실제로 비판하려고 하니, 아무리 생각해 보아도 선생님들이 무얼 잘못했는지 도대체 떠오르지 않았다.

안이의 책상으로 가 보았다. 예상대로 안이와 짝꿍 쟝지에 앞에 놓인 종이도 역시 백지 그대로였다.

"도대체 쓸 말이 하나도 떠오르지 않아." 내가 투덜거렸다.

"우리도 마찬가지야. 차라리 포기하는 게 나을 것 같아."

안이는 붓을 내려놓고 기지개를 켰다.

"누구나 다 써야 하는데? 너라고 예외는 아니야. 설마 다른 아이들이 네 정치 성향을 문제 삼기라도 바라는 건 아니겠지?"

쟝지에가 농담으로 한 말이었지만, 우리는 또다시 심각해졌다.

"우리 운동장에 나가서 다른 아이들이 써 놓은 걸 보고 오면 어때?"

쟝지에가 제안했다.

"아무것도 안 써내느니 차라리 남의 것이라도 베껴 내는 게 낫잖아, 안 그러니?"

우리들은 운동장으로 걸어 나왔다. 교실 안도 복잡하지만, 밖은 더 많은 아이들로 북새통을 이루고 있었다. 두하이가 너스레를 떠는 게 눈에 들어왔다.

"야, 이거 정말 대단한데! 얘들아, 이 거지가 쓴 걸 봐. 교장선생님 이름을 거꾸로 처박아 놨네."

두하이가 떠벌리는 말에, 옆에 서 있던 꾀죄죄한 차림의 거지가 흡족한 듯 미소를 지었다. 늘 옷차림이 구질구질한 그 아이에게 우리들은 '거지'라는 별명을 붙여 그렇게 불렀다.

"어젯밤 우리 큰언니가 대자보 쓰는 걸 봤는데, 언니가 어떤 이름을 거꾸로 쓰더니 그 위에 빨간색으로 크게 가위표를 긋더라. 언니가 그러는데 그렇게 하는 게 법원에서 범죄자들을 표시할 때 쓰는 방법이래."

우리 셋은 '반 수정 자본주의자'라고 서명된 대자보 앞에 멈추어 섰다. 안이가 크게 읽어 내려갔다.

"비록 교사들이 총칼을 들고 있지 않지만 그들은 여전히 위험한 적이다. 그들은 은밀하게 수정 자본주의적 이념을 우리 머릿속에 불어넣었다. 또한 지식인 계층이 노동자들보다 훨씬 우월하다고 우리에게 가르쳐 왔다. 그리고 우리에게 일등이 되라는 경쟁심을 부추겨, 우리의 개인적인 야망을 부채질해 왔다. 이와 같은 일들은, 진정한 사회주의 청소년으로 자라나야 할 우리들을 위험한 수정 자본주의자로 전락시키려는 그들의 음모에서 비롯된 것이다. 교사들은 실제 무기보다 더 위험한 보이지 않는 칼을 손에 쥔 자들이다. 그들의 위험성을 잘 보여 주는 한 사건을 소개하겠다.

얼마 전 유카이 고등학교에 다니는 한 학생이 대학 입학시험에 낙방한 뒤 스스로 목숨을 끊은 사건이 발생했다. 평소에 선생들로부터 세뇌를 당한 그는 명문 대학에 입학해서 과학자가 되는 것이 자기 인생의 유일한 목표라 믿었기……."

"그만 읽어!" 나도 모르게 불쑥 소리쳤다.

"이거 전부 청소년 통신신문에서 그대로 베낀 거야. 내가 지난번에 읽은 기억나."

"그럼 뭐야, 다른 대자보를 베껴도 된단 말이잖아?" 하더니 쟝지에가 그 옆에 붙은 대자보를 들여다보았다. "이걸 좀 봐! 인란란이 쓴 거야."

과연 인란란이 쓴 대자보가 맞다.

"나도 피해자의 한 사람으로서, 수정 자본주의적 교육제도를 규탄하는 바이다. 노동자 계급 가정 출신으로서, 나는 부유한 가정 출신 아이들보다 더 많이 집안일을 해야 한다. 그래서 나는 시험을 통과하기가 정말 어려웠고, 세 과목을 낙제하여 재시험 봐야 했다. 그 결과 공산 소년소녀단 입단을 거절당하고, 학교 합창반에도 들어갈 수 없게 되었다. 교사들이 학생을 평가하는 기준은 오직 성적이다. 노동자 계급이 우리 사회주의 국가의 주인이란 사실을 그들은 망각하고 있는 것이다."

"인란란이 피해자란 말이야?"

무슨 말인지 나로선 이해할 수 없었다. 인란란은 세 번 낙제했다. 그 아이는 수업 시간에 거의 입을 다물고 있었다. 어쩌다 선생님 질문에 대답해야 하는 경우에도 그냥 자기 자리에서 일어나 우두커니 서 있기만 할 뿐, 아무런 대답을 하지 않았다. 내 생각엔 인란란이 그리 똑똑한 아이는 아닌 것 같았다.

"자기가 다섯 과목 중 세 과목이나 낙제하고선, 어떻게 그 잘못을 선생님 탓으로 돌릴 수 있지?" 안이가 어이없다는 듯 코웃음 쳤다.

쟝지에가 갑자기 인란란이 평상시 하던 몸짓을 흉내 내, 어깨를 잔뜩 움츠리고 연신 머리를 조아렸다. 그 순간 우리 사이에 웃음이 터져 나왔지만, 혹 누가 지켜보고 있지나 않을까 걱정되어 얼른 주위를 둘러봤다. 쟝지에는 아무 일도 없었다는 듯, 이내 태연한 얼굴이 되었다.

내걸린 종이마다, 쎄어진 글마다 각각의 대자보에 실린 비판은 아주 혹독하고 거칠었다.

'청소년 학대자 리 선생'이라는 제목의 글도 있었다. 그 대자보를 쓴 학생은 제 날짜까지 숙제를 제출하지 못했다고 한다. 그래서 그 벌로, 리 선생이 자신에게 숙제를 다섯 번 넘게 베끼라고 하여, 자신을 학대했다는 주장이었다.

교사가 지나치게 독서를 강요하는 바람에, 자기 시력이 심각하게 나빠져서 인민 해방군에 지원할 수 없게 되었다고 주장하는 내용의 대자보도 있었다.

또 다른 학대자로 표현된 왕 선생은, 그 대자보를 쓴 학생 자신이 점심을 먹지 못한 걸 알고 그에게 빵을 사 먹였는데, 그런 왕 선생의 행동 뒤에는 자신과 같은 청소년 혁명가를 타락시키려는 음모가 도사리고 있는 거라고 쎄어 있었다.

대자보를 하나하나 읽어 갈수록 점점 더 어리둥절해졌다. 정말로 선생님들이 우리의 건강을 파괴하고, 우리 정신을 타락시켰단 말인가? 그렇다면 왜 나는 이제껏 한 번도 그걸 눈치 채지 못했을까? 내가 완전히 선생님들의 교묘한 술수에 넘어가서 그들의 실체를 볼 수 없었던 걸까?

얼마 전 두하이가 안이와 나를 '선생님의 충견'이라고 조롱하던 말이 생각났다. 겉으론 엄격해 보이지만, 사실은 엄마 같은 사랑을 베푸는 구 선생님을 생각해 보았다. 안이의 엄마 웨이 선생님은 너무나 헌신적으로 교직을 수행해서 모범 교사상을 여러 번 받은 분이다. 아무리 생각에 생각을 더해 보아도, 선생님들이 대자보에 씌어진 내용처럼 그렇게 나쁜 사람들로 여겨지지 않았다.

혁명가의 한 사람으로서 나에게 주어진 임무를 완수하기 위해, 나는 모든 선생님들을 대상으로 하여 한 분 한 분씩 점검해 보았다. 역시 처음에 생각한 대로, 당을 비판했거나 마오 주석을 반대했던 선생님을 한 분도 찾아 낼 수 없었다.

어쩔 수 없이 나는 신문에 실린 기사를 적당히 베껴 대자보를 써야겠다고 마음먹었다.


며칠이 지난 어느 날 내가 학교에 도착해 보니, 그날은 학교 근처에 살고 있는 반동 부르주아 집에 대자보를 붙이러 간다며 아이들이 웅성거렸다. 우리 반은 크게 두 패로 나뉘었다.

한 패는, 이 근방 사람들 누구와도 담을 쌓고 지내는, 완고하고 화 잘내는 치엔 노인 집으로 향할 것이다. 또 다른 무리의 아이들은 학교 운동장 담 너머에 사는 지앙쉬엔 아줌마 집으로 갈 예정인데, 그 아줌마는 아이들이 모두 싫어하는 사람이다.

내게 지앙쉬엔 아줌마 집을 담당하는 쪽으로 끼여 들어가라는 지시가 내려졌다. 물론 이렇게 정해진 건 절대로 우연이 아니다. 아이들은 지앙쉬엔 아줌마가 내 친척이라는 사실을 이미 알고 있던 터였다.

쉬엔 아줌마는 아빠와 사촌지간인데, 나는 그냥 아줌마라고 부른다. 아줌마는 적어도 쉰 살은 되었겠지만, 워낙 옷차림이 세련된 데다 화장을 짙게 해서 삼십 대 언저리로 보였다. 우리 반 아이들이 그 아줌마를 무척 싫어하는 걸 잘 안다.

"뭘 믿고 그 아줌마는 자기가 대단한 사람이라고 착각하는 거야?"

아이들이 빈정거렸다.

"한번 옷 입은 걸 봐. 미국에 사는 자기 여동생이 보내 준 거라나? 게다가 그 짙은 화장은 어떻고. 더러운 부르주아야. 에잇, 역겨워 죽겠어!"

나 역시도 그 아줌마가 싫다. '겉으로 드러난 아름다움보다 내면의 아름다움이 더욱 값지다'라고 마오 주석이 말한 적이 있다. 쉬엔 아줌마는 어떻게 마오 주석의 가르침을 무시할 수 있단 말인가? 아줌마의 막내아들조차 자기 엄마가 지나치게 치장하고 다니는 것이 못마땅하여 투덜거린다고, 언젠가 송포포 아줌마가 내게 알려 주었다.

불과 몇 주일 전에, 쉬엔 아줌마가 학교에 찾아와 따진 적이 있다. 누에를 먹이려고, 학생 몇이 아줌마 집 담장을 넘어 들어가 마당에 있는 뽕나무 잎을 따다 걸렸기 때문이다. 그 일이 벌어진 이후로 아이들은 아줌마를 더욱 미워하던 참이다.

스무 명쯤 되는 우리들은 엉성하게 대열을 이루었다. 인란란이 대자보를 들고 줄 맨 앞에 서고, 두하이가 풀통과 붓을 들고 그 뒤를 따랐다. 그 둘 뒤로는 징을 치고 북을 두드리는 아이들이 각각 한 명씩 자리잡았다.

"출발!"

인란란이 팔을 힘차게 흔듦과 동시에 아이들의 행진이 시작되었다.

호기심 어린 눈으로 나는 그 아이를 바라보았다. 인란란은 이전과는 완전히 다른 모습으로 변했다. 더 이상 머뭇거리거나 주저하지 않는 그 아이는, 목소리를 높여 공격적이고 자신감에 차 보였다. 자세조차도 당당해져서, 전에는 늘 구부정하던 어깨를 쫙 펴고, 가슴을 내밀고 똑바로 서 있었다. 인란란과 두하이가 이번 일의 지도자 역할을 떠맡았다.

나를 포함해서, 평상시에 우리 반을 이끌어 나가던 아이들은 어떤 이유에서인지 모두 뒤로 물러나 있었다. 내가 짐짓 꾸물거리면서 일부러 대열의 끄트머리에 자리잡은 사이에, 우리 반의 회장이자 모범생 중 한 명인 유지안은 중간 어디쯤에 끼어든 모양이다.

제발 내가 쉬엔 아줌마 눈에 띄지 않기를 바랄 뿐이다. 나 역시도 아줌마를 좋아하지 않을 뿐더러, 오늘의 혁명적인 행동도 적극 찬성하긴 하지만, 아줌마가 내 친척이라는 사실 때문에 몹시 난처했다.

그러나 다른 쪽 대열로 바꾸어 달라는 말은 감히 할 수 없었다. 만일 그랬다가는 친척이라는 혈연관계로 인해 나의 정치적 소신을 저버렸다는 비판을 받을 게 뻔했다. 그냥 따라가는 수밖에 별다른 선택의 여지가 없는 자리였다.

한 아이가 초인종을 눌렀다. 우리들은 목소리를 낮추어 수군대며 대문 앞 좁은 통로에서 기다렸다. 곧바로 안에서 쉬엔 아줌마가 나왔다. 아줌마는 화장을 안 해서인지, 오늘따라 평상시보다 더 나이 들어 보이고, 그

56

리 예쁘지도 않았다. 우리를 발견한 아줌마는 그 자리에서 멈칫했다. 얼굴에 놀라고 당황한 기색이 역력했다.

두하이가 선도해 나갔다.

"부르주아 지앙쉐엔을 타도하자! 위대한 마오쩌둥 사상 만세!"

그 아이가 구호를 외치고 우리들의 복창이 뒤를 이었다. 그러고는 인란란이 미리 준비해 간 글을 읽었다.

"위대한 우리의 지도자 마오 주석께서 말씀하셨다. '모든 반동들은 다 똑같다. 만일 너희들이 반동을 제거하지 않으면, 그들은 결코 제 스스로 쓰러지지 않는다. 이것은 마룻바닥을 청소하는 것과 마찬가지 이치다. 즉, 비가 닿지 않는 곳에 쌓여 있는 먼지는 절대로 저절로 사라지지 않는 법이다.'"

그 아이의 목소리는 크고 우렁찼다.

"오늘, 우리 노동자 혁명 소년소녀단은 부르주아 근성에 물든 당신을 바로잡기 위해 이곳에 왔소. 지앙쉐엔, 이것이 우리가 준비한 대자보요. 지금 당장 이 대자보를 당신의 대문 위에 붙이시오."

인란란이 커다란 종이를 쉐엔 아줌마의 코앞에 대고 흔들었다.

쉐엔 아줌마는 노동자 혁명 소년소녀단을 지지한다는 뜻으로 미소를 지으려 애썼다. 하지만 미소를 채 짓기도 전에 얼어 버렸다. 아줌마가 웃는 건지 우는 건지 분간하기 어려웠다.

"그, 그래, 내가 시키는 대로 할게."

아줌마는 이 말을 몇 번이나 되풀이 하더니 풀통을 받아 들어 대문 위에 풀칠하기 시작했다. 아줌마 손에 쥔 붓이 부르르 떨리는 게 보였다. 가뜩이나 덥고 끈적거리는 날씨에, 스무 명이나 되는 아이들이 아줌마 집 앞 좁은 통로에 모여 있자니, 숨이 막힐 지경이었다.

쉬엔 아줌마는 대문 위에 빈틈없이 풀칠을 하고, 잠시 멈춰 서서 이마의 땀을 닦았다. 그러더니 대자보를 받아들어 대문 위에 붙인 다음, 검은 물감이 손에 묻는 것도 아랑곳하지 않는 듯, 두 손바닥을 좍 펴 대자보 위를 쓸어내리며 꼼꼼하게 붙였다.

"이제 큰 소리로 대자보에 써 있는 내용을 읽으시오."

아줌마가 대자보를 붙이기가 무섭게 인란란이 다그쳤다.

쉬엔 아줌마는 미처 거기까지는 예상 못한 듯, 경악하여 입을 딱 벌리고 우리를 바라볼 뿐이었다. 자신에 대해 혹독하게 비판한 대자보를 아줌마 입으로 읽기가 끔찍했지만, 그렇다고 감히 거절할 수도 없었다. 쉬엔 아줌마의 얼굴이 고통으로 일그러졌다. 우리 혁명가들이 요구하는 일이라면 누구도 반대할 수 없다는 걸 쉬엔 아줌마는 잘 알고 있기 때문이다.

나는 아줌마 눈에 띄지 않으려고 일부러 몸을 구부려 신발 끈을 매는 척했다. 그러나 마르고 쉰 듯한 데다 가늘게 떨리는 아줌마의 목소리가 내 가슴을 후벼 파고 들어왔다.

"……학생들에게 자기 집의 뽕나무 잎을 따지 못하게 한 것은 노동자 계급 학생들을 공격한 것으로서……당신의 외모를 가꿀수록 당신의 마음은 점점 더 더러워지며……뼛속까지 박힌 당신의 더러운 부르주아 근성은 우리 노동자 계급의 눈에 훤히 드러나게 마련이고……열심히 당신 자신을 개조하여……."

두 눈을 신발 끈에 붙박인 채, 나는 아무것도 듣지 않으려고 기를 썼다.

"지리야, 뭘 꾸물거리고 있어?"

누군가 뒤에서 나를 밀었고, 그제야 다 끝났다는 걸 알았다.

학교로 돌아오는 길에, 아이들은 쉬엔 아줌마를 맘껏 조롱해 준 일을 또다시 입에 올리며 즐거워했다.

"지앙지리, 오늘 네 친척 아줌마 얼굴이 아주 볼만하던데, 안 그래?"

두하이가 모두 들으라는 듯 큰 소리로 말했다. 다른 아이들의 시선이 일시에 내게로 꽂힌 것이 느껴졌다. 나는 고개를 들고 목소리를 한껏 높였다.

"나는 우리가 할 일을 했을 뿐이라고 생각해."

이렇게 말하고는, 다른 아이들과 함께 웃고 장난치며 특별한 내색을 하지 않으려고 안간힘을 썼다.

"얘들아, 저기 좀 봐!"

어떤 아이가 갑작스레 외치는 소리에 고개를 들었다. 홍 할아버지 책방 출입문이 굳게 닫힌 채, 그 위에 대자보가 여러 장 붙어 있었다. 책방이 멀리 떨어져 있어서 대자보의 내용을 일일이 읽을 수 없었지만, 가까스로 제목 속의 몇몇 단어들을 알아볼 수 있었다. '봉건적이고 자본주의적이며 수정 자본주의적인 이념을 유포', '우리 청소년들에게 해악'

홍 할아버지 책방에서 읽었던 무수한 동화책들이 내 마음속에 떠올랐다. 이제 그 이야기들은 우리 사회주의를 파멸시키는 해악 중 하나로 밝혀져 막을 내린 것이다. 나는 내 속에 자리잡은 온갖 사악한 이야기들을 떨어내기라도 하는 듯, 세차게 머리를 흔들었다.


"지리야, 얼른 학교에 가 보자. 누가 너에 관한 대자보를 써 붙였어. 빨리, 서둘러!"

안이가 놀란 눈을 하고 우리 아파트로 뛰어 들어왔다. 그 아이는 나를 일으켜 세우더니 무턱대고 계단 쪽으로 잡아끌었다.

"잠깐, 잠깐." 나를 잡은 안이의 팔을 뿌리치며 내가 물었다.

"우선 진정하고, 갑자기 무슨 말을 하는 거야?"

"네 이름이 대자보에 올랐다니까."

도저히 믿을 수 없는 일이다.

"내 이름이? 왜? 나는 선생님이 아닌데, 왜 내 이름이 대자보에 올라 있어?" 내 가슴이 콩닥거렸다.

"나도 잘 몰라. 그렇지만 내 눈으로 똑똑히 봤는걸? 두하이와 인란란 그리고 다른 아이들 둘, 모두 네 명이 공동으로 썼어. 내용을 일일이 읽지는 못했지만, 분명 제목에 네 이름이 있었다니까."

안이는 심하게 쌔근덕거리며 여전히 휘둥그레진 눈으로 나를 보았다.

우리는 최신 대자보들이 내걸린 학교 운동장으로 달려가서 정신없이 찾았다. "저기 있다!" 문제의 대자보가 한눈에 들어왔다.

붉은 색으로 큼지막하게 씌어진 글자들이 마치 벽보 위에 피를 흘리며 누워 있는 것 같았다.

"게정리와 그가 총애하는 학생 지앙지리의 관계를 무어라고 썼는지 어디 한번 읽어보자."

갑자기 현기증을 느꼈다. 관계라고? 나한테? 남자 선생님과의 관계라고? 한순간에 주위에 있는 모든 것들이 내 눈앞에서 희미해졌다. 오직 '지앙지리'라는 이름과 '관계'라는 단어만 눈에 들어올 뿐이었다. 한 줄기 저녁 햇살이 내 이름 위를 비추고 있었다. 갑자기 글자들이 춤을 추듯 일렁이더니, 그것은 점점 빨개지고 부풀어올라 거의 나를 집어삼킬 듯 커졌다.

안이가 나를 흔드는 바람에 정신이 들어 고개를 돌려보니, 그 아이는 눈물이 글썽한 눈으로 걱정스레 나를 바라보고 있었다. 아무런 말도 할 수 없었다. 나는 안이의 팔을 잡고 도망치듯 학교 운동장 밖으로 달려 나왔다.

부근에 있는 조그만 담배 가게 쪽문 앞에서 멈췄다. 안이가 뭔가 위로의 말을 하려고 했지만, 듣고 싶지 않았다. 우리 둘은 담벼락에 기댄 채, 한참 동안 아무 말 없이 그저 서 있기만 했다.

"집으로 가자." 안이가 내 팔꿈치를 살짝 잡았다.

어느덧 주위엔 어둠이 내리고 있었다.

"너 먼저 가. 나는 남아서 저기, 그러니까 그, 그걸 좀더 읽어 봐야……."

'대자보'라는 단어가 목구멍에 걸려 입 밖으로 나오질 않았다.

안이가 마지못해 고개를 끄덕이고는 먼저 집으로 떠났다.

밝게 비치는 반달을 뒤로하고 줄지어 서 있는 나무들이 운동장 바닥에 음산한 그림자를 드리웠다. 그림자 사이로 길을 따라가서 그 대자보 앞에 다시 섰다.

이제 완전히 어둠에 둘러싸였으니 맘껏 울 수 있었다. 연신 손으로 눈물을 훔쳐냈지만, 그럴수록 눈물은 더 많이 흘러내렸다. 손수건에 얼굴을 파묻었다. 한참을 그러고 나서야 눈이 맑아져 대자보를 읽을 수 있게 되었다.

"게정리는 노동자 계급 출신 학생을 좋아하지 않는다. 오직 잘사는 집 아이들을 좋아할 뿐이다. 그는 수학 시간에 지앙지리를 보조교사로 삼아, 그 핑계로 그 아이의 점수를 더 올려 줄 뿐만 아니라, 모든 수학 경시대회에는 꼭 지앙지리를 내보내, 그 아이 혼자서 상으로 주는 공책을 독차지하게 했다. 우리는 다음과 같이 묻지 않을 수 없다. 도대체 그 두 사람 사이의 은밀한 관계는 무엇이란 말인가?"

온몸의 피가 거꾸로 솟는 듯했다. 구역질이 났다. 벽을 등지고 서서 머리를 뒤로 기댔다.

그림자 하나가 이쪽으로 다가오는 게 보였다. 순간 나는 긴장되어 달아날 준비를 했다. 잠시 후 그림자가 내 이름을 불렀다.

"지리야, 나야. 다시 되돌아왔어. 아무래도 네가 걱정되어서 나 혼자 돌아갈 수 없었거든."

안이의 목소리가 들려오자 또다시 눈물이 걷잡을 수 없이 흘러내렸다.

"안이야, 어떻게 걔네들이 이런 말을 할 수 있니? 어떻게 이런 말을 대자보에 쓸 수 있어? 게 선생님과 나의 관계라고? 전부 거짓말이야!"

감정이 격해진 탓인지, 내 목소리가 갈라져 나왔다.

"이, 이, 이건 정말 새빨간 거짓말이야. 내 점수보다 결코 1점도, 단 1점도 더 받은 적 없어. 내가 그동안 많은 시간을 들여 인란란이나 다른 아이들에게 수학을 가르쳐 주었는데, 이제 그 아이들이 나를 이런 식으로 헐뜯는구나. 정말 역겨워 참을 수가 없어. 난……"

더 이상 말을 하기가 힘들었다. 터져 나오려는 울음을 손수건으로 틀어막았다.

잠시 아무 말이 없던 안이가 내 옆으로 다가와 가만히 내 어깨를 안더니 나지막이 말했다.

"우리 엄마에 대한 대자보도 꽤 많아. 걔네들은 우리 엄마를 흉측한 괴물이나 계급의 적으로 표현해 놓았어."

나는 멈칫하여 안이의 얼굴을 똑바로 바라보지 못했다. 그 아이의 손이 내 어깨를 꽉 쥐었을 때, 나는 안이가 소리 죽여 우는 것을 알았다.

우리 둘은 적막한 어둠 속에서 오랫동안 함께 서 있었다.

# 홍소병

엄마, 아빠는 나와 관련된 대자보 이야기를 듣더니, 내가 며칠 동안만이라도 학교에 가지 말고 집에 있는 게 낫겠다고 했다. 어차피 휴교 중이라 아이들 대부분이 각자 집에 머물러 있는 터여서, 학교를 가지 않는다고 해도 내가 대자보 때문에 집에 숨어 있는 거라고 생각하는 사람은 없을 것이다.

온몸에 열이 끓어올라 그로부터 열흘 가량을 학교에 가지 않았다.

하루 종일 침대에 누워 내가 하는 일이라곤, 할머니와 송포포 아줌마가 집 안 이곳저곳을 분주히 돌아다니며 일하는 모습을 바라보는 게 고작이었다. 할머니나 아줌마가 오가는 뒤를 좇아 눈길을 주거나, 유리창을 뚫고 들어와 방을 가로질러 이동하는 한 조각 햇빛을 따라 시선을 움직이는 것 말고는 하는 일이 없었다.

너무 지친 데다 기분이 가라앉아, 아무것도 할 수 없었다. 열이 수그러들자 한결 가뿐해졌지만, 할머니는 완전히 나을 때까지 학교 갈 생각 말고 며칠 더 집에서 쉬라고 했다. 지금껏 학교를 빠지고도 내 마음이 편한 적은 이번이 처음이다.

할머니와 송포포 아줌마는 푹 가라앉은 내 기분을 북돋워 주느라 여러 모로 애를 썼다. 아줌마는 내 머리를 부드럽게 빗질해 주고, 맛있는 군것질거리도 만들어 주었다. 할머니는 내게 흥밋거리를 찾아주느라, 굳이 침대 머리맡으로 내 우표 책을 들고 와 뒤적거리기도 했다.

하루는 할머니가 보드라운 회색 털실을 사 갖고 와서, 내게 아빠 스웨터를 짜는 방법을 가르쳐 주었다. 매일 아이들이 학교에 있을 시간이면 난 뜨개질바늘을 잡았지만 한 코 한 코 더디게 짜 나갔고, 그나마도 뜨개질을 멈추고 멍하니 창 밖으로 시선을 두는 시간이 더 많았다.

아이들이 왜 나에 대해 그런 끔찍한 말을 썼을까? 두하이와 인란란은 왜 나를 미워하는 걸까? 내가 그들에게 잘못한 일이라도 있나? 수도 없이 이 같은 질문을 내 자신에게 해 보았지만, 답이 나오지 않았다.

내가 드러누운 이래 안이는 하루도 거르지 않고 찾아왔는데, 가끔은 자기 할머니가 끓인 단팥죽을 가져오기도 했다. 날마다 학교에서 벌어진 일들을 안이를 통해 낱낱이 알 수 있었다.

수업이 다시 시작되었다. 아이들은 마오 주석의 최근 교시와, 그에 연관된 중앙 위원회의 문서들을 가지고 공부한다고 한다. 공산당 중앙 위원회는, 마오 주석을 정점으로 한 중국 공산당 최고의 핵심 조직으로서, 실질적으로 중국 전체를 다스리는 곳이다. 중앙 위원회의 결정에 따라 법이 만들어지거나 정책이 제기되며, 그들에 의해 군대가 통제되고, 나라의 재정 문제도 방향이 정해진다. 그만큼 중앙 위원회의 문서들은 아주 중요하다.

졸업까지는 아직도 한 달이 남았다. 안이의 말로는 우리 반 아이들 중, 나에 관한 대자보를 읽은 사람은 그리 많지 않다고 한다. 게다가 수많은 대자보들을 붙인 위에 또 붙이고 하여, 나에 관한 대자보는 이제 찾으려야 찾을 수도 없다는 것이다.

도처에 홍위병이 깔렸다. 신문에서 홍위병들을 문화혁명의 선발대로 추켜세운 이래, 각 고등학교와 대학교에서 홍위병이 조직되어 낡은 중국을 제거하는 데 앞장섰다.

최근 중앙 위원회에서 발표하기를, 다른 지방을 여행하며 그 지역의 홍위병들과 함께 '혁명 연대'를 구축할 수 있도록, 모든 홍위병들에게 교통과 숙박 시설을 무료로 제공하겠다고 하자, 안이의 말로는, 우리 반 아이들 사이에서 커다란 동요가 일어났다고 한다. 거의 대다수의 아이들은 상하이를 벗어나 본 적이 없는 터라, 이 소식은 엄청나게 흥분되는 일이 아닐 수 없다.

한 무리의 학생들이 학교 위원회 사무실 앞에 모여 계속 구호를 외쳤다. "우리는— 홍위병이— 되기를— 원한다!" 대학생과 고등학생만 홍위병이 될 수 있는데, 마침내 우리 지역 교육청에서 우리 학교 학생들이 홍소병을 조직할 수 있도록 허가해 주었다.

이름에서 알 수 있듯이, '홍소병'은 '나이 어린 붉은 군대', 즉 차세대

혁명가 조직이라고 할 수 있는데, 그들은 일정한 나이가 되면 홍위병이 되는 것이다. 투표를 통해 각 반마다 열 명의 홍소병을 뽑기로 했다고 한다.

구 선생님이 안이 편에 나에게 전갈을 보내 왔다. 선생님은 내가 빨리 회복되기를 바란다며, 돌아오는 토요일에 있을 투표에 꼭 학교에 나와 참여하기를 원했다.


금요일 오후가 되자 폭풍우가 몰아쳤다. 책의 글씨가 보이지 않을 만큼 사방이 어두컴컴하더니, 번개가 번쩍이는 창가로 다가갔을 때 마침 비가 퍼붓기 시작했다. 나는 등받이 없는 의자에 걸터앉아 서늘한 유리창에 가만히 이마를 대 보았다. 금세 저 아래 도랑에는 시뻘건 물살이 넘쳐 흐르고, 지붕 처마를 타고 빗물이 줄줄 흘러내렸다. 세차게 몰아치는 빗줄기로 유리창이 뿌옇게 흐려졌다. 금세 불어난 빗물에 먼지나 쓰레기들이 모두 떠내려가는 바람에 순식간에 골목 안이 말끔해졌다.

멍하니 쏟아지는 빗줄기를 내다보다가, 문득 학교 운동장에 걸린 대자보를 떠올렸다. 조심스레 창문을 여는데, 냉랭한 공기가 확 밀려들어왔다. 그 속에서 한기를 느끼면서도, 이상하게 속이 탁 트이는 듯한 상쾌한 기분이 들었다. 혹 하고 바람이 불어와 내 얼굴에 비를 뿌렸는데도, 웬일인지 나도 모르게 웃음이 나왔다.

내 등 뒤에서 조용히 팔이 뻗어 나와 유리창을 닫았다. 뒤돌아보니, 할머니가 온화한 얼굴로 나를 내려다보고 있었다. 내가 무슨 생각을 하고 있었는지 할머니는 다 아는 것만 같았다. 할머니가 두툼한 겉옷을 꺼내

내 어깨 위로 부드럽게 감싸주었다. 포근한 할머니 품에 안기자, 내 마음속에 똬리 틀고 있던 모욕감이나 수치심들이 한순간에 빗물에 씻겨 내려가는 듯했다.

　다음 날 아침, 폭풍우는 다 지나갔다. 학교에 도착해 보니 어느 곳에도 대자보는 보이지 않았다. 너덜너덜해져 읽기도 어려운 대자보 조각들이 운동장을 가로지른 줄에 군데군데 매달려 있을 뿐, 빗물에 흠뻑 젖은 종이뭉치들만 학교 운동장 곳곳에서 뒹굴었다. 나에 대해 쓴 대자보는 어디론가 사라져 보이지 않았다. 나는 안도의 숨을 내쉬고는, 한결 가벼워진 마음으로 교실로 향했다.

　내가 집에 머물러 있는 동안 여름이 성큼 다가왔나 보다. 활짝 열어 놓은 교실 유리창으로 무성한 여름 향기가 밀려들어왔다. 교실도 전보다 훨씬 나아 보였다. 모든 대자보들은 뜯겨지고, 대신 그 자리에 다른 것들이 채워졌다.

　최소한 가로 이 미터, 세로 일 미터는 넘음직한 커다란 벽보가 교실 뒤 한가운데 걸려 있었다. 마오 주석과 붉은 깃발이 큼지막하게 그려진 아래로, 인민들이 길게 대열을 이루어 행진하는 모습의 벽보였다. 교실 오른쪽 벽은 '위대한 노동자 문화혁명 만세'라는 구호로 완전히 뒤덮이다시피 했다. 내 마음속에도 혁명의 열기가 다시 새롭게 타오르는 듯했다.

　구 선생님이 교실에 들어서자 홍소병을 선출하는 선거가 시작되었다. 나는 고개를 잔뜩 수그리고 괜히 손톱을 들여다보는 시늉을 했다. 내가 홍소병으로 뽑히지 않는다고 해도 나는 대수롭지 않게 여길 거라고, 제발 아이들이 그렇게 생각해 주길 바랐다. 벌써 엄마, 아빠로부터 어떠한 결과에도 실망하지 말라는 주의를 들었고, 나도 마음의 준비를 단단히 한 터였다. 그리고 무엇보다도 홍소병은 홍위병만큼 영광스런 자리는 아니란 사실을 잊지 말아야 한다.

우리 반의 회장인 유지안이 첫 번째 후보로 올랐다. 그러더니 내 이름이 호명되는 소리가 들렸다. 가슴이 쿵쾅거리고 숨이 가빠졌다. 내가 후보에 오르다니, 도저히 믿어지지 않는다. 그동안 여러 가지 안 좋은 일이 있었는데도, 우리 반 아이들은 여전히 나를 인정하는가 보았다. 이제 나는 다른 무엇보다도 이번 선거에 꼭 당선되기를 바라는 마음뿐이다.

나를 후보로 추천해 준 아이에게 고마움의 눈길을 보냈다.

구 선생님이 후보로 지명된 아이들의 이름을 하나하나 칠판에 적어 가는데, 갑자기 인란란이 손을 번쩍 들었다.

"우리 언니 학교에서 홍위병을 선출할 때 보니까 먼저 후보자들의 출신성분을 확인하고 따져 보던데, 우리도 그렇게 해야 하는 거 아니에요?"

"맞아요! 출신성분이 좋지 않은 사람이 홍소병으로 선출되면 절대로 안 됩니다."

또 다른 아이가 인란란의 말에 맞장구치고 나섰다.

내 가슴은 무너져 내렸다. 출신성분, 또다시 출신성분 문제가 나를 가로막는다.

나는 어떤 말도 할 수 없는 처지라 그저 유지안을 바라볼 뿐이었다.

유지안은 서슴지 않고 일어났다.

"나는 사무직 노동자 가정 출신입니다. 그렇지만 해방 전에 우리 아빠는 견습생에 불과했습니다. 우리 아빠는 청소년 때부터 상점의 점원으로 일했는데, 주인으로부터 온갖 착취를 다 당했다고 합니다. 현재 우리 아빠는 공산당원이고, 우리 엄마도 조만간 입당할 예정입니다."

반 아이들이 모두 손을 들어 유지안을 홍소병으로 선출하는 것에 동의했다.

내 차례다. 머릿속이 텅 비어 버렸다. 무엇을 말해야 할지 몰랐다. 블라우스 등덜미가 땀으로 흠씬 젖은 채, 무겁게 자리에서 일어났다.

"나의 출신성분도 사무직 노동자입니다. 우리 아빠는 배우이고……"

나는 휘청거리는 몸을 가누며 유지안이 방금 전에 한 말을 기억해 내려고 애썼다.

"우리 아빠는…… 공산당원이 아니고, 그리고 우리 엄마도 아닙니다. 그리고……그밖에는 나도 잘 모릅니다."

나는 힘없이 자리에 주저앉았다.

"지앙지리, 그렇다면 아빠의 출신성분은 무엇입니까?"

누군가 큰 소리로 내게 물었다.

내가 다시 천천히 몸을 일으켜 교실을 둘러봤다. 두하이가 나를 쏘아보았다. 그 아이는 한 팔을 뒤쪽 책상에 올린 채 자리에 뻐딱하게 걸터앉았다.

"우리 아빠의 출신성분이라니……?" 처음에는 두하이가 뭘 묻는지 알지 못했다.

"아빠의 출신성분이라면 우리 할아버지가 무엇을 하셨는지 묻는 겁니까? 거기까진 잘 모릅니다. 내가 알고 있는 거라곤, 우리 아빠가 겨우 일곱 살일 때 할아버지가 돌아가셨다는 사실뿐입니다."

두하이의 얼굴에 비웃음이 스쳐 지나갔다. 그 아이가 거드름을 피우며 천천히 일어서더니 아이들을 향해 고개를 들었다.

"나는 지앙지리의 할아버지가 어떤 사람이었는지 잘 압니다."

그 아이는 반 아이들의 시선을 끌어 모으기 위해 잠시 하던 말을 멈추고, 전체 아이들을 천천히 훑어보았다.

"지앙지리의 할아버지는……지주였습니다."

"지주!"

놀란 아이들 입에서 저마다 똑같은 말이 터져 나왔다.

"게다가 지앙지리 아빠는 우익 반동입니다."

"우익 반동이라고!"

반 전체가 일대 아수라장이 되었다.

갑자기 온몸이 마비된 것 같았다. 할아버지가 지주였다니! 농민들을 착취하고 그들의 피를 빨아먹는 흡혈귀라니! 사회주의와 인민의 적으로 지목된 다섯 부류 중에서도 가장 악질적이어서, 범죄자나 반혁명 세력보다 더 나쁘게 취급되는 지주였다니! 우리 할아버지가? 그리고 아빠는 우익 반동이라고? 당과 사회주의를 공격하는 반동 지식인이 바로 우리 아빠란 말인가? 아니다. 도저히 그 말을 믿을 수 없었다.

"모든 게 거짓이야! 네가 뭘 안다고 함부로 말하는 거야!"

내가 용기를 내서 반박했다.

"물론 나는 잘 알고 있지."

두하이가 의기양양하게 말했다.

"우리 엄마가 이 지역 당 중앙 위원회 서기라서 모든 걸 훤히 꿰고 있거든."

더 이상 아무 말도 나오지 않았다. 눈에 가득 고인 눈물 너머로 나를 빤히 쳐다보는 아이들이 보였다. 차라리 이 세상에 태어나지 않았더라면 좋았을걸 그랬다. 나는 책상을 힘껏 밀쳐내고 자리에서 뛰쳐나와 밖을 향해 달렸다.

교실 밖은 한낮의 햇살이 너무 밝아서 제대로 눈을 뜨기가 힘들었다. 이마 위에 손을 얹어 차양을 만든 뒤, 아무 정신도 없이 햇빛 속으로 무작정 뛰어들어 집을 향해 달렸다.

내 뺨에 흘러내리는 눈물을 보고 할머니는 몹시 놀랐다.

"어쩐 일이니, 아가야? 마음 상하는 일이라도 있었니?"

할머니는 주걱을 손에서 내려놓고 내 손을 꼭 쥐고는 묻고 또 물었다.

할머니가 자꾸 되물어도, 처음엔 도무지 아무 말도 할 수 없었다. 여전히 흐느껴 울면서, 마침내 학교에서 일어난 일의 자초지종을 말했다.

"할머니, 사실이 아니죠, 그렇죠? 할아버지는 절대로 지주가 아니었지요, 대답해 주세요. 아빠도 우익 반동이 아니고요, 그렇죠?"

"그럼, 네 아빠는 절대로 우익 반동이 아니고말고. 네 반 아이들의 말을 귀담아 듣지 마라."

할머니는 내 물음을 끊듯 얼른 대답해 주었지만, 목소리가 왠지 불안하게 들렸다.

"그리고 할아버지가 지주였다는 말도 거짓이죠? 맞죠?"

나는 할머니의 눈을 똑바로 쳐다보며 다시 채근했다.

할머니는 긴 한숨을 내쉬더니 나를 가만히 안았다.

"네 할아버지가 무엇이었건 간에 그 문제는 너와는 아무 상관도 없는 일이다. 그 양반이 돌아가신 지 벌써 삼십 년이 넘은걸."

할머니의 대답으로 짐작하건대 그건 사실이었다. 할아버지는 지주였음이 틀림없다.

더 이상 아무 말도 듣고 싶지 않았다. 나는 할머니의 품에서 빠져나와 돌아서 버렸다.


다음 날 아침 눈을 떴을 때, 침대 옆에서 내가 깨어나기를 기다리는 아빠의 모습이 눈에 들어왔다.

"일어나라, 지리야. 아빠가 너희들과 산책하고 싶구나."

아빠가 손으로 내 볼을 톡톡 쳤다.

"저는 가고 싶지 않아요."

나는 벽으로 돌아누워 몸을 잔뜩 웅크렸다. 눈은 퉁퉁 부은 데다, 머리가 무겁고 깨질 것 같이 아팠다.

"오늘은 꼭 함께 가야겠다. 아빠가 네게 할 말이 있거든."

아빠는 부드럽지만 단호한 목소리로 말했다.

지용과 지윤이 각각 아빠의 한 손씩 잡고 앞서 가고, 그 뒤로 내가 마지못해 따라갔다. 엄마와 아빠가 어젯밤 늦도록 목욕탕에서 이야기 나눈 것을 안다. 우리 집에서 비밀 이야기를 나눌 수 있는 유일한 장소가 목욕탕이다. 오늘 산책길에는 아빠가 어제 내가 학교에서 겪은 일과 관련된 이야기를 할 게 틀림없다.

일요일이다. 날마다 출근길에 벌어지는 수많은 인파와 자전거 행렬은 간데없고, 거리는 조용하다 못해 평화롭기까지 했다.

우리들은 중소 우정 기념관 앞에서 멈췄다. 기념관의 네모반듯한 앞뜰에서 흰 비둘기 떼가 구구거리며 분수대 주위를 맴돌 뿐, 주위는 텅 비어 조용했다.

우리들은 정문 앞 널찍한 계단 위에 자리잡고 앉았다. 나는 큼지막한 돌기둥에 몸을 기댔다.

아빠가 곧바로 이야기를 꺼냈다.

"할머니가 내게 말씀해 주셨다. 너희 반 아이들이 우리 가족의 출신성분을 묻는 바람에 지리, 네가 홍소병에 선출되지 못했다면서?"

아빠는 몸을 돌려 나를 똑바로 바라보았다.

나는 아빠의 눈을 피해 고개를 숙이고는 그저 붉은 스카프 자락만 만지작거렸다.

"앞으로도 문화혁명이 진행되다 보면 어제와 같은 일이 또 일어날 수 있다. 그래서 이번 기회에 아빠가 우리 집안에 관한 것을 말해 주려고 해." 아빠의 목소리는 아빠의 얼굴만큼이나 차분하게 들렸다.

아빠는 부유한 대가족 집안에서 태어났다. 말이 대가족이지, 무려 오대에 걸쳐 모두 백 명이 넘는 일가붙이들이 나란히 붙어 있는 집 몇 채에 나뉘어 살았다. 한때는 집안에서 어마어마하게 넓은 땅을 소유하고, 사업체를 여러 개 운영했으며, 그 밖의 다른 재산도 많았다. 무절제한 씀씀이에다 불운까지 겹쳐, 아빠가 태어날 무렵에는 거의 대부분의 재산을 날려 버리게 되었다. 그러자 한데 모여 살던 가족들은 제 살길을 찾아 뿔뿔이 흩어졌다.

아빠가 겨우 일곱 살 때 할아버지마저 돌아가시고, 그로부터 할머니와 아빠는 둘만의 힘으로 생계를 꾸려 나가야 했다. 물려받은 재산은 거의 없었다. 아빠는 장학생으로 상하이에 있는 세인트존스 대학을 다니면서 과외를 해서 돈을 벌었지만, 어떤 때는 하루 생활비가 없어 할머니의 패물을 내다 팔아 연명하기도 했다. 아빠가 세인트존스 대학을 졸업한 1949년은 공산당이 장제스의 지배에서 중국을 해방시킨 해이기도 하다. 졸업과 동시에 아빠는 한 초등학교의 교감으로 발령 받았다.

"이것이 우리 집안에 관한 진실이다." 아빠의 말은 계속되었다.

"아빠는 절대로 우익 반동이 아니야. 만일 나에 대해 그렇게 말하는 사람이 있으면, 아빠가 소속된 직장단위에 가서 확인해 보라고 하렴. 그리고 네 할아버지가 사업가이자 지주였던 건 사실이다."

"아빠?" 지용이 느닷없이 물었다.

"할아버지가 소작료를 제때 안 내는 농부들을 채찍으로 때렸어요?"

"아니면 그런 사람들의 딸을 하녀로 삼았어요?" 지윤도 끼어들었다.

아빠는 놀라 휘둥그레진 동생들의 눈을 가만히 들여다보더니 천천히 고개를 가로저었다.

"할아버지는 평생 상하이에만 머무셔서, 그분이 직접 소작료 문제에 관여할 일이 없었다. 할머니와 혼례를 올렸을 때 이미 할아버지는 건강이 많이 나빴고, 팔 년 후 돌아가실 때까지 거의 병상에만 누워 지내다시피 하셨어. 물론 할아버지에게 잘못이 없다고 말하진 않겠다. 모든 지주들은 농민들을 착취했고, 누가 뭐라 해도 그건 확실히 범죄행위니까……."

"할아버지는 왜 다른 사람들을 착취하셨어요?"

내가 불쑥 묻는 바람에 아빠의 이야기가 끊어졌다.

아빠는 나를 바라보기만 할 뿐, 한동안 아무 말이 없었다. 잠시 침묵이 흐른 뒤에 아빠가 우리 셋을 양팔로 안으며 다시 입을 열었다.

"잘 들어 봐라. 아빠가 오늘 너희들에게 꼭 알려 주고 싶은 건, 너희 할아버지가 지주였는지 아닌지, 착취자였는지 아닌지에 대한 것이 아니라, 그것 자체가 너희들 책임이 아니라는 사실이야. 아빠조차도 할아버지에 대한 기억이 희미할 만큼 오래 전에 돌아가신 분이니, 너희들과는 더더욱 아무 상관도 없겠지? 그러니 너희들은 언제 어디서나 당당해야 한다. 알아듣겠니?"

"그렇지만 할아버지 때문에 제가 홍소병이 못 된 건 사실이잖아요?"

"그래, 네 말이 맞다. 네 반 친구들이나 우리 이웃들이 할아버지에 대해 말할지도 모르지. 그것까지 우리가 막을 수는 없다. 너도 홍소병에 들어갈 수 없을 게다. 그것 역시 우리가 어쩔 수 없는 일이지. 그렇다고 해서 네가 수치스러워 할 필요는 없어. 왜냐하면 그건 네 잘못이 아니잖니? 너는 아무것도 잘못한 게 없는걸. 아빠 말 알아듣겠어?"

아빠의 부드러운 눈길을 바라보니 내 마음이 조금은 편해졌다.

몇 주 후면 이 학교를 졸업할 것이다. 그리고 나는 명문 중학교에 입학해서 전보다 더 열심히 공부해야겠다. 나의 출신성분이 나쁠지라도 좋은 성적을 올릴 자신이 있다. 누구도 나에게서 그런 것까지 빼앗아 가진 못할 것이다.

'그건 내 잘못이 아니야, 내 잘못이 아니야.' 나는 마음속으로 수없이 이 말을 되뇌었다.

두하이와 인란란을 포함해 홍소병 열 명이 모두 선출되었다. 선거가 끝난 직후부터, 그 둘은 이보란 듯이 완장을 차고 학교 안팎을 활보하며, 다른 아이들에게 명령을 내렸다. 두하이는 무게를 잡느라고 그러는지, 가뜩이나 찌그러진 눈을 더 찌푸렸다. 자랑스럽게 고개를 치켜들고 가슴을 쑥 내밀고 다니는 인란란은 안 끼는 데가 없이 어디든 나타났다.

양후안도 역시 선출되어서, 이제 두하이와 인란란이 하는 말이라면 하나도 빼놓지 않고 하루종일 여기저기 다니며 앵무새처럼 따라했다. 유지안도 홍소병이 되었지만, 그 아이의 출신성분은 노동자 계급이 아니다. 그 아이는 두하이와 인란란이 하자는 대로 마지못해 따라가는 것 같았다.

반에서 나는 점점 더 말수가 적어졌고, 그리고 일부러 홍소병 아이들에게 전혀 관심을 두지 않는 체했다.

어느 날 오후, 수업이 끝나고 나서 바삐 칠판을 지우고 있었다.

"빨리 서둘러, 이 거지야!"

나와 함께 교실 당번이 된 덩이이를 내가 재촉했다. "이러다간 수예 준비물 받으러 가기 늦겠다."

"야, 다른 사람에게 함부로 별명 부르지 마!" 누군가 뒤에서 고함쳤다. 돌아다보니 양후안이 내 뒤쪽 출입문에 서 있었다.

"아, 미안해. 그새 깜빡했네. 내가 다시는 널 그렇게 부르지 않을게, 약속해." 나는 웃는 얼굴로 덩이이한테 얼른 사과했다.

양후안이 거만하게 콧방귀를 뀌었지만, 자신이 지적한 것에 대해 내가 얼른 사과한 점이 내심 흡족했나 보았다.

"네가 덩이이를 거지라고 부르는 건 그렇게 단순한 문제가 아니야. 한마디로, 네가 노동자 계급의 아이들을 무시한다는 뜻이거든."

어느새 뒤쪽 출입문에 인란란과 다른 두 명의 홍소병 아이들이 굳은 얼굴을 하고 나타났다. 교실 안은 찬물을 끼얹은 듯 조용해졌다.

"덩이이네가 가난하고, 또 저 아이의 옷차림도 지저분하니까 네가 덩이이를 무시해서 함부로 거지라고 부르는 거야. 지앙지리, 이런 게 다 네 출신성분과 관련 있어. 간단하게 말해서, 네 집안의 계급 성향에 영향을 받아 네가 다른 아이를 거지라고 부른 거라고. 아무래도 네 생각을 완전히 개조해야겠다."

"나만 덩이이한테 거지라고 부르는 건 아니잖아. 다른 아이들도 모두 그렇게 부르잖아! 그리고 난 이미 사과했어."

끓어오르는 화를 삭이며 내가 대꾸했다.

"다른 아이들이 그렇게 부른다고 해도 그건 네 경우와 완전히 다른 문제야." 인란란이 말했다.

"왜냐하면 다른 아이들은 할아버지가 지주가 아니고, 아빠도 우익 반동이 아니거든. 그들은 굳이 그들 자신을 개조할 필요가 없어."

"그만두지 못해! 너, 함부로 우리 아빠를 우익 반동이라고 떠들지 마! 우리 아빠가 우익 반동이라고 누가 그래? 너, 우리 아빠 직장단위에 가서 확인이라도 해 보고 입을 놀리는 거야?"

인란란이 꽤 놀란 모양이었다. 내가 하도 당당하게 말해서, 그 아이는 내가 거짓말하는 거라고 트집잡기 어려울 것이다.

"그, 그럼…… 네 할아버지는 어떻고?"

"우리 할아버지? 그분은 우리 아빠가 겨우 일곱 살일 때 돌아가셨을 뿐이야. 나는 단 한 번도 그분을 뵌 적이 없어. 그런데 왜 내 자신을 개조해야 하니? 그분이 내게 뭘 어쨌다는 거야?"

"뭐야? 네 할아버지가 지주였는데도 너는 네 자신을 개조할 필요가 없다고?"

인란란은 홍소병 완장을 찬 팔을 휘두르며 반 아이들을 향해서 발작적으로 소리 질렀다.

"얘들아, 잘 들어 봐! 지앙지리는 지주인 자기 할아버지가 자신과는 아무 관련이 없고, 그래서 자신을 개조할 필요도 없다고 했어. 한마디로 저 아이는 계급투쟁의 존재 자체를 부정하겠다는 거야!"

그 아이는 내게 몸을 돌려 여전히 고함치듯 말했다.

"'계급 사회에서는 모든 개인은 특정 계급의 일원이다. 그리고 누구나 할 것 없이, 각 개인의 인식은 그가 속한 특정 계급의 성향에 의해 달라지게 마련이다'라고 마오 주석께서 말씀하셨어. 그 말에 의거해 볼 때, 네 할아버지의 반동 계급적인 신분이 네 아빠의 생각에 영향을 미쳤고, 네 아빠의 생각 역시 자연스럽게 네게 영향을 주었다는 데 의심의 여지가 없어. 그리고 네 할머니는 지주의 부인이었지. 그렇잖아도 평상시에 네 할머니가 너를 얼마나 아끼는지 자기 입으로 주변 사람들에게 늘 말해 왔는데, 그렇다면 네 할머니도 지주 부인으로서 네게 커다란 영향을 끼쳤을 수밖에 없겠지. 그런데도 너는 네 자신을 개조할 필요를 못 느낀다고 말할 수 있어?"

많은 아이들이 출입문 쪽에서 지켜보고 있었다. 나는 입을 열었지만 아무 말도 나오지 않았다. 다음 수업을 알리는 종이 울렸다. 이 일을 처음부터 지켜보고 있던 두하이가 갑자기 명령조로 말했다.

"지앙지리, 방과 후에 남아. 우리 홍소병들이 너와 면담을 해야겠다."

"야호!" 누군가 신이 난 모양이었다.

그 시간 이후부터 수업 시간에 선생님의 설명이 전혀 귀에 들어오지 않았다. '지주', '반동 계급' 같은 끔찍한 단어나 인란란의 차가운 얼굴, 두하이의 교활하고 찌그러진 눈이 내 마음을 휘저었다. 나는 언제나 우리 학교에서 우수한 모범생이었는데, 어떻게 하루아침에 완전히 개조되어야 할 사람으로 바뀔 수 있단 말인가? 단 한 번도 본 적이 없는 할아버지 때문에 내가 이런 취급을 당해야 한다는 사실이 못내 억울했다. 생각할수록 머리만 더 아파와, 손가락으로 관자놀이를 꾹꾹 눌렀다.

체육관에 들어섰다. 유지안이 평행봉에 기대서서 평균대 위에 앉아 있는 양후안, 인란란과 이야기하고 있었다. 그들 옆으로 두하이가 몸을 숙여 뭔가를 쓰고 있고, 다른 홍소병 몇이 그 아이의 어깨 너머로 쓴 것을 들여다보느라 기웃거렸다. 그들은 나를 보자 하던 일을 멈췄다. 모두 심각한 얼굴로 나를 바라보았지만, 어떻게 말을 시작해야 좋을지 몰라 서로 망설이는 것 같았다.

"지앙지리." 마침내 두하이가 거드름을 피우며 말했다.

"너의 문제점을 지적해 주려고 오늘 우리가 이렇게 모였어."

그 아이는 고개를 삐딱하게 기울여, 마치 능숙하게 일을 처리하는 전문가처럼 보이려고 애썼다.

문득 두하이가 하루 종일 교실 앞에 서서 벌 받던 일이 생각났다. 그때 그 아이는 고양이 꼬리에 종이를 묶어 거기에 불붙이는 장난을 쳤다가 선생님에게 걸렸다.

"너는 아주 중대한 잘못을 저지르고 있어. 예를 들면,……"

두하이가 손에 든 종이를 내려다보았다.

"너와 네 할머니는 삼륜인력거를 자주 타지. 그건 너의 화려한 부르주아적 생활을 잘 보여 주는 행동이야. 그뿐만 아니라 네 가족은 가정부도 고용하고 있어. 이건 명백한 노동착취에 해당하지. 게다가 너는 집안일도 전혀 하지 않는다던데……."

"그래, 나랑 할머니가 가끔씩 버스 대신에 삼륜인력거를 타는 건 사실이야. 하지만 가족 중 누군가 아파서 병원에 갈 때뿐이야."

내가 조심스레 설명했다.

"그리고 송포포 아줌마 문제에 대해서도 우리 엄마에게 여쭤 봤는데, 아줌마가 다른 직업을 찾을 수 없어서 할 수 없이 우리랑 지내는 거라고 하셨어."

"시끄러워!"

인란란이 거칠게 팔을 휘저으며 내 말을 잘랐다.

"오늘은 우리가 너한테 할 말이 있어서 널 부른 거야. 네 변명이나 들으려고 모인 게 아니라고. 아무도 널더러 말하라고 한 사람 없잖아. 너는 잠자코 듣기나 해, 알았어?"

나는 할 말을 잃었다. 내 눈이 인란란 쪽으로 향했지만, 내 귀엔 아무 말도 들리지 않았다. 내 앞에 서 있는 이 아이가 정말로 내가 알고 있는 인란란이란 말인가? 지난 1년 동안 일주일에 세 번씩 나는 인란란에게 수학을 가르쳐 주었다. 한 문제 한 문제씩, 그 아이가 이해할 때까지 설명을 되풀이했다.

양후안은 또 어떤가? 2년 전 양후안이 다리를 다쳤을 때, 친구들과 내가 번갈아가며 그 아이를 등에 업고 세 달 동안이나 집과 학교 사이를 오가며 등하교시켰다. 그리고 이 자리에 있는 또 다른 아이들, 내가 도대체 그 아이들한테 무엇을 어떻게 했다고 갑자기 그들이 나를 이토록 적대시하는 걸까?

아이들이 한 명씩 돌아가며 나를 비판하기 시작했다. 나는 그저 그 아이들의 움직이는 입술을 바라볼 뿐이었다. 내가 이해할 수 있는 말은 아무것도 없었다.

우리 가족이 그들보다 조금 더 잘사는 게 왜 내 잘못인가? 내 부모님들이 직물 공장에서 일하는 노동자이고, 우리 가족이 가난했으면 좋겠다는 생각을 여러 번 했다. 어떤 때는 엄마에게 헝겊으로 기운 바지를 입게 해 달라고 조른 적도 있었다. 송포포 아줌마가 우리 집안일을 도와주고 있지만, 내 옷은 항상 내가 빨아서 입는다.

매주 우리 반이 대청소를 실시할 때도, 나는 언제나 가장 힘든 일을 도맡아 했다. 두하이와 인란란이 그런 사실을 모를 리 없다. 문득 내가 다른 집안에서 태어났더라면 좋았을걸 하는 생각이 들었다. 지주였다는 할아버지가 너무 원망스러울 뿐이다.

"왜 대답 안 해?"

인란란이 평균대에서 벌떡 일어나더니 나에게 고함쳤다.

"뭐, 뭐라고?"

나를 빙 둘러싸고 있는 성난 얼굴들을 향해 기어들어가는 목소리로 내가 되물었다.

홍소병 아이들이 마침내 폭발하고 말았다.

"너, 지금껏 우리가 하는 말을 하나도 안 들었구나, 그렇지?"

인란란의 날카로운 공격이 계속되었다.

"내가 이 참에 말해 두겠는데, 네가 아직도 전교 학생회장이라고 착각하지 마. 지금은 문화혁명 중이야. 학생회장 따윈 아무 쓸모도 없어. 너는 지금 아무것도 아니란 말이야."

"이제는 전하고 달라. 선생님들도 더 이상 너를 두둔하지 않을걸."

"당연히 넌 선생님을 비판하는 대자보를 하나도 쓰지 않았겠지. 네 출신성분이 큰 문제야."

"네 할아버지가 대지주였으니 너도 조심하는 편이 나을걸. 네 할아버지처럼 네가 간교한 술수를 쓴다면 우리는 결코 그냥 넘기지 않아."

내가 하지도 않은 일 때문에 이렇게 당해야 하다니, 정말 억울하기 짝이 없다. '눈물을 흘리지 말자. 이 아이들 앞에서는 절대로 안 돼.' 마음속으로 내 자신을 계속 다잡았지만, 끝내 주체할 수 없는 눈물이 터지고 말았다.

홍소병 아이들이 갑작스런 나의 울음에 당황한 듯 서로 얼굴을 바라볼 뿐 아무 말도 하지 못했다. 잠시 후 조금은 누그러진 두하이의 목소리가 들려왔다.

"지앙지리, 이제 집으로 돌아가도 좋아. 나중에 더 이야기하기로 하겠다. 돌아가서 너 스스로 네 문제점을 진지하게 생각해 봐."

체육관을 걸어 나오면서 나는 마음속으로 다짐했다. 이제 몇 주 후면 졸업하는데, 그때까지 그들 누구에게도 한 마디 말도 하지 않을 것이다.


　학교 운동장 모퉁이를 따라 걸어오는데 작은 들꽃 하나가 눈에 들어왔다. 자세히 들여다보니 내 새끼손톱만한 조그만 꽃잎 여섯 개가 아주 정교한 모양이다. 꽃잎의 안쪽은 희고 가장자리는 옅은 푸른색이다.
　한 귀퉁이에 홀로 피어 있는 들꽃이 꼭 내 모습 같았다.
　이름조차 알지 못하는 한 포기 들꽃이다. 내가 지금 이 순간 누군가가 나를 감싸주기를 바라는 것처럼, 나는 그 들꽃을 보살펴 주리라 생각하며 가만히 꽃잎을 어루만져 주었다.

# 졸업

구 선생님이 최근에 혁명적으로 개혁된 교육제도를 발표했다. 중학교 입학시험이 폐지되었다. 따라서 이번 학년부터는 졸업시험도 치르지 않게 되었다. 전교생이 자동으로 중학교에 진학하게 되는 것이다.

"만세!" 안이가 의자에서 몸을 돌려 나를 보며 웃었다.

"올 여름은 완전 해방이다!"

우리들의 어깨를 짓눌러 왔던 중학교 입학시험이라는 중압감이 일시에 사라졌다. 다가오는 여름 내내 시험공부를 하며, 어떤 학교에 입학하게 될지 걱정 속에 초조하게 보낼 줄 알았는데, 이제 안심이다. 실컷 맘편하게 지낼 수 있게 되었다.

두하이는 흥분한 나머지 책상 위에 올라가 만세를 외쳤다. 두하이나 인란란을 포함한 몇몇 아이들은 한 번에 졸업 시험을 통과할 수 있을지 걱정이었을 텐데, 누구보다도 그들에게 무시험 입학은 반가운 소식일 것이다.

그런 두하이를 바라보자니 좀 전의 기쁨은 어디론가 사라져 버렸다. 내가 올 여름을 신나게 보낼 수 있다는 건 분명 반가운 일임이 틀림없다. 하지만 입학시험도 거치지 않고 어떻게 명문 중학교에 갈 학생을 선발한다는 건지 이해되지 않았다.

3학년 무렵부터, 나는 상하이의 명문 중학교 중 하나인 시이 중학교에 들어가려고 준비해 왔다. 그 다음엔 명문 고등학교와 대학교에 차례대로 도전하는 것이 나의 계획이었다. 입학시험이 없어지면 어떻게 시이 중학교에 들어갈 수 있을까? 지금까지 나를 괴롭혀 온 출신성분 문제를 극복하기 위해 무얼 어떻게 해야 한단 말인가?

반 아이들이 기쁨에 겨워 웃고 떠들며 야단법석을 떠는 동안, 내 마음 속에서 쓰라린 상처가 다시 돋아 나왔다.


천식이 심하게 도져 안이는 일주일 동안 학교에 나오지 못했다. 그 바람에 나는 혼자 학교에 가고 홀로 돌아와야 했다. 거의 아무하고도 말하지 않았다. 홍소병뿐 아니라, 우리 반 아이들 그리고 다른 어느 누구도 가까이 하지 않았다.

"선생님, 안녕하세요?"

복도에서 구 선생님을 만났지만, 공손하게 인사만 마치고 얼른 그 자리를 피하려고 했다.

"지리야, 잠깐만." 선생님이 돌아서는 나를 불러 세웠다.

할 수 없이 그 자리에 멈춰 서서 선생님의 다음 말을 기다리는 동안, 애써 선생님의 눈길을 피했다.

구 선생님은 두 해를 연달아 나의 담임선생님이 되었다. 지난 2년 동안 선생님은 우리들에게 선생님 그 이상이었고, 참으로 헌신적인 분이었다. 선생님에게 내 또래의 딸이 있다는데, 그래서 그런지 나 역시도 선생님이 엄마 같은 느낌이 들 때가 종종 있었다.

문화혁명 전에는 모범 교사였던 분이 지금은 '기회주의자', '자본주의 앞잡이', '청소년을 타락시키는 장본인' 등으로 불리며 대자보에 수없이 이름이 오르내리고 있다. 물론 나는 선생님을 비난하는 그런 글들을 믿지 않지만, 내가 선생님과 함께 있는 걸 다른 아이들에게 보이고 싶지 않았다. 만일 그런 장면이 홍소병들 눈에 띄었다가는, 그들로부터 또 다른 공격을 받을 게 뻔하다. 게다가 내 출신성분도 떳떳치 못한 마당이라 조심스럽기 그지없다. 거의 한 달 가량을 선생님을 피해 다닌 셈이다.

"지리야, 너무 속상해 하지 마라."

"저 속상한 일 없어요, 선생님."

아무렇지도 않은 듯 대답했지만, 선생님과 눈길이 마주치자 내 목소리는 흔들렸다. 나는 고개를 돌렸다. 최근에 아이들로부터 모욕을 당한 이후, 어떻게 선생님과 얼굴을 마주해야 할지 몰랐다.

"네게 알려 줄 좋은 소식이 있어."

선생님이 가만히 나를 돌려 세웠다. 행여 선생님과 함께 있는 장면이 홍소병의 눈에 띌세라, 나는 복도 이쪽저쪽을 재빨리 살펴보았다.

"지난번에 내가 중학교 입학 제도가 바뀌었다고 했지? 그런데 입학시험이 없어진 대신, 교사들이 장차 학생들이 입학할 중학교를 배정하게 되었거든."

선생님은 하던 말을 잠시 멈추었다가 다시 계속했다.

"6학년 담당 교사들 전원이 지리, 너를 시이 중학교에 배정하는 데 동의했다."

"시이 중학교……?"

내 꿈이 이루어지다니! 지금 나의 모든 것들이 엉망임에도 불구하고, 내 꿈이 현실로 다가올 줄이야!

"그래, 시이 중학교라니까."

선생님이 믿어지지 않는 사실을 다시 확인해 주었다.

"네가 그동안 많이 힘들었나 보구나, 이렇게 좋아하는 걸 보면."

선생님은 내 머리를 몇 번 쓰다듬고는 교무실 쪽으로 향했다.

나는 선생님의 뒷모습을 바라보기만 할 뿐, 그 자리에서 움직일 줄 몰랐다. 시이 중학교! 비록 홍소병으로 선출되진 못했지만 난 시이 중학교에 입학할 것이다! 바로 그때, 시이 중학교 배지가 내 가슴 위에서 반짝이는 듯했다.

나는 모든 걸 체념하고 있었는데, 선생님들은 결코 나를 포기하지 않았나 보다. 아무도 알아주지 않는 한 송이 들꽃인 줄 알았는데, 이제 보니 내 주위에는 나를 잊지 않고 돌봐주는 사람들이 아직도 많다는 걸 알았다. 지금 이 순간이 그 어느 때보다도 더 행복하다.

마음이 조금 진정되고 나니, 나는 창피해서 얼굴이 빨개질 것만 같았다. 그동안 나는 구 선생님을 일부러 피해 다녔다. 내가 선생님과 말하는 게 다른 사람 눈에 띌까 봐 두려웠기 때문이다. 구 선생님이 나를 아껴주는 만큼, 나는 구 선생님 편이 되어 주질 못했다.

"구 선생님!"

복도를 따라 걸어가는 선생님을 뒤에서 불러 세웠다.

"고맙습니다."

선생님이 뒤를 돌아보고 웃음을 지을 때, 한 가지 궁금증이 다시 떠올랐다.

"선생님, 안이는 무슨 중학교에 가게 되나요?"

선생님이 그것까지 말해 주길 꺼리는 듯 약간 머뭇거리자, 나는 기다렸다는 듯 얼른 다음 말을 했다.

"안이가 아프잖아요. 그 아이도 좋은 소식을 듣고 싶어할 거예요."

"너랑 같은 학교야. 아무에게도 말하면 안 된다, 알겠지?"

안이의 집까지 한걸음에 달려갔다. 길 가던 사람들이 이상한 눈으로 나를 돌아다보았지만, 내 입가에 배어 나오는 웃음을 멈출 수가 없었다.

언제나 최선을 다해야겠다고 마음속으로 다짐했다. 그래서 결코 선생님을 실망시키는 일이 없도록 할 것이다.


드디어 졸업했다.

졸업식도 하지 않고, 축하 모임도 없었다. 문화혁명으로 너무나 많은 일들을 겪은 터라, 아무도 졸업에 대해 신경 쓸 겨를이 없었다. 안이와 나는 조금은 실망스러웠지만, 시이 중학교에 입학한다는 생각을 떠올리면 곧 불평이 사라졌다.

가을이 될 때까지 새 학기 준비물을 사지 않고 기다리자니 안달이 났다. 더는 기다릴 수 없어, 하루 날 잡아 우리 둘은 준비물을 사러 나갔다.

제일 백화점에서 복잡한 인파 사이를 뚫고, 가까스로 책 열 권쯤은 넉넉히 넣을 수 있는 초록색 책가방을 샀다. 학용품점에서는 한참을 고른 끝에 새 필통을 결정했다. 안이의 필통 뚜껑에는 다리가 긴 학이, 내 것에는 흰 눈으로 뒤덮인 산이 각각 그려져 있다. 그리고 늘 갖고 싶던 도시락을 드디어 샀다. 반짝이는 알루미늄에, 두 칸으로 나뉘어 한쪽은 밥, 다른 한쪽은 반찬을 담게 되어 있었다. 주로 성인용인 이런 도시락을 지닌다는 것은, 그렇게도 기다려 온 우리의 위치 상승, 즉 드디어 어른이 되기까지 한 발자국 더 다가가게 되었다는 표시이기도 하다.

안이와 나는 버스를 타지 않고 일부러 걸어서 집에 돌아왔다. 돌아오는 길목에서 마주치는 사람들이 우리의 멋진 새 가방과 반짝반짝 빛나는 새 도시락을 봐 주기를 기대했다. 거리를 지나치는 행인들일지라도, 그들은 우리가 이 도시의 명문 중학교에 입학한다는 걸 분명 짐작할 수 있을 것이다.

여름 방학으로 학생들이 떠나 버린 신얼 초등학교는 그 어느 때보다도 훨씬 조용하고, 휑했다. 나뭇가지에서 지저귀는 새 소리가 놀랄 만큼 크게 들렸고, 우리의 발소리는 텅 빈 복도를 쩌렁쩌렁 울렸다.

새 도시락을 산 지 채 일주일도 되지 않았을 때, 안이와 나는 반 아이들로부터 이상한 소문을 들었다. 그 아이들 말에 의하면, 선생님들이 학생을 중학교에 배정하는 일이 모두 취소되었다고 한다. 믿어지지 않았지만, 마음속에 점점 불안감이 쌓여 갔다. 안이와 나는 결국 구 선생님을 찾아가 우리 문제를 알아보기로 했다.

문을 살짝 두드리자, 곧 구 선생님이 문을 열어 주었다.

선생님 방은 조금 바뀐 듯했다. 아름다운 붓글씨 족자가 걸려 있던 자리엔 마오 주석의 사진이 대신 들어섰고, 장식장 안에 진열된 골동품, 장식품들도 모두 사라졌다.

구 선생님은 우리가 먼저 말을 꺼내기를 기다리는 눈치였다. 일주일 내내 벼르고 별러서 선생님을 마주하게 되었는데도, 막상 선생님 앞에 서니 어떻게 물어야 할지 난감할 따름이었다.

"저희가 듣기로는 선생님들께서 우리가 입학할 중학교를 배정할 수 없게 되었다는데, 그래서 너무 궁금한 나머지……."

내 목소리가 점점 잦아들었다.

구 선생님이 천천히 고개를 끄덕였다.

"시 당국으로부터 새로운 지시가 내려왔다. 모든 학생들은 자기가 사는 거주지의 학군 안에 있는 학교에 등록해야 한단다. 우리 교사들의 학교 배정은 무효가 된 셈이지."

"무효라니……."

채 마치지 못한 나머지 말들이 입안에서 맴돌았다. 또 다른 나의 꿈이 산산조각 났다. 중학교에 갈 날을 얼마나 손꼽아 기다려 왔는데.

늘 내 눈앞에서 반짝이던 시이 중학교 배지가 갑자기 보이지 않았다. 새로 산 도시락도 더 이상 아무 소용이 없게 되었다. 비누 거품처럼 그 모든 것이 한순간에 사라져 버렸다.

"그렇다면 한 동네에 사는 아이들은 모두 같은 중학교를 다니게 되나요?" 내가 풀이 죽어 중얼거리듯 물었다.

"그래, 맞아. 너와 같은 구역에 있는 학생들은 모두 신자 중학교에 입학하게 된다."

"그럼 두하이와 인란란도요?"

선생님이 자리에서 일어나더니 두 팔로 나를 감싸 안았다.

"너무 속상해 하지 마라."

선생님은 우리를 달래듯 부드럽게 말했다.

"때가 되면 모든 게 나아지겠지. 꼭 그리 될 거다. 힘 내, 잘 될 거야."

선생님 방을 나와서 안이와 나는 한참을 복도에 우두커니 서 있다가 자리를 떴다.

"가기 전에 우리 마지막으로 교실에 가 보자."

우리 둘은 무거운 발걸음을 돌려 교실로 향했다.

종이를 오려 만든 '열심히 공부하여 날마다 전진하자'는 구호는 여전히 교실 전면 벽에 붙어 있었지만, 꽂아 놓은 핀이 빠져 버렸는지, 글자 몇 개가 비뚤어진 채 매달려 있었다. 예쁘게 장식하고 잘 정돈되었던 학생 게

시판에는 거칠게 씌어진 문화혁명 관련 게시물들이 어지럽게 붙어 있을 뿐이었다.

내 책상에 앉아 보니, 이제 그것은 너무 작아 보여서 낯설기까지 했다. 어떤 장난꾸러기가 파 놓았음직한 책상 위의 칼자국을 다시 한 번 들여다보았다. 거기에 손가락 끝을 대고 나무에 파인 홈을 따라가다 보니, 문득 구 선생님 목소리가 들려왔다. "모든 게 잘 될 거야."

떠나기 전에 마지막으로 한 번 더 교실을 둘러보았다. 이젠 두하이의 비아냥거림조차 내가 학생회장으로 뽑혔을 때만큼이나 오래 전 일로 느껴졌다.

우리는 도서관 앞을 지나왔다. 그 조그마한 방에서 참으로 오랜 시간을 보냈고, 중국의 영웅들에 대해서도 많은 걸 알게 되었다. 국민당 군벌에게 항복하느니 차라리 죽음을 선택하겠다며 의연히 죽음을 맞이한 류후란, 한국 전쟁에서 동료들을 구하기 위해 자기 한 몸을 영웅적으로 내던진 황희광, 그 밖에도 혁명을 위해 자신의 삶을 송두리째 바친 수많은 영웅들을 바로 이 도서관에서 만났다.

'도서 정리를 위해 여름 방학 동안 휴관함'이라는 팻말이 굳게 잠긴 출입문 위에 붙어 있었다. 창문으로 들여다보니, 절반 가량의 서가들이 휑하게 빈 채로 방치되어 있었다. 홍 할아버지 책방의 책들처럼, 내가 좋아하는 책들이 혁명을 완수하는 데 유해한 책으로 분류되어 영원히 폐기되었음을 짐작할 수 있었다.

우리는 발걸음을 돌려 드디어 교정을 떠났다.

# 북 소리, 징 소리

본격적으로 한여름 무더위가 시작되었다. 한낮의 태양이 머리 위에서 이글거릴 때면, 골목 어귀에서부터 친숙한 소리가 열린 창문을 타고 흘러들어온다. 나무집게를 탁탁 두드리며 박자에 맞춰 외쳐 대지만, 얼음과자 장사의 목소리는 느리고 단조로워 나른하기까지 했다.

"꽁꽁 언 얼음과자 사세요. 녹두 얼음과자, 단팥 얼음과자, 시원한 얼음과자 있어요."

한참을 털실과 씨름하느라 손에 땀이 홍건해서 더 이상 뜨개질하기가 힘들었다. 대신에 베갯잇을 수놓으며 시원한 저녁을 기다리던 참이다. 어디선가 북 소리, 징 소리가 어렴풋이 들려왔다.

우리들은 뭔가 심상찮은 공기를 직감할 수 있었다. 신문과 라디오에는 온통 '네 가지 구악을 깨부수자'는 구호뿐이더니, 이제는 반동분자의 개인 소유물을 완전히 압수해야 한다는 내용으로 확대되었다.

'만일 우리가 뿌리까지 완전히 제거하지 않는다면, 독초는 반드시 되살아난다.'

'우리는 이런 구시대의 유물들을 반드시 뿌리 뽑아야 한다.'

'반동 세력들이 자신들만을 위해 재산을 쌓아 두도록 방치해서는 절대로 안 된다.'

이런 종류의 구호들이 넘쳐나는 가운데, 날마다 북 소리, 징 소리를 듣는다. 홍위병들은 계급의 적으로 분류된 가구들을 수색하여 그들의 집에 쌓아 두거나 감춰 둔 재산을 압수하는데, 그럴 때마다 그들은 북과 징을 울려 댔다.

다른 때와 달리 그날은 북 소리, 징 소리가 훨씬 가까이서 들려왔다. 지윤과 그의 한 반 친구인 샤오홍인이 소식을 몰고 집으로 달려왔다.

"수색하려는 사람들이야, 틀림없어!"

지윤의 목소리가 한결 높아졌다.

"사람들이 트럭을 타고 롱 노인 공장에서 몰려와 지금 대자보를 붙이느라 야단이야. 언니, 같이 가 보자."

지윤이 내 손을 잡아끌고 계단으로 내려갔다.

벌써 많은 사람들이 11번지 롱 노인 집 앞에 몰려들었다. 짙은 색 트럭두 대가 출입문을 가로막았다. 트럭 옆면은 '모든 반동 괴물들을 제거하고, 네 가지 구악을 깨부수어 네 가지 신사상을 건설하자'라는 구호가 적힌 빨간 현수막으로 뒤덮였다.

건물 앞의 커다란 철문은 굳게 닫혀 있는데, 안으로부터 뭔가 심상찮은 소리가 들려왔다. 홍위병들의 거침없는 고함 소리, 룽 부인의 커다란 개가 사납게 짖어 대는 소리가 한데 뒤섞여 한층 소란했다. 안에서 어떤 일이 벌어지고 있는지는 상상할 수밖에 없었다.

일부는 심각한 얼굴을 하고 대문에 붙여 놓은 대자보에 둘러서서 읽었다. 대자보를 읽은 사람들은 손수건으로 얼굴을 닦거나, 야자수 이파리로 만든 부채로 얼굴을 가렸다. 두하이의 엄마가 지역 당 위원 한 명과 함께 그곳에서 지켜보고 있었다. 나는 사람들 사이를 비집고 들어가 대자보를 읽었다.

'비록 룽더훵은 이미 사망했지만, 그의 미망인은 그가 부정하게 끌어모은 재산으로 여전히 호의호식하고 있다. 룽더훵이 인민을 착취해서 세운 공장들은 그들의 진정한 소유자, 즉 노동자들과 인민의 정부에게로 이미 반환되었다. 그러나 반동 괴물은 여전히 노동자들의 피땀을 기반으로 살아가고 있다.

자신의 죄를 인정하고 그것을 속죄하려고 하기는 고사하고, 룽 부인은 오히려 아들들을 홍콩으로 빼돌려 그곳에서 또 다른 중국인들을 착취하도록 계획했고, 끊임없이 자신의 부르주아적 생활을 과시해 왔다. 따라서 우리 홍위병들은 이와 같은 독초들을 뿌리째 뽑아 마오 주석의 혁명 대의를 더욱 촉발하고자 한다.'

영화에서 말고는 가택 수색이라는 걸 한 번도 본 적이 없다. 집 안을 모두 뒤져 부정한 재산을 몰수하는 것이 일시에, 그리고 한꺼번에 구악을 몰아내는 방법일 것 같기는 하다. 그렇지만 거기엔 뭔가 불안한 구석이 느껴졌다.

지윤이 내 팔을 잡아당겼다. "언니, '독초'가 무슨 뜻이야?"

내가 미처 대답하기 전에 할머니가 등 뒤로 다가왔다.

"지리야, 할미 가방 좀 들어라. 지윤이는 이리 와. 어서 집에 가자."

할머니가 우리를 재촉했다. 할머니의 말에도 아랑곳 않고 지윤은 여전히 들떠서 재잘거렸지만, 할머니의 얼굴이 곧 굳어졌다.

"이 저녁 시간에 애들이 집에 있어야지, 어딜 돌아다니는 게냐? 이런데 정신 팔려 무얼 어쩌려고."

집에 돌아온 지용도 무척이나 흥분되어 있었다. 그 아이는 반나절을 공원에서 노느라 중요한 구경거리를 놓쳤다.

"홍위병들이 물건을 가득 실은 트럭을 몰고 가는 걸 보긴 했어. 지금 다시 가서 그들이 뭘 가져갔는지 알아봐야겠다."

"그런 짓 하면 못써." 할머니가 얼른 가로막고 나섰다.

"네가 가서 지켜보지 않아도 그 가엾은 사람들 앞일은 기가 막힐 게 뻔하다."

할머니가 걱정하는 대상이 홍위병인지 롱 부인인지 헷갈렸지만, 분명한 건 할머니는 우리가 그 일에 관심 갖지 않기를 바란다는 사실이었다.

저녁 내내 내 마음은 분주했다. 그동안 저질러온 구악이 낱낱이 밝혀져, 롱 부인이 홍위병 앞에 무릎 꿇고 앉아 그들에게 비판당하는 모습이 떠올랐다. 홍위병이 장롱과 서랍을 뒤지고, 감춰 놓은 값비싼 물건을 찾기 위해 벽에 구멍을 뚫는 상상도 해 보았다. 생각만 해도 긴박감 넘치고 흥미진진하지만, 한편으로 왠지 두렵기도 했다. 할머니가 내게 간장 사오라는 심부름을 시켰을 때, 나는 11번지 앞을 그냥 지나칠 수가 없었다. 또다시 롱 부인 집 앞으로 가까이 가 보았다.

퇴근하여 귀가하는 사람들 탓에, 롱 부인 집 앞에는 낮보다 더 많은 구경꾼들이 모여 있었다. 이미 적지 않은 숫자가 대자보 앞에 떼 지어 서 있었고, 그보다 더 많은 사람들이 삼삼오오 짝을 지어 여기저기서 수군거렸다. 철부지 꼬마들이 골목 이쪽에서 저쪽 끝으로 내달리며 서성거리는 사람들 사이를 헤집고 다녔다.

한 꼬마가 징을 건드리자 그것이 지—잉 하고 울리는 통에 모두들 깜짝 놀라 잠시 부산을 떨었지만, 골목 안은 이내 조용해졌다. 모든 시선이 자신에게 쏠리자 꼬마는 재빠르게 자기 아빠 등 뒤로 숨어 버렸다. 잔뜩 목소리를 낮춘 채, 사람들의 수군거림이 다시 시작되었다.

"나는 진작부터 이렇게 될 줄 알았어요."

9번지에서 가정부로 일하는 아주머니가 말했다.

"매일 롱 부인이 화려하게 차려입고 외출하는 모습을 볼 때마다, 저러다 큰일 나지 하는 생각이 들었다오."

"지난 설에 외출할 때 보니 롱 부인이 다이아몬드 반지를 꼈는데, 아이고, 내 생전에 그렇게 알이 큰 반지는 처음 봤다니까요."

나이 든 부인이 덧붙였다.

"이 집 가정부 말로는 3캐럿이 넘는 반지래요. 입는 옷은 죄다 홍콩에서 만든 거라지요? 누가 새 옷 입은 걸 보면, 롱 부인은 곧바로 더 좋은 옷을 입고 보란 듯이 그 사람 앞에 나타난다는군요."

"맞아요, 늘 택시만 타고, 저녁 식사 때마다 진수성찬에……, 어떤 날은 밤새 마작을 한답디다."

대문에 붙인 대자보 앞으로 바짝 다가갔다.

"홍위병 말로는, 수십만 위안이나 되는 돈을 은행에 예치해 놓았다는군요."

"내가 듣기로 백만 위안이라던데! 우리 삼촌이 해방 전 롱 노인이 운영하는 공장에 다녀서 그 노인 일이라면 훤히 알고 계시거든."

오른쪽 손에 손가락이 하나 더 있어 '니'라는 이름보다는 '육손이'라고 불리는 사람이 아는 체를 하고 나섰다. 그는 우리 골목 안에 있는 차고를 개조해서 그곳에서 살고 있었다.

"아까 홍위병들이 싣고 간 골동품만 하더라도 돈으로 따지자면 백만 위안 어치는 될 텐데."

"아, 글쎄, 큰 여행용 가방에 금괴가 가득하더래요. 아마 들어 나르기도 힘들었을 거예요."

커다란 철 대문이 금속음을 내며 열렸다. 어른들 어깨 너머로 보느라, 자리에서 펄쩍펄쩍 뛰어야 했다. 여덟 명이나 되는 사람들이 기둥이 넷 달린 덩치 큰 마호가니 침대에 매달려 씨름하는 중이었다. 침대는 우리 엄마, 아빠 것과 비슷한 모양으로, 머리판에 거울이 달려 있고, 그 둘레는 용 모양으로 장식되었다. 구경꾼들 중에는 탄성을 쏟아내는 사람들이 있는가 하면, 반면에 분개하여 씩씩거리는 사람들도 있었다.

"전형적인 자본주의자로구먼."

남루한 차림의 아주머니가 내뱉듯 던진 말이다.

내 얼굴이 화끈거렸다. 우리 가족도 자본주의자 침대를 갖고 있기 때문이다. 나는 구경꾼들을 뒤로하고 집으로 발길을 재촉했다.

북 소리, 징 소리가 또다시 가까이에서 들려왔다. 그 순간 할머니는 움찔하더니, "이번에는 또 누가 당하누?" 하고 낮게 중얼거렸다.

"너희들, 오늘 저녁에 반드시 집에 있어야 한다."

할머니는 지친 듯 힘없이 부엌으로 들어갔다.

이젠 아이들이라도 단번에 수색이 개시되었다는 것을 알아차릴 뿐 아니라, 흡사 전문가처럼, 우리 동네 어디쯤에서 벌어지고 있는지도 정확하게 알아냈다. 우리 골목에서 여섯 번이나 수색이 있었는데, 그 이후 아이들은 조금 심드렁해졌으나, 어른들은 수색이 벌어질 때마다 점점 더 긴장하는 것 같았다.

지용만큼은 아직도 관심이 대단하다. 그 아이는 이 부근에서 벌어진 수색에 대해서 샅샅이 알고 있었다.

"18번지 집 가정부가 변기 수조에 금괴가 감춰졌다는 걸 홍위병에게 알렸대요."

지용이 자랑스레 이야기하며 웃었다.

"27번지, 루 아저씨 첩이 사는 집 말이에요. 거기에서는 홍위병이 본부인의 보석들을 찾아냈대요."

"38번지에서는 진짜 무기가 발견되었대요."

이 대목에서 우리들은 너무 놀란 나머지 벌어진 입을 다물지 못했다. 지용도 잔뜩 흥분했는지, 목소리를 더 낮추었다.

"홍위병들이 다락으로 올라가서 굴뚝을 올려다보니까 거기에 진짜 총이 있었다는 거예요!"

"그 밖에 더 알고 있는 거 있니?"

송포포 아줌마가 지용에게 묻는 품이, 자기 차례를 기다려온 눈치다. 송포포 아줌마도 그동안 여기저기서 들은 이야기를 해 주었는데, 우리 아이들에게 한다기보다는, 사실은 할머니에게 들려주려는 것 같았다.

"수색을 당하는 집마다 꼭 육손이가 나타난대요. 자기 말로는 몸이 너무 아파 전구 공장에 일하러 갈 수 없다고 했다는데, 그렇게 아프다는 사람이 어떻게 수색하는 집마다 쫓아다니면서 압수한 물건들을 실어 나를까요? 그 사람이 동네 불량배 몇을 모아 규찰대를 만들어 수색하고 물건 압수하는 일을 거드나 봐요. 그러고는 여기저기 만나는 사람마다, 마땅히 자신이 해야 할 일에 열심히 몸 바쳐 일하는 게 자랑스럽다며 떠벌린대요."

할머니가 고개를 들었지만, 아줌마의 말에 아무런 대꾸도 하지 않았다.

송포포 아줌마가 그 많은 소식들을 어디서 듣고 오는지 알 수 없다. 요즘은 이웃끼리 마주치더라도, 서로 어떤 이야기도 주고받지 않고 그저 눈인사만 하고는 각자 가던 길을 재촉할 뿐이다. 동네 사람들의 마음은 점점 두려움에 빠져, 누구도 문제될 만한 말을 입에 담기 꺼려했다.

아이들은 어른들로부터 자기 집 언저리를 벗어나면 안 되며, 만일 동네 어디에서든 수색이 벌어지면 그 즉시 집안으로 들어와야 한다는 주의를 날마다 들었다. 오로지 노동자 집안 아이들만 골목에 나와 놀았고, 그들은 북 소리, 징 소리가 들려도 개의치 않는 듯, 여전히 신나 보였다.

해마다 여름 방학이면 즐거운 시간을 보냈다. 낮이면 수영장이나 영화관에 가든지, 아니면 공원에서 재주넘기를 하거나 잔디 위를 구르며 놀았다. 저녁 무렵에는, 골목에 나와 동네 사람들 틈에 끼어 앉아 어른들 사이에 오가는 이야기를 들었다. 달이 떠오르면 그 달을 보고 노래하며 킥킥거렸고, 그렇게 밤이 늦도록 함께 놀았다.

하지만 모든 게 달라졌다. 혼란 속에 빠진 상하이를 벗어나서, 안이는 방학 동안 샨동에 사는 할머니 댁에서 지낸다. 안이가 너무 그립다. 아무도 밖으로 놀러 나오질 않아, 골목 안에서 아이들을 찾아보기 힘들었다. 어느덧 우리 골목에는 웃음소리가 사라지고, 오직 숨 막힐 듯한 긴장감만 점점 부풀어올랐다.


상황이 훨씬 나빠져서, 드디어 엄마, 아빠는 송포포 아줌마를 그만두게 하기로 결정했다.

엄마가 부엌에서 아줌마에게 하는 말을 들었다.

"아줌마를 내보내려니 정말 속상해요. 그렇지만 어쩌겠어요. 혹시 홍위병이 알기라도 하면, 노동자를 착취한다고 우리들을 다그칠 게 뻔한데……."

엄마의 목소리는 편치 않게 들렸다. 엄마의 말이 잠시 끊어지더니 다시 이어졌다.

"그간 감사의 뜻으로 아줌마에게 이걸 드리고 싶은데……."

그날 밤 송포포 아줌마는 작은 가방 하나를 챙겨 들고 계단을 내려갔다. 두 눈이 빨개져 통통 부은 채 떠나는 아줌마의 뒷모습이 다른 때보다 더 구부정했다.

우리 집을 떠나는 게 아줌마에게 왜 그리 슬픈 일일까? 아줌마는 우리와 한 가족이나 마찬가지이니, 우리 집에서 가정부 일을 하지 않게 된 걸 오히려 다행으로 여겨야 할 텐데, 이상하게도 아줌마 마음은 내 생각과 다른가 보았다. 어쨌거나 이제는 우리 가족이 아줌마를 착취하지 않게 된 셈이니, 내 마음이 홀가분해졌다.

송포포 아줌마가 우리들을 얼마나 아껴 주었는지, 지난 일들이 하나하나 떠올랐다. 비가 오는 날이면 아줌마는 한 손에 장화 세 켤레를 담은 비닐 가방을 들고, 겨드랑이에 우산 두 개를 낀 채, 교문 앞에서 우리들을 기다렸다.

집에 돌아와서 보면, 우리들 옷은 거의 말짱한데, 아줌마 옷은 반 이상 흠뻑 젖어 있게 마련이다. 할머니가 사 준 군것질거리를 다 먹고도 부족해서 우리가 투정 부릴 때면, 아줌마는 그동안 모아 둔 돈을 헐어서 기꺼이 우리에게 얼음과자나 사탕을 사 주었다.

다른 가정부들과는 다르게, 송포포 아줌마는 책읽기를 좋아할 뿐더러, 악보도 읽을 줄 알았다. 아줌마 방문 앞을 지나가다 보면, 가끔은 아줌마가 고리 의자에 앉아 한 손에 노래책을 들고 콧노래로 자기 고향의 민요를 흥얼거리는 모습을 보게 된다. 그럴 때면, 지용과 지윤은 아줌마 무릎 위로 파고 들어가 앉아 아줌마와 함께 콧노래를 불렀고, 나는 아줌마 등 뒤에서 아줌마의 곱슬머리를 만지작거리며 놀았다.

원래부터 곱슬머리로 태어난 사람은 고통 받고 살아갈 운명이라는 말을 넷째 이모한테서 들은 적이 있다. 그것만큼은 송포포 아줌마에게 꼭 들어맞는 말이다. 아줌마는 처음엔 부유한 집안 사람이었는데, 남편이 사업 실패로 자살하면서부터 운명이 바뀌었다.

남은 재산을 남편의 빚 갚는 데 다 털어 쓰고, 그때부터 아줌마는 남의 집 가정부가 되었다. 새삼 아줌마의 슬픈 옛 이야기를 다시 떠올리다 보니, 우리가 더 이상 아줌마를 착취하지 않게 된 것이 차라리 다행이라 여겨졌다.

우리 집 가정부 일을 그만두었어도, 아줌마는 아직도 아래층 조그만 방에 산다. 우리들은 여전히 아줌마 집에 놀러가서 아줌마의 곱슬머리를 만지작거리며 놀 수 있다. 그러나 아줌마의 즐거운 콧노래는 뚝 끊어졌고, 아줌마는 더 이상 우리들에게 군것질거리를 사 주지 않았으며, 비 오는 날 우산 들고 우리를 기다리지도 않는다.

송포포 아줌마가 떠나고 나니 우리들이 해야 할 일이 더 많아졌다. 일찍 일어나 새벽에 집 밖으로 나갈 수 있다는 사실이 너무 좋아서, 나는 시장에서 고기와 야채 사는 일을 도맡아 하게 되었다.

장보는 일은 꽤나 어렵지만, 칠십이 넘은 할머니의 나이를 헤아리고 엄마, 아빠의 바쁜 일정을 고려한다면, 내가 그것을 맡아 하는 게 당연했다. 그렇게 하는 것이 또한 내 속에 남아 있는 부르주아 근성을 몰아내는 좋은 기회 같기도 했다.

처음 며칠 동안 나는 기가 질렸다. 내가 사야 할 야채가 도대체 어떻게 생겼는지도 알지 못했다. 싱싱한 생선을 고르는 일도 큰 문제였다. 무엇보다도 수없이 마주치는 사람들과 여기저기 길게 늘어선 사람들 행렬 때문에 제정신이 아니었다.

어떤 물건을 사려 해도 길게 줄을 서서 기다려야 하고, 그 중에서도 먼저 온 사람이 임자다. 야채를 사기 위해 줄서서 기다리다가 막상 내 차례가 되어 사려고 하면, 그 물건은 벌써 다 팔려 하나도 남지 않은 적이 여러 번 있었다. 배급표가 있어야만 구할 수 있는 물건조차도 일찌감치 동이 나 버린다.

그러나 나는 의외로 빠르게 장보는 일을 익혀 나갔다. 가장 좋은 야채나 물 좋은 생선을 어떻게 고르는지, 또 제일 좋은 물건을 가장 빨리 사려면 어느 줄에 서야 하는지를 바로 알게 되었다. 한 줄에 서 있는 동안 또 다른 줄에 자리를 맡아놓는 요령도 생겨, 팔려고 내놓은 물건이 충분치 않아도, 이제 나는 할머니가 원하는 것들을 반드시 사왔다.

새벽 다섯 시 반이면 우리 골목을 나선다. 조금은 흥분되고 뿌듯하기도 한 마음으로 서둘러 텅 빈 거리를 지나간다. 전보다 더 어려운 일을 맡아 하게 된 것은, 그만큼 내가 컸다는 증거이기도 하다. 나는 더 이상 세상 물정 모르는 철부지 부르주아 아이가 아님을 분명히 확신할 수 있다.

하루는 할머니가 아파서 내가 음식을 만들어야 했다.

"누나, 열두 시까지 점심 해 준다더니."

오래 된 벽시계가 열두 번을 울렸을 때, 지용이 내 어깨 너머로 다가와 투덜거렸다.

"성가시게 굴지 말고 가서 기다려!"

땀에 젖어 이마 위로 흘러내린 머리를 뒤로 쓸어 넘기며 나는 지용에게 불쑥 화를 냈다. 층계참으로 낸 좁은 부엌에 냄비, 프라이팬, 조리용 화덕이 꽉 들어차, 그것만으로도 숨이 막힐 지경인데, 게다가 창 밖에서 내리쬐는 햇빛과 화덕에서 뿜어 내는 열기까지 더하여, 거의 녹아 내릴 것만 같았다.

엄마가 아침에 써 놓고 간 쪽지를 다시 들여다보았다. '계란을 이십 분간 찐 다음 거기에 간장을 조금 넣어라.' 냄비 뚜껑을 열어 보고는 기가 막혀 한숨이 다 나왔다. 계란 담은 그릇이 끓는 물 속에서 뒤집어진 게 분명했다. 계란찜 대신에 계란찌개를 한 냄비 끓인 셈이 되어 버렸다.

할 수 없이 먼저 지어 놓은 밥과 계란찌개로 상을 차리기로 작정했다. 곤죽이 된 계란에다 간장을 조금 섞어 넣고는 식구들을 큰 소리로 불렀다.

"점심 준비 다 됐다."

방금 전까지만 해도 점심 타령을 하던 지용은 어느 새 허기가 사라진 모양이었다. 지윤은 젓가락을 들고 밥알을 깨작거렸다. 할머니는 내 솜씨가 제법이라며 칭찬했지만, 내가 보기에는 할머니 역시 내가 만든 반찬

에 거의 손을 대지 않는 것 같았다. 요즘 들어 할머니는 오전 내내 누워만

있는데도 관절염은 점점 더 악화되어 온 가족이 걱정하던 참이다.

"할머니, 제가 뭘 어떻게 해 드릴까요?" 내가 걱정스레 물었다.

"아니다. 할미 곧 괜찮아질 게야. 늬 엄마 오면 침 맞으러 데려다 달라

고 해야겠다. 침이나 맞아야 조금 견디기 수월해."

"우리끼리 할머니 모시고 갈 수 있어요." 지용이 불쑥 나섰다.

무슨 말인가 싶어 나는 지용의 얼굴을 쳐다보았다.

"지역 당 위원회 앞마당에 삼륜인력거가 있잖아. 만일 가족 중 아픈 사

람이 있으면 누구라도 빌릴 수 있어. 출발할 때만 누나가 도와주면 내가

조종해서 갈 수 있는데."

"아이고, 우리 손자, 할미를 퍽도 생각하는구나. 그렇지만 연습을 충

분히 한 다음에나 타자꾸나." 할머니 얼굴에 웃음이 번졌다.

"할머니, 벌써 여러 번 타 봤어요."

지용이 나를 쳐다보며 큰 소리로 말하다가, 할머니의 기침 소리를 듣

더니 좀 전보다 목청이 낮아졌다.

"저, 어쨌든 연습 삼아 조금은 타 봤어요."

"엄마는 느지막하게나 돌아오실 텐데……."

곰곰이 생각한 끝에 결론을 내렸다.

"우리가 뒤에서 밀고 지용이가 조심조심 몰고 가면, 아마 우리끼리라

도 할 수 있을 거야."

"늬들끼리 할 수 있을 것 같으면……."

할머니가 말끝을 흐렸다. 할머니의 통증이 무척 심해 보였다. 그래서 우리끼리 할머니를 모시고 가 보기로 결정했다.

지윤이 할머니를 부축해서 계단을 내려오는 동안, 지용과 나는 삼륜인력거를 빌리러 갔다. 우리 앞에 서 있는 삼륜인력거는 오늘따라 더 크고 시커멓게 보일 뿐 아니라, 낯설기까지 했다. 조심조심 그것을 집으로 밀고 왔다. 할머니가 가까스로 삼륜인력거에 기어올라가 덮개가 씌워진 뒷자리에 앉자, 우리들은 출발했다.

지용은 다리가 페달에 닿지 않아 일어선 채로 그것을 밟았고, 지윤과 내가 뒤에서 밀었다. 삼륜인력거가 조심스럽게 골목을 빠져나가 큰길에 다다랐다. 신호등이 빨간 불로 바뀌어 지용이 핸드브레이크를 잡아 누르자, 삼륜인력거의 속도가 줄어들더니 부드럽게 멈춰 섰다. 지용은 자신감에 찬 웃음을 내게 보냈고, 나도 안도의 한숨을 내쉬었다.

초록불이 되었다. 지용이 일어서서 다시 페달을 밟았는데, 삼륜인력거는 꼼짝하지 않았다.

"더 세게 밀어!"

지용의 명령에 따라 나는 삼륜인력거에 몸을 바짝 붙이고 온 힘을 다해 밀었다. 마침내 그것이 움직이기 시작했다. 약간 경사진 길을 간신히 올라 교차로의 중간에 다다랐을 때 버스의 경적 소리가 귀청을 울렸다. 신호가 다시 바뀐 줄도 모르고 있는 우리를 향해 버스 기사가 빨리 길에서 비키라는 듯 팔을 휘둘렀다. 또 한 번 있는 힘을 다해 밀다가 몸이 기우뚱하여 거의 넘어질 뻔했다.

지용은 힘을 받은 삼륜인력거의 속도를 높였다. 내가 손을 털고 일어서 보니 어느 새 삼륜인력거가 십 미터쯤은 앞서 달렸다. 내가 미끄러진 것을 보았는지, 지윤이 나를 기다려 주었다. 우리 둘은 부지런히 삼륜인력거를 뒤쫓아 달렸다.

앞서 가던 지용이 만족한 듯 할머니를 뒤돌아보며 웃음을 보내는 순간, 삼륜 인력거가 제멋대로 방향을 틀어 보도 연석 쪽으로 향했다. 나는 비명을 질렀다. 놀란 지용이 얼른 앞으로 몸을 돌려 손잡이를 홱 잡아당겼다. 뒷바퀴 하나가 덜컹 하며 보도 위로 올라갔다가 다시 길로 내려섰다. 지용은 여전히 속도를 줄이지 않았다. 지윤과 나는 다음 신호등 앞에 서야 가까스로 삼륜인력거를 따라잡았다.

헉헉거리며 막 삼륜인력거에 다가갔을 때 다시 신호등이 바뀌었다.

"밀어!" 지용이 어깨 너머로 소리쳤다.

나는 기가 막혀 머리를 절레절레 흔들었다.

"제발 천천히 좀 가. 네가 저 연석에 부딪쳤을 때 할머니가 굴러 떨어질 뻔하셨단 말이야."

내가 화가 나서 지용에게 쏘아붙이고 삼륜인력거 안을 들여다보니, 할머니는 얼마나 불안했던지 두 손을 꼭 맞잡고 있었다.

"이제부턴 지용이가 더 조심하겠다고 할미하고 약속했다."

할머니는 굳은 얼굴로 지용을 똑바로 쳐다보며 말했다. 그 말에 멋쩍게 씩 웃고 마는 지용을 보니, 할머니에게 벌써 단단히 야단맞은 게 틀림없었다.

그로부터 병원에 도착하고 다시 되돌아올 때까지 우리들은 삼륜인력거를 천천히 조심스럽게 몰았다. 마침내 우리 동네 골목으로 접어들자 지용이 비로소 안심이 되는지 숨을 길게 내쉬었다.

엄마가 집에 돌아오자, 지용은 엄마에게 있는 대로 떠벌렸다.

"별거 아니에요. 할머니가 병원에 가셔야 하면, 언제라도 우리 셋이 할머니를 모시고 갈게요."

아빠가 극장에서 늦게 돌아오는 횟수가 점점 많아지더니, 어떤 때는 우리가 잠든 후에나 집에 도착했다. 아빠는 요즘 들어 부쩍 모임이 많아졌기 때문이라고 했다. 가끔은 아빠가 도착했을 때 깨어났다가 다시 잠이 들기도 하는데, 엄마, 아빠가 목소리를 낮추어 뭔가를 이야기하는 걸 들었다. 밤늦도록 나누는 대화의 주제 중 하나는, 가죽 궤들에 대한 처리 방법 같았다. 그런데 일요일 아침에 엄마, 아빠가 가죽 궤들을 옥상으로 옮길 때에야 비로소 그것들을 어떻게 하려는지 확실히 알았다.

네 개의 가죽 궤들은 할머니가 시집올 때 함께 가져온 물건이다. 궤의 겉을 질 좋은 빨간 가죽으로 씌운 위에 금박으로 무늬를 박았다. 궤의 정면에 놋쇠로 만든 자물쇠가 두 벌씩 달렸고, 양끝에는 둥근 놋쇠 손잡이가 달려 있다. 이 가죽 궤들을 선반 위에 올려놓으면, 우리 방은 덩달아 더 빛나 보였다. 이제 아빠가 궤의 가죽에 검정 물감을 칠해, 그것들을 구악으로 몰리지 않게 하려는 것이다.

먼저 옥상 한가운데 갖다 놓은 등받이 없는 의자 네 개 위에 첫 번째 궤를 올려놓았다. 아빠는 검정 물감도 이미 혼합해 놓아 칠할 준비를 마친 상태였다.

"잠시만 기다려 다오." 할머니가 다급하게 소리쳤다.

한쪽 놋쇠 손잡이에 엄지손가락 지문 크기만한 시커먼 얼룩이 보였다. 할머니는 손수건을 꺼내 들더니 손잡이가 깨끗하고 반들반들 윤이 나도록 문지르고 또 문질렀다. 잠시 동안 꿈을 꾸듯 가죽 궤를 바라보던 할머니는 손으로 빨간 가죽을 부드럽게 쓸어 보았다. 새빨간 가죽 색과 대조되어, 할머니의 얼굴은 더욱 창백해 보였다.

"검은색으로 덧칠해도 모양은 괜찮을 겁니다."

아빠가 나지막하게 말했다.

할머니가 그제야 정신이 드는 듯, "그럼, 그럴 게다. 자, 바로 시작하려무나." 하고는 방으로 내려가서 더는 올라오지 않았다.

"이 궤들은 할머니가 처음 시집오실 때 할머니의 친정어머니로부터 물려받으신 거야. 그래서 할머니 마음이 더 아프신가 보다."

아빠가 설명해 주었다.

생각해 보니, 할머니는 아주 오래 전에 시집왔는데, 그때 할머니의 친정어머니가 아름다운 가죽 궤 네 개에 혼수품을 가득 채워서 톈진에서 상하이로 떠나는 딸에게 딸려 보냈나 보다. 멀리 떨어진 곳으로, 생전 보지도 못한 남자에게 시집가기 위해 길을 나서는 할머니의 여행길은 아마도 마음 설레면서도 고단한 길이었을 것 같다.

아빠가 페인트칠을 시작했다. 그런데 내가 보기에도 붓놀림이 영 어설

펐다.

"아빠, 너무 말랐나 봐요. 여기 보세요, 얼룩덜룩해요."

다시 한 번 아빠가 붓에 페인트를 흠뻑 적셨다.

"조심하세요, 페인트가 뚝뚝 떨어지잖아요, 아빠."

서로 나서서 참견하느라, 우리들은 가죽 궤 언저리를 맴돌며 부산을 떨었다.

아빠의 붓놀림이 꽤 익숙해져서, 마침내 첫 번째 궤를 다 칠했다. 그렇지만 새로 칠했어도 원래 색깔이 완전히 감추어지지 않아, 아빠는 그 위에 또 한 번 덧칠해야만 했다. 지윤과 나는 지켜보는 일이 심드렁해지자 옥상에서 내려왔고, 지용만 남아 아빠 곁에서 거들었다.

문을 열고 들어서니 뜻하지 않은 물건들이 방안 가득 펼쳐져 있었다.

"어머, 이게 뭐예요?" 지윤이 놀란 눈을 하고 소리쳤다.

모두 가죽 궤에서 꺼내 펼쳐 놓은 반짝거리는 비단이며 공단으로 만든 옷들이었다. 방 전체가 화려한 색깔들로 활기가 넘쳤다.

"굉장히 예쁘다! 이게 다 옛날 옷들이에요, 엄마?"

지윤이 비단옷 하나를 집어들고 물었다.

영화 속에서 대궐의 신하들이나 학자들이 입고 나오는 긴 겉옷 같은 옛날 옷들이었다. 그 중에는 황금색 실로 용이나 봉황이 수놓아진 옷들도 많았다. 아름다운 색깔로 염색된 옷, 진주나 황금 구슬을 달아 장식한 옷들도 있었다.

"이 옷들은 우리 조상님들이 입으시던 거야. 이렇게 훌륭한 옷들을 어떻게 함부로 내다 버릴 수 있겠니? 그래서 그동안 가죽 궤 밑바닥에 넣어 간직해 왔지."

엄마가 궤 안으로 팔을 뻗어 비단 넥타이 한 무더기를 꺼내 안더니 그것들을 방바닥에 던져 펼쳐 놓았다.

나는 걱정이 되었다.

"엄마, 이런 것들 모두 구악에 속하는 거 아니에요?"

"그래, 맞아. 그래서 할머니와 엄마는 이 옷들로 이불잇을 만들기로 했어. 저 넥타이들은 대걸레나 만들어 써야겠다."

"이렇게 좋은 것들을 가위질한다니 너무 끔찍해요. 차라리 극장에 기부하거나 홍위병에게 주면 어때요?"

지윤이 긴 겉옷 하나를 들고 자기 몸에 이리저리 대 보며 물었다. 그 아이는 자신이 그 옷을 입은 모습을 상상하고 있는 게 틀림없었다.

"극장 측에서 이런 옷들이 필요하지 않대. 그리고 홍위병에게 내놓기에도 너무 늦었어. 지금 내놓는다면, 아마 그들은 우리가 이것들을 감춰 두고 새로운 중국이 무너질 날만 기다리고 있었다는 혐의를 씌울 게다. 게다가 홍위병에게 내준다 해도 그들은 이 좋은 옷들을 불태워 버릴 게 분명해."

할머니가 나를 보더니 고개를 가로저으며 가위를 집어들었다.

"아무리 힘든 때라도 이 옷들만큼은 끝내 내다 팔지 않고 간직해 왔는데……." 할머니는 몹시도 슬픈 얼굴이었다.

"네 아빠가 대학 다닐 때는 무척 돈이 궁했거든."

할머니가 금색 무늬가 휘황찬란한 긴 겉옷 하나를 집어들고는 나지막이 말했다.

"이 옷은 옛날 관복이다. 오래 전에 내 할아버지께서 입으셨던 모습이 기억나는구나."

"할머니, 정말 예쁘네요." 하고는, 나는 바로 다음 말을 계속했다.

"그렇지만 구악이니 어쩔 수 없잖아요. 너무 속상해 하지 마세요."

긴 겉옷은 얼마나 큰지, 등판 하나가 이불 반만한 크기다. 할머니와 엄마는 어떤 조각으로 이불잇을 만들고 어떤 조각으로 방석을 만들지를 정하면서 옷을 잘랐다. 지윤과 나는 가위질할 때 옷에서 떨어져나가 방바닥에 어지럽게 널려 있는 진주, 황금 구슬들을 들여다보느라 정신이 없었다. 그것을 갖고 싶어 할머니를 졸랐더니, 엄마는 마지못해 허락하며 한숨을 내쉬었다.

지윤과 나는 좋아서 어쩔 줄 몰랐다. 우리들은 비단옷 더미에 올라앉아 진주 구슬을 주워 병에 담았다. 우리 집 고양이 소백이도 신이 난 모양이었다. 소백이는 비단 조각 사이로 데굴데굴 구르고 방을 돌며 진주 구슬을 가지고 놀았다.

우리가 노는 사이에, 엄마는 겉옷들을 잘라 각각 짙은 보라와 번쩍이는 황금색 이불잇 두 개를 완성했다. 그러고 나서 비단 넥타이로 대걸레 두 개를 만들었다. 엄마의 솜씨에 우리는 괜히 신이 났다. 우리 집 것과 같은 비단 대걸레는 어디에서도 팔지 않을 것이다.

아빠와 지용이 가죽 궤에 두 번째 칠까지 모두 마쳤다. 금박 무늬가 완전히 가려지진 않았지만, 선명하게 새빨간 가죽이 검붉은 색으로 바뀌었다. 방 전체가 번쩍거리는 비단 이불잇과 새로 칠한 궤들로 새롭게 단장된 느낌이다. 내 기분도 덩달아 산뜻해졌다. 낡고 썩은 구악을 버리고 새로운 중국을 건설하라는 마오 주석의 교시를 받들어, 비로소 우리 집을 완전하게 개조해 잘 마무리한 것 같았다.

"색칠이 잘 되었구나." 할머니가 입을 열었다.

"이 정도면 홍위병들 눈에 띄지 않을 게다."

새 이불잇을 씌워 놓은 침대에 들어가 얼굴만 쏙 내민 채 올려다보고 있던 지윤이 갑자기 궁금했나 보다.

"홍위병이 우리 집을 수색한대요?"

모두 아무 말이 없었다. 나는 진주 구슬을 가지고 놀던 일을 그만두었다. 소백이조차 더 이상 방바닥 위를 구르지 않았다.

"그럴 수도 있다는 말이야." 엄마가 천천히 입을 열었다.

"그렇지만 너희들까지 나서서 걱정할 필요는 없어. 너희들은 아직 어리니, 수색한다고 해도 너희에게는 아무 일 없을 게다."

우리 방을 새롭게 꾸며 주던 것들이 갑자기 빛을 잃었다. 조금 전까지 갖고 놀던 진주 구슬조차 더 이상 반짝거리지 않아, 나는 그것들을 슬그머니 바닥에 내려놓았다.

# 선전 벽

우리 골목에 막 들어서면 누구라도 한눈에 들어오는 곳에 선전 벽이 설치되어 있다. 그것은 높이가 꽤 되는 데다 폭도 넓어, 건물 하나를 뒤덮을 정도의 크기로 길 위에 우뚝 서 있었다. 매번 새로운 정치 선전이 시작될 때마다, 선전 벽에 새로운 그림이 그려져 선전 내용을 더 효과적으로 알려 주었다.

내가 어렸을 적에, 한번은 흰 조리사 복장에 흰 모자를 쓴 한 여자가 음식이 가득 담긴 쟁반을 들고 서 있는 그림이 선전 벽에 그려졌다. 그림 아래에는 '전체는 개인을 위해, 개인은 전체를 위해'라는 표어가 씌어 있었다. 각 가정마다 가사 노동을 줄여 여자들이 집 밖에서 일할 수 있도록, 정부에서 전 인민에게 지역 공동식당에서 식사할 것을 장려할 때였다.

문화혁명 직전에는, 선전 벽 한가운데 원자폭탄 폭발로 거대한 버섯구름이 피어오르는 장면이 그려졌고, 그 한쪽 구석에서 코 큰 미국인이 벌

벌 떨고 있는 모습이 개미만하게 그려져, 한동안 골목을 오가는 우리의 시선을 사로잡았다. '핵무기 개발 완수하여, 야만족 미 제국주의자들을 혼쭐내자' 라는 표어가 그림 아래 힘차게 씌어 있었다.

얼마 전부터 선전 벽에 새로운 그림이 그려지기 시작하더니, 몇 주만에 유명한 그림, '붉은 대장정에 오른 마오쩌둥'을 그대로 모사하여 그린 그림이 우리 골목에 등장했다. 나는 대장정에 얽힌 이야기와 더불어 이 그림을 굉장히 좋아한다. 우리의 경애하는 마오 주석은 젊은 시절에 옌안이라는 오지에 혁명 기지를 구축하기 위해, 온갖 고난을 무릅쓰고 대장정을 감행했다.

그림 속의 젊은 마오 주석은, 면으로 만든 긴 겉옷에 헝겊신을 신고, 우산 하나를 팔에 낀 모습이다. 마치 그의 앞에 펼쳐진 위대한 혁명 과업을 구상하는 듯, 그의 눈에는 생기가 넘쳐 저 앞을 내다보고 있다. 그림을 볼 때마다 내 마음에 감동이 일었다. 언제, 어느 곳이든 나는 마오 주석의 뒤를 따를 준비가 되어 있다.

그림이 완성되자마자, '아침 회개, 저녁 보고회'가 시작되었다. 매일 내가 차가운 아침 공기를 뚫고 시장에서 돌아올 때면, 사람들 몇이 선전 벽 발치에 모여 서 있는 게 보였다. 반동 흑색분자로 분류된 지주, 반혁명 분자, 우익 반동이었던 사람 대여섯 명이 그림 속의 마오 주석을 향해 허리를 굽혀 인사했다. 그들은 마오 주석 어록을 베낀 종이를 높이 흔들며 입을 모아 외쳤다.

"마오 주석 만세! 만세! 만세! 만세!"

118

그러고 나선 한 사람씩 돌아가며 자신의 죄를 자백했다. 저녁에도 그들은 똑같은 의식을 반복했다. 부끄러운 일이지만, 쉬엔 아줌마도 그 중 한 명이었다. 다른 사람들처럼, 아줌마도 다 낡고 색이 바랜 누더기를 걸치고, 초조하고 긴장된 얼굴이 되어 그들 속에 끼어 있었다.

육손이는 새로 구성된 지역 규찰대 대장이 되어 '아침 회개, 저녁 보고회'를 행하는 사람들을 감독했다. 그는 한 팔에 붉은 완장을 두르고, 마치 중요한 일을 하는 사람처럼 거들먹거리며 우리 골목에 나타났다.

날마다 반동 흑색분자들이 자백하는 모습이 내 눈에 들어왔다. 그러나 그들이 마오 주석 그림에 대고 허리를 굽힐 때, 그들은 반성하는 모습이라기보다는 오히려 지쳐 보였다. 혹은 그 어떤 것에 대해 분노하거나, 아니면 모든 것을 체념했는지도 모르겠다.

내가 시장에서 조금 늦게 돌아오는 날엔, 쉬엔 아주머니와 나머지 사람들은 골목 여기저기에 흩어져서 각자 맡은 구역을 청소하고 있게 마련이다. 처음 며칠이 지나서야, 육손이는 그가 거느린 대원들에게 청소하는 사람들한테 돌을 못 던지게 한 모양이었다. 그래도 규찰대원들은 한데 몰려서 청소하는 사람들을 향해 여전히 야유하고 욕을 퍼부었다.

반동 흑색분자들은 최대한 몸을 낮추고 말없이 비질을 계속할 뿐이었다. 그들이 청소하는 걸 감독하거나 점검하기 위해 육손이가 그 앞으로 우쭐대며 지나갈 때조차도, 그들은 수그린 머리를 처들지 않았다. 골목에 종이 한 조각도 널려 있지 않을 만큼 깨끗이 청소를 마치고 나면, 반동 흑색분자들은 수그린 머리를 바로 들지 않고 그대로 발을 질질 끌며 집으로 향했다.

요즘 우리 동네 사람들은 반동 흑색분자들과 규찰대, 이 두 집단에 관한 일 말고는 다른 것을 생각할 수 없었다. 이웃끼리 서로 만나면, 규찰대에 누가 가담했는지, 또 '아침 회개, 저녁 보고회'에 새로 추가된 반동 흑색분자는 없는지 정보를 나누거나, 다음에는 어떤 일이 벌어질지 따위를 수군거리게 마련이다.

육손이와 그의 부하들은 갈수록 모든 일에 개입하고 나서는 것 같았다. 규찰대는 반동 흑색분자로 의심되는 사람의 명단을 지역 당 위원회에 넘겼다. 또한 그들은 반동 흑색분자들이 낮 동안 무엇을 하는지 감시하고, 그들 집의 방문자를 일일이 파악해서 기록했다.

그뿐만이 아니다. 규찰대는 '아침 회개, 저녁 보고회'를 감시하며, 이틀에 한 번 꼴로 나타나 그들이 골목 청소하는 걸 감독했다. 게다가 그들은 밤낮으로 주변을 순찰하기까지 했다. 규찰대 대장으로서, 육손이는 특별히 더 난 체를 하며, 그들 중에서도 더 두드러지게 행동했다.

어느 날 저녁, 규찰대가 정말로 반혁명분자를 잡았다. 헌 종이를 줍는 넝마주이가 오래 된 대자보를 벽에서 떼 내다가 실수로 그 아래 나란히 붙어 있는 신문을 찢은 일이 벌어졌다. 그 때문에 신문에 실린 마오 주석의 사진이 반으로 갈라졌다. 이러한 반혁명 행위를 목격한 육손이와 그 부하들은 즉각 넝마주이를 잡아 경찰서에 넘겼다.

그 일이 있고 나서 육손이는 더 한층 으스대며 골목을 누비고 다녔다.

선전 벽 옆에 새롭게 게시된 공고문이 동네 사람들의 눈길을 끌었다. 이 지역의 가장 유명한 홍위병 지도자인 지아홍유가 베이징에서 돌아와, 이 지역 주민들에게 보고대회를 연다는 내용이다. 지아홍유 하면 인근에서 모르는 사람이 없을 만큼 유명하다.

지난 15일 행진 때, 그녀는 혁명의 정신을 널리 전파하기 위해 홍위병들을 이끌고 지방으로 행진했다. 그 행진 중에, 어떤 청년도 그녀보다 오래 걷지 못했다고 한다. 평소에 지아홍유는, 만일 순순히 자백하지 않는 자들이 있다면, 당연히 그들을 철저하게 고문해야 한다고 말해 왔다. 그런 지아홍유인데, 지난번 타이완의 국민당 측에서 보냈다는 첩자의 경우, 고문하지 않고도 그를 완벽하게 설득해서 자백하게 만들었다고 한다.

지용과 내가 정해진 시간보다 일찍 공장 구내식당에 도착했는데도, 가까스로 뒤쪽 자리에 껴 앉게 되었다. 힘겹게 돌아가는 천장의 선풍기 바람으로는 식당 안의 후덥지근한 공기를 밀어내지 못했다. 우리 주위에 앉은 사람들이 계속 담배를 피우며 연기를 뿜어내는데도 그다지 거슬리지 않았다. 우리의 시선은 오직 지아홍유한테 붙박여 있을 뿐이었다.

'마오 주석과 홍위병, 그들의 뜻은 하나다' 라고 씌어진 붉은 깃발 아래로 지야홍유가 서 있었다. 그녀는 군복 차림에 허리띠를 매고 홍위병 완장을 찼다. 희미한 불빛 아래서 그녀의 얼굴을 자세히 보기는 힘들었지만, 목소리만 들어도 그녀의 감정이 얼마나 뜨겁게 달아오르고 있는지 바로 알 수 있었다.

"마오 주석께서 다른 지방과의 혁명 연대를 구축하도록 우리 홍위병에게 무료 여행과 숙박을 제공하겠다고 발표했을 때, 아버지는 나를 가지 못하게 막았습니다."

드디어 그녀가 입을 열었다.

"어머니가 아프셨기 때문에 나는 집에 남아 있어야 했습니다. 그러나 어떻게 개인 사정을 혁명보다 우위에 둘 수 있겠습니까? 그런 이유로 집에 남아야 한다면, 그건 개인주의자 대열로 전락하는 것임을 나는 깨달았습니다. 그래서 비밀리에 침낭을 싼 뒤, 누구에게도 알리지 않고 집을 떠났습니다. 나는 베이징으로 달려가서, 그곳의 동지들 뿐 아니라 중국 전역에서 베이징으로 모여들 혁명 동지들을 만나 혁명 연대를 구축해야겠다고 결심했습니다."

"기차가 초만원이었습니다. 기차의 승강장 안으로 들어갈 수조차 없는 상태였지만, 그러나 내가 나가야 할 길에 가로놓인 아주 작은 어려움일지라도 난 그것을 받아들여 포기할 수 없었습니다. 기차 안에 있는 홍위병 동지들에게 창 밖으로 팔을 뻗어 나를 끌어 달라고 요청하여, 나는 유리창으로 기어들어갔습니다. 통로에 자리잡고 앉아 있자니 허기와 갈증이 몰려왔습니다. 밤에는 좌석 밑에서 몸을 웅크리고 자야 했지만, 나는 크게 신경 쓰지 않았습니다.

어떠한 악조건일지라도 그것에 익숙하게 대응하는 것 또한 혁명가에게 필요합니다. 한국 전쟁 때 우리나라 지원병들이 어떻게 눈 속에서 잠잘 수 있었는지, 그들이 참 대단했다는 생각을 새삼 떠올렸습니다."

나는 구내식당의 딱딱한 의자에 앉아, 지아훙유가 열렬한 홍위병 동지들로 가득 찬 기차를 타고 베이징까지 간 서른 시간의 여행길을 머릿속에 그려 보았다. 내 앞에 앉은 사람이 담뱃불을 붙이려는지 부스럭거렸다. 잠시 후 성냥불이 확 타오르는 순간, 두하이가 골똘히 무언가를 생각하며 앉아 있는 모습이 눈에 들어왔다.

지아홍유의 보고가 계속되었다.

"베이징에 도착해 보니 너무 정신이 없었습니다. 도시 전체가 혁명 동지들로 북적였습니다. 이미 모든 객실은 만원이었고, 대학교의 기숙사조차 꽉 찼습니다. 그래서 그곳의 동지들이 서로 자기 집에서 이불과 식기 등을 가져와, 그들의 사무실에서 묵게 해 주었습니다.

나는 각각 다른 지역으로부터 온 열일곱 명의 여성 동지들과 함께 한 사무실을 썼습니다. 우리들은 서로 다른 지역의 혁명 상황에 대한 정보를 주고받았습니다. 너무나 혁명의 열기로 가득 찬 나머지, 밤이 되어도 쉬 잠을 이루지 못한 때가 많았습니다.

매끼 식사를 위해 대학교까지 걸어가야 했습니다. 학교 식당에도 역시 사람이 만원이라, 우리들은 음식을 밖으로 들고 나와 땅바닥에 앉아 먹었습니다. 모두 뜨거운 혁명의 열기 속에 함께 한다는 것만으로도 너무 행복해서, 비를 맞으면서도 비가 오는지조차 모를 정도였습니다."

"하루는 마오 주석이 톈안먼天安門 광장에서 홍위병들을 친히 만나러 온다는 소식을 들었습니다."

마오 주석이라는 이름을 입에 올릴 때 그녀는 목이 메었다.

"그분이 언제 올지 모르기 때문에, 우리들은 그 즉시 톈안먼으로 달려

갔습니다. 저녁 내내 기다렸습니다. 밤이 되었어도 우리들은 그곳을 지켰습니다. 수천 명의 동지들이 광장에서 함께 시간을 보내면서, 우리들은 밤새 혁명 연대를 구축해 나갔습니다. 내 옆에 앉은 동지는 자기 사촌이 마오 주석을 직접 보았다고 했습니다. 나도 역시 마오 주석을 보게 되리라는 사실이 믿어지지 않았습니다. 모두 뜬눈으로 밤을 새웠습니다.

다음 날 아침이 되자 더 많은 동지들이 모여들어, 광장 전체는 초만원이었습니다. 수만 명에 이르는 동지들 대부분이 군복에 붉은 완장을 차고 그곳에 앉아 마오 주석을 기다렸습니다. 하늘은 푸르고 날씨가 아주 맑았습니다. 어느 곳으로 눈을 돌려보아도 오직 혁명 동지들뿐인, 그야말로 일대 장관을 이루었습니다."

"우리들은 기다리고 또 기다리면서 마오 주석을 서로 먼저 보려고 목을 길게 뺐습니다. 태양이 뜨겁게 내리쬐었습니다. 몇몇 여성 동지들이 쓰러졌지만, 아무도 자리를 뜨려 하지 않았습니다. 물을 날라다 주는 동지들이 있었습니다만, 우리들은 그때까지 물 한 모금 입에 대지 않았다는 사실조차 완전히 잊어버리고 있었습니다.

드디어 오후 다섯 시가 되었을 때, 톈안먼에 가까이 있는 쪽에서 환호성이 들려왔습니다. 내가 올려다보니 마오 주석이 거기 서 계셨습니다."

다시 그녀의 목소리가 흔들렸다. 뒤쪽에 앉아서도 그녀의 뺨이 눈물로 번득이는 게 보였다.

"마오 주석께서 톈안먼에 올라가 우리들에게 손을 흔들며 그렇게 우리 앞에 계셨습니다. 너무 감격한 나머지 눈물이 펑펑 쏟아져 나와 나는

124

아무것도 보이지 않았지만, 군복을 입은 채 환하게 빛나는 마오 주석만은 확실하게 볼 수 있었습니다.

바로 그때, 광장에 있는 수많은 동지들을 제치고, 마오 주석은 나를 쳐다보았습니다. 바로 내 얼굴을 똑바로 바라보았습니다."

그 순간 나의 두 눈에서 솟구쳐 나오는 눈물을 억제할 수 없었다.

"누구라도 마오 주석을 직접 본 사람이 이 세상에서 가장 행복한 사람일 것입니다."

그녀의 말은 계속되었다. 마오 주석을 직접 보는 것이야말로 나만의 비밀스런 꿈이었다. 나와 같은 꿈을 나보다 먼저 이룬 사람이 여기 내 앞에 서 있다. 마음속으로 지아훙유에게 은근히 샘이 났다.

다른 사람들도 거의 울고 있었다. 이제 보고를 마무리하는 대목이다. 지아훙유의 나머지 말들을 하나라도 놓칠세라, 나는 다시 자세를 가다듬었다.

"……그와 같은 경험을 했으니, 나는 굉장한 행운아입니다."

그녀는 말했다.

"나는 마오 주석과 위대한 노동자 문화혁명을 위해 나의 온 생애를 바치기로 결심했습니다. 모든 인류가 해방되는 그날까지 내 몸의 마지막 피한 방울까지도 바치겠습니다."

잠시 실내가 숙연해졌다. 그녀가 보고를 끝내며 팔을 들어 경례할 때, 그 자리에 모인 사람들은 모두 눈물이 글썽하여 그녀의 머리에 동여맨 붉은 띠를 한없이 바라보았다.

"마오 주석 만세!" 누군가 소리쳤다.

또 다른 사람이 일어나 그의 뒤를 따랐다. 그러자 우리들은 모두 자리에서 일어나 한 목소리로 외쳤다.

"마오 주석 만세! 마오 주석 만세!"

집으로 돌아오는 길에도 여전히 흘러내리는 눈물을 훔치느라 내 발걸음은 마냥 더뎠다. 한 발짝, 두 발짝 걸음을 뗄 때마다, 마오 주석이 나의 출신성분을 용서해 주고, 내가 홍위병이 되어서 혁명을 완수하는 데 참여할 수 있게 해 주기를 마음속으로 간절히 빌었다.

오랫동안 이 골목에 살아 왔지만, 내가 치엔 노인에 대해 아는 거라고는, 그는 늘 한 손에 지팡이를 들고 고개를 치켜든 채 그의 집을 들고난다는 것밖에 없었다. 그의 입술은 언제나 굳게 다물려져 누구와도 말하지 않았다. 이 동네 아이들 중, 감히 노인의 집 담을 넘어 그의 정원에 있는 뽕나무 잎을 따려고 하는 아이는 하나도 없다. 송포포 아줌마 말에 의하면, 그렇잖아도 치엔 노인은 퉁명스런 사람이었는데, 자기 사위가 반혁명분자로 몰려 처형된 뒤부터는 더욱 완고해지고 이웃들을 멀리한다고 한다.

그가 홍위병의 목표물이 되었다는 건 그리 놀라운 일이 아니다. 솔직히 말하면, 누구도 어쩌지 못하는 고집불통 노인에게 맞서는 홍위병들의 대담함에 오히려 긍지를 느낄 정도였다.

밖에서 친구와 놀던 지용이 드디어 사건이 터진 걸 먼저 알았다. 홍위병 몇이 치엔 노인의 자전거를 빌려 달라고 요청했다가 거절당했다고 한다. 홍위병 입장에서 보면 꽤나 황당했을 것이다. 홍위병들이 문화혁명을 수행한다는 명분으로 반동 흑색분자나 그 가족들에게 자전거를 빌려 달라고 요청했을 때, 그들은 한 번도 거절당한 적이 없기 때문이다. 홍위병들이 치엔 노인에게 악담을 퍼붓고 협박하는 소리를 동네 사람들이 들었다고 한다.

"⋯⋯정말 어쩔 수 없는 반혁명분자 집안이군. ⋯⋯당신 같은 망할 놈의 늙은 뼈다귀가 이길지 아니면 우리 노동자 독재가 이길지, 어디 누가 더 센지 한번 해 보자고!"

짐작한 대로, 홍위병들은 다음 날 저녁에 다시 나타났다.

귀에 익은 북 소리, 징 소리가 들려와 나는 창 밖을 내다보았다. 열다섯 명쯤 되는 홍위병들과 육손이가 낀 일당들이 법석을 떨며 치엔 노인 집 대문을 들락거리는 게 보였다. 나는 눈길을 거두고 다시 독서에 열중했다.

뭔가 잘 알아들을 수 없는 고성이 터져 나와, 우리들은 모두 발코니로 뛰어나갔다. 잔뜩 성이 난 홍위병 몇이 치엔 노인을 문 밖으로 거칠게 밀어냈다. 홍위병 하나가 나무 빨래판을 선전 벽 아래 햇빛 비치는 곳에 갖다 놓고, 빨래판을 가리키며 노인의 면전에 대고 뭐라고 소리쳤다.

치엔 노인은 지팡이에 몸을 의지해서 꼿꼿하게 서 있었다. 그가 뭔가를 말하는가 싶더니 홍위병들이 일제히 달려들어 소리쳤다. 노인은 어쩌지 못하고 고개를 저을 뿐이었다. 갑자기 홍위병 하나가 앞으로 튀어나왔다. 그는 노인이 잡은 지팡이를 걷어차더니 노인을 거칠게 내리 눌러 우둘투둘한 빨래판 위에 강제로 무릎 꿇렸다.

"저런, 저런, 세상에……."

할머니는 기가 막혔는지, 하던 말을 끝내지도 못하고 얼른 지용과 지윤을 안으로 들여보냈다. 나는 그 자리에서 계속 지켜보았다.

처음에 치엔 노인은 단단히 저항하려는 듯, 몸을 곧추 세우고 빨래판 위에 무릎을 꿇었다. 통증이 꽤 심할 텐데도, 그의 모습은 조금도 흐트러지지 않았다. 그러더니 노인의 몸이 서서히 기울기 시작했다. 때때로 홍위병들의 감시의 눈길이 느껴지면 노인은 몸을 다시 일으켜 세웠지만, 백발이 성성한 그의 머리는 바닥을 향한 채 점점 더 오랫동안 움직이지 않았다.

그의 부인이 홍위병을 앞뒤로 쫓아다니며 뭔가를 말하고 애원하는 몸짓을 했다. 홍위병들은 그의 부인에게 눈길조차 주지 않은 채, 치엔 노인 집에서 물건들을 끄집어 내 문 앞에 세워 둔 트럭에 싣느라 분주할 뿐이었다.

한 삼십 분이 지났을 때, 그 부인은 다시 집 안으로 들어가더니 물잔을 들고 나왔다. 그러고는 남편 옆에 무릎 꿇고 다가가 물잔을 그의 입에 대주었다. 노인은 머리를 들고 물 한 모금을 삼켰다. 부인이 물잔을 다시 기울일 때였다. 홍위병 하나가 홱 돌아서더니 아무 거리낌도 없이 부인의 손에 들린 물잔을 발로 차 버렸다. 사방으로 흩뿌려지는 물이 뜨거운 태양 아래서 반짝 빛났다.

128

갑자기 배가 아팠다. 나는 안으로 들어와 버렸다. 왜 일이 이 지경까지 이르렀는지 답답했다. 어찌 될지 결과를 뻔히 알면서도, 치엔 노인이 자기 고집만 내세운 것이 문제였다. 애초에 순순히 자전거를 빌려 주었더라면, 오늘 같은 일은 벌어지지 않았을 것이다.

"왜, 또 무슨 일이 벌어진 게냐?"

할머니가 걱정스레 물었다. 할머니는 이마에 찬 물수건을 올려놓고 자리에 누워 있었다.

"아직도 계속되고 있어요."

나는 머리를 흔들 뿐, 더 이상의 말을 하지 않았다.

내 자리로 돌아와 다시 책을 잡으려 했지만, 어느 새 나도 모르게 방안을 서성거리고 있었다. 빨래판을 생각하면 내 무릎이 쑤시는 듯 아팠고, 이글이글 타오르는 햇빛 아래 꼼짝 못하고 있을 노인을 떠올리면 내 머리가 어지러웠다.

"참 안됐어요, 일사병으로 쓰러질지도 모르겠어요."

할머니를 향해 중얼거리다가, 나는 곧바로 내 자신을 나무랐다. 혁명을 수행하려는 홍위병들에게 지원을 거부한 반혁명분자 집안을 내가 왜 동정해야 한단 말인가? 나는 다시 발코니로 나가 노인을 지켜보지 않을 수 없었다.

그의 머리가 있는 대로 앞으로 기우는 바람에, 노인은 두 손으로 땅을 짚어 고꾸라지려는 몸을 가까스로 버티고 있는 중이었다. 그의 부인이 손수건으로 눈물을 훔치며 노인 옆 땅바닥에 나란히 앉아 있었다.

저녁 내내 나는 발코니를 들락거리며 지켜보았다. 한 시간이 지나고, 또 한 시간이 지나도 노인은 여전히 그 자리에 무릎 꿇고 있을 뿐이었다.

마침내, 부인의 비명이 들려왔다. 우리는 단숨에 발코니로 달려 나갔다. 치엔 노인이 쓰러졌다. 그는 햇볕에 그을린 얼굴을 땅에 처박은 채, 빨래판 위에 벌러덩 넘어져 있었다.

집 안에 있던 홍위병 몇이 급하게 달려 나왔다. 그들끼리 말하는 품으로 보아 꽤나 당황한 듯했다. 몇 분 후 그들은 노인을 들어 집 안으로 옮겼다.

노인이 빌려 주기를 거부했던 바로 그 자전거를 비롯해서, 홍위병들은 압수한 물건들을 모두 트럭에 실었다. 그들은 천천히 골목을 빠져나갔다. 선전 벽 아래에는 노인의 지팡이와 빨래판, 물잔만이 버려진 채 나뒹굴었다.


이른 아침조차도 그리 상쾌하지는 않았다. 마치 무거운 공기가 내 머릿속을 천천히 헤집는 것만 같았다. 야채 바구니를 든 팔을 축 늘어뜨린 채 선전 벽 앞을 지나갈 때, 나도 모르게 어제 치엔 노인이 무릎 꿇고 앉았던 자리를 힐끔거렸다. 막 골목길을 따라 걸어오는데, 한 떼의 사람들이 숨을 죽인 채 안이네 집 뒷문 쪽에 몰려 있는 게 보였다. 나는 너무나 궁금한 나머지 발길을 돌려 그 골목으로 접어들었다.

사람들이 안이네 부엌 쪽에 모여 서서 목을 길게 빼고 뒤뜰을 들여다보았다.

130

"······욕실 창문에서 뛰어내려······."

간간이 사람들 사이에서 나지막이 오가는 소리가 들렸다.

"뜰 앞에 차양을 뚫고······."

"······피가 흘러내려······."

순간 나는 당황해서 주위를 둘러보았다.

"치엔 노인이 무릎 꿇는 걸······."

"다음 차례가 자신이라는 걸 알고······."

이런 말들이 내 귓전에서 윙윙 맴돌았다.

어느새 나는 구경꾼들 앞으로 비집고 들어가 여기저기 널려 있는 차양 조각들을 물끄러미 쳐다보고 있었다. 누군가 안이 할머니의 이름을 입에 올렸고, 그 소리를 듣자마자 내 온몸이 부들부들 떨려왔다.

안이의 할머니가 창문에서 뛰어내렸다.

내 입술이 부르르 떨리고, 이가 서로 맞부딪쳐 덜덜거렸다.

언제쯤 안이가 샨둥에서 돌아올지 궁금해서, 내가 안이의 할머니를 찾아간 게 고작 며칠 전 일이다. 할머니는 내게 손수 만든 녹두죽을 대접했다. 날씨가 선선해져 할머니가 치과에 가야 할 때 안이와 내가 할머니를 모시고 함께 가면 좋겠다고 했다.

"치과에서 오는 길에 내가 맛있는 복숭아 사 줄게."

앞니가 빠져 '복숭아'를 '복숭아'라고 발음하며 안이의 할머니가 내게 말했던 기억이 났다.

안이의 할머니는 키가 작고 마른 데다 발에 전족을 한 탓에 언제나 걸음결이가 뒤뚱거렸다. 안이의 할아버지는 원래 큰 부자이며 자본주의자였다. 그분은 염색 공장을 운영했다는데, 이미 오래 전에 돌아가셨다.

내가 기억하기로는, 우리가 어릴 때부터 안이의 할머니는 유일한 혈육인 안이의 엄마, 즉 웨이 선생님과 안이 아빠, 눈이 먼 손위 언니와 함께 살아왔다. 안이의 할머니가 그들을 모두 보살폈다. 너무 오래 전부터 안이의 할머니를 알아온 터라, 나도 안이처럼 그냥 할머니라고 불렀다.

할머니 자매는 언제나 검은 옷을 입었다. 자매간에 나란히 아파트 옥상에 나와 앉아 물담배를 피우며 재미있는 사투리로 정답게 이야기 나누는 모습을 더러 보기도 했다.

할머니는 우리에게 늘 뭔가를 해 주었다. 안이와 내가 공부하는 동안 서로 놀리고 집적거리며 다투기라도 하면, 할머니는 "서로 그러면 못쓴다. 얼른 숙제를 마치렴. 그러면 할미가 맛있는 거 해 줄게." 하며 우리를 달래 주었다.

우리는 입이 궁금할 때마다 서로 다투는 시늉을 해서, 언제나 성공했다. 할머니는 우리가 감쪽같이 속인다는 걸 모르고, 우리 둘을 화해시키려고 맛있는 간식을 만들어 주게 마련이었다.

"저기, 저 하얀 게 죽은 사람 뇌야?"

어떤 꼬마가 어른에게 묻는 소리가 내 귓속을 파고들었다. 머릿속이 텅 비어 멍하니 돌아서던 나는 그 자리에 얼어붙고 말았다. 더 이상 아무 말도 들을 수가 없었다.

비록 할머니가 자살했지만, 나는 화장터까지 따라갔다.

높게 난 창문 너머로 뜰 저쪽이 한눈에 들어왔다. 위로 치솟은 굴뚝에서 시커먼 연기가 쉬지 않고 뿜어져 나왔다. 때가 타 구질구질한 흰 벽, 수의를 실은 하얀 손수레, 흰 작업복을 입은 화장터 직원들과 밀랍 인형처럼 굳은 시신의 창백한 얼굴들이 내 앞을 오가며 한데 뒤섞여 감당하기 어려운 한기를 만들어 냈다. 매캐한 연기와 그곳을 떠도는 냄새 때문에 나는 멀미가 날 지경이었다.

안이의 할머니는 하얀 수의에 감싸인 채 조용히 손수레 위에 누워 있었다. 창문에서 떨어져내려 완전히 으깨진 할머니의 얼굴이 흰 천으로 가려졌다. 자살한 사람들은 밀랍으로 얼굴을 복원하는 것조차도 금한다고 했다.

자살은 범죄 행위로 간주되었다. 마오 주석의 어록에 의하면, 자살은 '인민으로부터 자신을 분리'하는 범죄 행위이다. 안이의 할머니가 자살했기 때문에 장례를 치르기 위해 따로 방을 사용하지 못했고, 상중임을 알리는 머리띠도 두르지 못할 뿐 아니라, 할머니를 위해 장송곡을 연주할 수도 없었다.

문이 열렸다. 안에서 추도식이 열리고 있는지, 통곡 소리와 울부짖는 소리들이 점점 크게 들려왔다. 흰 수의로 감싼 시신을 실은 손수레가 또 지나갔다. 단단한 바퀴가 콘크리트 바닥 위로 덜덜거리며 굴러가는 소리가 모퉁이를 돌더니 점점 멀어져 갔다.

안이의 부모님들은 할머니의 시신을 누인 손수레 옆에서 고개를 숙인 채 서 있었다. 아무도 말하는 사람이 없었다.

누군가 사무실 문에서 불쑥 얼굴을 내밀더니 웨이 선생님에게 소리쳤다. "오 분밖에 남지 않았어요!"

선생님이 미처 대답도 하기 전에 그는 문을 쾅 닫아 버렸다.

안이는 더 이상 참지 못하고 울음을 터뜨렸다.

할머니는 안이에게 너무나도 다정하고 소중한 분이다. 안이가 천식이 심해져서 숨이 가빠 오면, 할머니는 안이를 병원에 데리고 가 산소 호흡기를 하게 해 주었다. 안이가 커 갈수록 할머니 혼자서 그 아이를 병원에 데리고 가는 일은 점점 더 어려워졌다. 안이를 등에 업고 3층에서부터 계단을 내려가야 하는 건 나이 든 할머니에게는 너무 벅찬 일이어서, 중간에 몇 분씩 쉬어야만 했다. 한번은 할머니가 안이를 무릎에 올린 채 계단에 앉아, 가까스로 한 칸씩 밟아 내려간 적도 있다는 말을 안이한테서 들었다.

문득 지난 여름 일이 생각났다. 안이의 집에 들어섰을 때, 할머니는 땀을 뻘뻘 흘리며 한 손으로 안이의 긴 머리채를 받쳐 들고 그 아이에게 부채질을 해 주었다.

갑자기 커지다가 이내 잦아드는 느린 박자의 장송곡을 들으며, 나는 바닥으로 시선을 떨어뜨렸다.

나는 눈을 지그시 감고, 그날 할머니가 창턱에 올라서서 저 아래 뜰을 내려다보는 모습을 상상해 보았다. 3층 아래로 뛰어내리기 전에 할머니는 어떤 생각을 했을까? 그 순간만큼은 가족도, 나라에 대한 의무도 모두 잊어버렸을 것이다. 손녀딸이 할머니의 장례를 치르기 위해 산동에서 허겁지겁 달려오리라는 걸 할머니는 짐작했을까? 장님인 자신의 언니를 걱정했을까? 나는 눈물을 닦고 숨을 깊게 들이마셨다.

그때 친절하긴 하지만 지나치게 명랑한 남자가 흰 작업복 차림으로 나타났다.

"미안합니다만, 이제 시신을 운반해 가야겠습니다. 여러분에게 너무 많은 시간을 주었다고 윗사람이 성화거든요."

안이와 웨이 선생님은 손수레 위로 몸을 던져 흐느껴 울었다. 남자가 초조한 듯 주위를 살폈다.

"여러분들, 아무래도 조심해야겠어요. 그렇지 않았다가는 모두들 자살한 반동분자에게 동조한다고 의심받겠어요."

복도 어디에선가 문 여는 소리가 들렸다. 갑자기 작업복 차림의 남자가 안이를 손수레에서 떼어 내더니, 그것을 밀고 모퉁이를 돌아 사라져 버렸다. 안이는 두 팔로 자기 엄마를 부둥켜안았고, 그들은 함께 울부짖었다.

손수레가 덜덜거리며 구르는 소리 그리고 바퀴가 어긋나 끽끽 하는 소리가 점점 더 멀리 사라져 갔다.

# 지나는 길에 수색하다

밤 여덟 시가 넘은 시간에 아빠의 동료 배우인 티안 아저씨와 그의 아내 우 아줌마가 우리 집을 방문했다. 그들은 지난 몇 달 동안 통 오지 않았는데, 그 사이에 많이 달라져 보였다. 이상하게도 그날은, 엄마는 그 유명한 쇠고기 국을 끓이지 않았고, 할머니도 찐빵을 만들지 않았다.

그들은 우리 아이들을 반기는 듯 마는 듯, 경황없이 문을 들어섰다. 평상시처럼 목소리를 높여 활기차게 이야기하고 유쾌하게 웃는 대신에, 어른들은 숨을 죽인 채 거의 속삭이다시피 이야기를 나누었다. 그들의 대화 중에 '현 시국'이라는 말이 튀어나오자, 아빠는 우리들에게 아래층에 내려가 사촌의 아기인 후아후아와 놀라고 했다.

우리들은 마지못해 이모네로 내려갔다. 후아후아는 잠이 오는지, 소꿉장난 놀이를 하자고 해도 싫어하고, 다른 때 재미있게 하던 놀이를 하려고 해도 영 시큰둥했다. 하지만 계단을 내려가는 발소리가 들릴 때까지 우리들은 넷째 이모네 집에 머물러 있었다.

벌써 밤이 깊었다. 우리가 잠자리에 들려고 할 때 아빠가 말했다.

"얘들아, 내일은 할머니와 같이 공원에서 놀다 오려무나. 맛있는 점심도 싸 갖고 가렴."

나는 의아했다. 가뜩이나 다리 아픈 할머니가 공원에 가면 쉬지도 못하고 더 힘들 텐데, 왜 공원에서 놀다 오라고 하는지 영문을 몰랐다.

"소풍! 야호, 신난다!"

지윤이 좋아 어쩔 줄 몰라 했다.

"그래, 네 말이 맞다, 소풍이야."

이렇게 말하는 아빠의 목소리는 어딘가 좀 이상하게 들렸다.

"내일 소풍가서 재미있게 놀다 오렴."

다음 날, 우리가 공원을 향해 출발할 때만 해도 아침 공기가 조금은 서늘했지만, 해가 환하게 비치는 걸로 보아 곧바로 더워질 것 같았다. 나는 책 한 권을 들고, 배낭을 등에 멨다. 점심 먹을 수저들을 꾸려 넣은 탓에, 그것들이 배낭 속에서 계속 딸그락거렸다. 지용과 지윤이 팔짝팔짝 뛰며 앞서가더니, 할머니와 내가 공원에 다다를 즈음엔 벌써 잔디를 가로질러 저만치 달아나 버렸다.

공원은 텅 비어 있었다. 겨우 노인들 몇이 벤치에 앉아 장기를 두거나 나무 그늘 아래에서 태극권을 연습했다. 할머니는 나와 같이 잔디 주위를 따라 걷다가, 그늘진 곳에 있는 빈 벤치를 발견하곤, 뜨개질거리를 꺼내 펼쳐 들고 그 위에 앉았다.

"나는 여기 앉아 있을 테니, 너도 동생들한테 가서 놀다 오려무나."

할머니가 내게 권했다.

"우리 술래잡기하자."

지윤이 들떠서 말했다.

우리들이 어느 정도 자란 후에는 이 공원에 통 오지 않아서, 그날만큼은 우리들은 거의 텅 비다시피 한 공원 안을 누비며 신나게 뛰어 놀았다. 우리 셋의 실력은 따지고 보면 엇비슷했다. 지윤이 가장 어리긴 하지만, 가장 빨랐다.

할머니가 점심 먹으라며 우리들을 불렀다. 날씨가 꽤 더워졌다. 할머니가 배낭 안에서 삶은 계란과 우리를 위해 일부러 만든 샌드위치를 하나하나 꺼내는 동안, 우리들은 그늘 아래서 땀을 식혔다. 차려 놓은 점심을 실컷 먹고, 주스도 병째 돌려가며 마셨다. 지난 봄, 온 가족이 다른 공원으로 소풍갔을 때의 이야기를 꺼내며 모두 즐겁게 웃었다. 그때 지용이 보트 밖 물 속으로 칼을 떨어뜨리는 바람에, 사과를 껍질도 못 벗기고 통째로 먹어야 했다.

한바탕 놀고 지쳤는지, 어느새 지용과 지윤이 벤치에 누워 잠이 들었다. 나는 먼저 할머니를 도와 배낭을 도로 꾸려 넣은 다음 책을 펼쳐 들었다. 할머니는 뜨개질거리를 다시 손에 꺼내 들고도 한참을 그대로 있었다. 그 대신 한숨을 푹 내쉬거나 허공을 물끄러미 쳐다볼 뿐이었다. 오늘따라 할머니의 얼굴이 무척 창백해 보였다.

할머니 어깨 위에 가만히 내 손을 올려놓았다.

할머니가 고개를 돌려 나를 보더니 희미하게 미소 지었다.

"할미 걱정 마라. 아무 일도 아니다. 할미가 쓸데없이 잔걱정이 많아서 그러는 게야." 하더니 내 손을 잡고 부드럽게 토닥여 주었다.

"북 소리, 징 소리만 들려오면 왠지 홍위병들이 우리 집으로 들이닥칠까 봐 겁이 난다. 그 소리가 저 멀리서 들려올 때도 가슴이 두근두근 하는데, 하물며 가까이서 들리면 어쩌겠니? 아예 심장이 두방망이질해 곧 터져 버릴 것만 같구나."

"홍위병들이 가엾은 치엔 노인을 빨래판 위에 무릎 꿇리는 것까지 보고 나니, 이젠 밤이 되어도 쉬 잠을 청할 수가 없구나. 자려고 눈을 붙이기만 하면 곧바로 홍위병들이 우리 집으로 몰려들어오는 환상이 보인다. 만일 그들이 치엔 노인에게 하듯이 나를 무릎 꿇린다면, 할미는 도저히 견디지 못할 것 같구나. 그게 아니면, 그들이 혹시 할미를 때려서⋯⋯."

할머니는 말끝을 흐리며 웃었지만 무척 슬퍼 보였다.

"네 아빠와 티안 아저씨는 이렇게 하는 게 내 마음을 진정시킬 거라고 생각했나 보다. 하루 종일 공원에 나와 있으면, 설령 홍위병들이 우리 집에 들이닥친다 해도, 이 할미는 안전하다는 게야."

"그렇지만 할머니, 우리가 돌아갔을 때 홍위병들이 집에 와 있으면 어떻게 해요?"

"애비도 그 점을 염려했나 보더라. 지리야, 발코니에 대걸레를 세워 둔 거 알지? 바로 그 대걸레가 애비와 할미 사이의 비밀 신호다. 만일 홍위병들이 집에 들이닥쳤다면, 대걸레를 그 자리에서 치울 게다. 그게 우리가 집에 들어가면 안 된다는 암호지."

대걸레를 암호로 삼았다는 대목이 내 호기심을 자극했지만, 한편으로 너무 두려웠다. 혹 누가 우리 이야기를 엿듣기라도 하는지, 나는 갑자기 주변을 살펴보았다.

"하지만 이렇게 하는 게 그리 좋은 방법은 아닌 것 같구나."

할머니가 힘없이 이야기를 계속했다.

"밤늦도록 공원에 있을 수도 없는 노릇이고, 몇 달 동안 날마다 공원에 온다는 것도 쉬운 일이 아니지. 그럴 바에야 차라리 내가 이런 상황에 빨리 익숙해져서, 굳이 이렇게 공원으로 피신하지 않고도 끄떡없게 되는 편이 낫겠다."

고개를 젓는 할머니의 얼굴이 슬퍼 보였다.

바람이 살랑 불어오자 할머니의 머리카락 몇 올이 귓전으로 흘러내렸다. 가만히 머리카락을 귀 뒤로 쓸어 넘겨주다 보니, 할머니 머리에 어느덧 흰머리가 눈에 띄게 많아졌고, 얼굴에는 주름이 더 늘었다.

할머니는 전혀 지주의 부인 같아 보이지 않는다는 생각이 문득 들었다. 영화에서 본 지주의 부인은 못생기고 난폭하며 멍청하게 마련인데, 할머니는 예쁘고 친절하며 지혜로운 분이다.

나와 동생들이 유치원에 다닐 적의 기억이 떠올랐다. 우리는 집으로 돌아오면, 그날 유치원에서 배운 노래나 춤을 할머니 앞에서 다시 해 보였다. 그러면 할머니는 뜨개질거리를 들고 우리 앞에 앉아, 박자에 맞춰

더러 고갯짓을 하며 즐거워했다. 어떤 때는 할머니도 함께 부르자며 우리가 할머니를 졸라대면, 할머니는 음의 높낮이가 불안정하고 강한 텐진 억양이 섞인 발음으로 같이 노래하며, 우리의 동작을 따라서 머리를 흔들고 두 팔을 활짝 폈다.

노래 부르는 일이 싫증 날 때쯤이면 우리들은 할머니의 발을 보여 달라고 보챘다. 할머니가 어렸을 때만 해도, 전족이라는 관습이 있었다. 여자아이의 발을 가능한 한 작게 만들려고, 발이 자라지 못하게 천으로 칭칭 동여매는 것이었다. 전족을 한 성인 여자 발이 십 센티미터에 불과한 경우도 있었다. 당시에 전족은 여성의 아름다움의 상징으로 여겨졌다.

할머니의 발은 절반쯤 전족이다. 할머니는 전족하는 걸 하도 싫어해서 일곱 살 때부터 전족에서 벗어났다고 한다. 그래서 할머니의 발은 자연적인 발보다는 작지만, 전족한 발보다는 크다. 우리들은 아담한 할머니의 발을 갖고 놀기를 좋아했다. 만일 할머니가 발을 보여주지 않으면, 우리들은 할머니에게 간지럼을 태워 마침내 항복을 받아내고 말았다.

내 친구들은 우리 집에 오면 언제나 할머니가 따스하게 맞아 주기 때문에 좋아한다. 삼십 년 넘게 이 골목에 살면서, 할머니는 단 한 번도 이웃과 다툰 적이 없다. 동네 사람들은 모두 할머니를 좋아하고 따랐다.

아빠 말로는, 할머니는 결코 지주의 부인으로 분류된 적이 없다고 했다. 내가 생각하기에도, 우리 할머니는 절대로 그런 사악한 지주 부인이었을 리가 없다.

그날 저녁에 엄마가 걱정스러운 얼굴로 집에 돌아왔다. 엄마는 할머니와 아빠에게 뭔가를 소리 낮춰 말하더니, 저녁을 먹자마자 우리들보고 밖에 나가 놀라고 했다.

"어른들끼리 좀 할 일이 있어."

엄마는 간단하게 말했지만, 문화혁명과 관련 있는 뭔가를 하려는 게 분명했다. 엄마가 차라리 사실대로 이야기해 주기를 바랐다. 어른들이 대충 얼버무린다고 해서 그냥 순진하게 넘어갈 만큼 우리들은 어리지 않았다. 그러나 나는 더 이상 아무것도 캐묻지 않고 동생들을 데리고 밖으로 나갔다.

어둑어둑해질 무렵, 지용은 친구들과 남아서 더 놀기로 하고, 지윤과 나는 집으로 돌아왔다.

방에 들어서자 어디선가 탄내가 날 뿐 아니라, 눈이 따갑고 숨이 막혔다. 깜짝 놀라 집안을 휘둘러보았다. 커다란 방에 할머니 혼자 앉아 있었는데, 아무렇지도 않은 눈치였다.

"할머니, 어디 불났어요?" 우리들은 걱정되어 다급하게 물었다.

"뭐가 타는 냄새가 나요."

"쉿, 조용히 해라!" 할머니가 얼른 우리들을 안으로 잡아끌었다.

"별거 아니야. 네 엄마, 아빠가 사진을 태우는 중이야."

우리들은 영문을 몰랐다.

"에미가 오늘 직장에서 다른 사람들이 주고받는 말을 들었는데, 긴 옛날 겉옷이나 관복을 입고 사진을 찍은 사람까지도 구악으로 몰아붙인다는구나. 그래서 네 엄마, 아빠가 지금 목욕탕에서 사진을 태우고 있는 거

142

란다."

"우리도 봐도 돼요?"

나는 심심할 때면 사진첩을 들추어보았다. 내가 한 번도 본 적이 없는
친척 아저씨, 아주머니를 사진을 통해 만난다는 게 유난히 재미있었다.

할머니는 고개를 가로저었다. 내가 지윤에게 눈짓을 보낸 뒤, 우리 둘
은 동시에 할머니 품으로 뛰어 들어가 애원했다. 언제나 그렇듯이, 할머
니는 할 수 없다는 듯 엄마, 아빠에게 말하려고 목욕탕 문으로 다가갔다.

엄마가 문을 조금 열고는 우리들을 목욕탕 안으로 들여보내 주었다.

목욕탕 안은 짙은 연기로 가득 차서 눈이 화끈거리고 연신 기침이 나
왔다. 아빠가 우리에게 물잔을 건넸다.

"정 죽겠거든 한 모금 마셔라. 창문을 조금이라도 열면 큰일 난다."

아빠가 그 이유를 설명해 주었다.

"혹시 이웃에서 알기라도 하면 곧바로 홍위병에게 보고할지도 모르거
든."

엄마와 아빠는 조그만 나무 의자 위에 앉아 있었다. 바닥에 놓인 양철
세숫대야 안에 재가 수북이 쌓여 있고, 그 위로 사진 몇 장이 막 불길 속
으로 타들어 가고 있었다. 아빠 옆에 쌓아 놓은 낡은 사진첩들은 하도 오
래 되어 검은색 겉장이 얼룩덜룩하고 색이 바랬다. 아빠는 사진첩들을 한
장 한 장 넘기면서 거기 꽂힌 사진들을 살펴보고, 구악으로 몰릴 만한 사
진들을 골라내 찢어 버렸다. 그리고 찢은 사진들을 엄마 옆으로 던지면,
엄마는 다시 그것들을 불 속으로 던져 태웠다.

내가 사진 하나를 집어들었다. 아빠가 예닐곱 살 때 같은데, 낙타 등에 올라타서 찍은 사진이었다. 사진 속의 아빠는 모직 모자에 멜빵바지를 입고 활짝 웃고 있었다. 아빠 옆에는 지금보다 훨씬 젊고 예쁜 할머니가 모피 외투를 입고 서 있었다.

"엄마, 이 사진에는 긴 겉옷이나 다른 문제될 게 없잖아요?" 지윤이 물었다. "이 사진, 태우지 말고 그냥 간직하면 안 돼요?"

"아마 홍위병들이 이 사진을 본다면, 부잣집 아이들만 낙타를 탈 수 있었다고 또 문제 삼을 게다. 게다가 할머니는 모피로 된 겉옷을 입으셨잖니." 엄마는 망설임 없이 그 사진을 불 속으로 던졌다.

나도 엄마 생각에 동의한다. 그런 사진들은 분명 네 가지 구악에 해당된다.

사진 가장자리를 둘러싸고 불길이 넘실거렸다. 뜨거운 불길 속에서 사진의 네 귀퉁이가 말려들더니 이내 갈색으로 변했다. 가장자리에서 가운데로 빠르게 갈색으로 죽어가는데, 처음엔 할머니를 삼키더니, 그 다음엔 낙타, 마지막으로 아빠의 모직 모자까지 차례로 모두 삼켜 버렸다.

한 장, 한 장, 사진이 불길 속으로 던져졌다. 사진은 불길 속에서 바로 오그라들더니, 이내 타 녹아 곧 사라져 버렸다. 세숫대야 안에 재가 점점 높이 쌓여 갔다. 마침내 없애야 할 사진들을 다 태웠다. 엄마는 시커먼 재를 변기에 쏟아 붓고 물과 함께 쓸려 보냈다.

지용과 지윤은 낮 동안 공원에서 시간 보내는 게 이젠 시들해졌는지,

셋째 날이 되자 공원에 가느니 차라리 넷째 이모네 집에 남아 있겠다고 했다. 지루하긴 나도 마찬가지였지만, 나라도 할머니와 함께 있어 주어야 한다. 나는 책 한 권과 석류를 들고 공원으로 갔다. 석류는 씨가 많아, 일부러 긴 시간을 보내야 하는 나로서는 천천히 먹으며 시간을 때우기에 안성맞춤이었다.

그날도 같은 자리, 같은 벤치에 앉아 하늘에 무심히 떠가는 흰 구름을 물끄러미 올려다보며, 석류에서 파낸 씨들을 하나하나씩 빨아먹었다. 쌍봉낙타 모양의 구름이 있는가 하면, 어떤 구름은 땅에 닿을 만큼 기다란 흰 수염을 가진 영락없는 할아버지 모습이다. 낙타 구름이 서서히 할아버지 구름을 앞질러갔다.

할머니의 기침 소리에 돌아다보니, 할머니는 내 옆에 앉아 우두커니 먼 곳을 바라보았다.

문화혁명이 시작된 이래, 지난 세 달 동안 하도 많은 변화가 있어서 뭐가 뭔지 정신이 하나도 없다. 하루는 온건파가 마오 주석의 이념을 잘 받들어 나가는 진정한 혁명가로 칭송되더니, 다음 날이 되면 다시 뒤바뀌어 급진파가 문화혁명의 영웅으로 떠올랐다. 인민 위원장 류샤오치와 당 총서기 덩샤오핑조차도 그들의 위치가 안전하지 않다고 들었다. 내일은 무슨 일이 있을지 아무도 예측할 수 없었다.

만일 내가 흑색분자 집안이 아닌 혁명분자 집에서 태어났다면, 지금 이 시간에 나는 무얼 하고 있을까 생각해 보았다. 다른 사람의 집을 수색하고 있을까? 아니면, 지주나 우익 반동을 규탄하고 있을까? 물론 당연히 그럴 것이다. 지금의 내 처지와 상관없이 나는 그들을 증오했다. 마오 주석의 적이라면 누구라도 내가 거부하는 것처럼, 나는 우리 할아버지도 증오했다.

이런 내 마음에도 불구하고, 치엔 노인에 대해서는, 그가 아무리 잘못했다 하더라도 자꾸 안타까운 마음이 들었다. 혹시 할머니가 공식적으로 지주의 부인으로 판정된다면, 그때 가서 과연 내가 할머니를 증오하게 될지 그건 잘 모르겠다. 더 분명하게 생각의 가닥을 잡아가려고 할수록, 모든 게 더 뒤죽박죽되었다. 내가 혁명 계급 가정에서 태어났더라면 아무 신경도 쓰지 않고 오직 혁명을 완수하기 위해 내게 주어진 임무에만 최선을 다할 수 있을 텐데 하는 아쉬움뿐이다.

할머니와 내가 집 앞에 이르러 보니, 대걸레가 여전히 발코니에 내걸려 있었다.


한 주일이 지나는 동안 아무 일도 일어나지 않았다. 나는 그 대상이 무엇인지도 모르면서, 매일매일 무언가를 초조하게 기다렸다.

늦은 오후였다.

"오빠가 또 싸웠어요."

지윤은 지용이 걸어들어오는 걸 보자마자 중계 방송했다. 끈이 끊어진 샌들을 한 손에 들고 들어서는 그 아이의 윗도리는 흙투성이였고, 한쪽 소매가 찢겨 나갔다.

"대체 무슨 일이니?" 부엌에 있던 할머니가 달려들어왔다.

"걔들이 내 물건을 훔쳐갔어요! 내 군인 모자를 훔쳐갔다고요."

지용은 옷자락으로 얼굴을 한번 쓱 문지르더니 샌들을 바닥에 내팽개 쳤다.

"너한테서 훔쳐갔다고? 네가 먼저 걔네들을 화나게 했으니까 그랬겠 지." 내가 나서서 지용을 나무랐다.

"왜 애들이 아무 이유도 없이 네 모자를 훔쳐가겠니? 다른 애들한테 너무 심술을 부리니까 걔들이라고 가만히 있겠어? 제발 어른들께 걱정 끼치는 일 좀 그만해라."

"누나는 어떻게 나한테 그렇게 말할 수 있어? 나는 그냥 나 혼자서 귀 뚜라미를 잡고 있었을 뿐이야. 그런데 걔네들이 와서 귀뚜라미와 내 모자 를 바꾸자고 했어. 그래서 내가 싫다고 했더니, 그냥 내 모자를 빼앗아 간 거야."

"걔네들이 누군데? 너 그 애들을 아니?"

지용은 굳은 얼굴로 고개를 끄덕였다.

"두고 봐, 그 녀석들 내가 가만두지 않을 거야."

군인 모자는 지용이 가장 아끼는 물건이었다. 그것은 아무 가게에서나 살 수 있는 국방색 모자가 아니다. 지용의 친구인 밍밍의 아빠가 지용에 게 선물로 준 것이다. 밍밍의 아빠는 인민 해방군 퇴역 군인이다. 그 모자 는 수도 없이 빨고 또 햇볕에 바래서 거의 허옇게 되었지만, 누구라도 그 게 진짜 군인 모자라는 걸 한눈에 알아볼 수 있다. 이 동네 남자아이들 모 두 그 모자를 부러워했다. 그러니 지용이 이렇게까지 화낼 만도 했다.

"어쩌겠니, 잃어버린 셈치고 그만 화 풀어라. 소란 부릴 만큼 큰일이
아니잖니."

할머니가 지용의 윗도리를 꿰매려고 반짇고리를 꺼내 왔다.

"조금만 있어 봐, 내가 꼭 다시 찾아오고 말 테니까."

지용은 우리에게 말한다기보다는 자기 자신에게 다짐하는 것 같았다.

"마오 주석이 내가 그 군인 모자를 쓰면 안 된다고 말한 적 없어."

지용의 말이 왠지 마음에 걸렸다.

"너, 지금 뭐라고 했어? 누가 널보고 군인 모자를 쓰면 안 된다고 했다
고?"

"그 녀석들이 그랬어. '어떻게 너 같은 반동 흑색분자 자식이 진짜 군
인 모자를 쓰고 다니냐?'며 시비 걸었다니까."

지용의 눈이 분노로 번득였다.

이제야 알았다. 지용을 '반동 흑색분자 자식'이라고 부른 것이 그 아이를
화나게 한 진짜 이유였다.

당연히 지용 같은 남자아이들은 그런 모욕을 당하면 참지 않고 싸우겠
지. 나는 지용을 지켜주고 싶었지만, 내가 할 수 있는 일은 아무것도 없었
다. 문득 안이의 삼촌이 군대에서 기술자였다는 기억이 떠올랐다. 어쩌
면 그분이 오래된 군인 모자를 아직도 간직하고 있을지 모른다. 나중에
안이에게 한번 물어봐야겠다.

잠깐 사이에 지용이 없어졌다. 제 친구인 샤오청과 밍밍을 찾아 나선
게 분명하다. 샤오청과 밍밍은 우리 이웃에 산다. 둘 다 지용보다 세 살이

나 많고, 게다가 서로 다른 학교를 다니지만, 셋은 아주 친한 친구들이다. 항상 같이 붙어다니기 때문에 동네 사람들은 그 아이들을 '삼총사'라고 불렀다.

샤오청의 아빠는 우리 지역 총 감독관이었다. 하지만 지금은 자본주의 추종자로 몰려 조사 받고 있다. 밍밍의 아빠는 상하이 정치 법학 협회의 당 서기였는데, 몇 주 전에 체포되었다. 당을 배신했다는 죄목으로 고발되었다고 한다. 삼총사는 그들의 가족이 안고 있는 문제 때문에 그 어느 때보다도 서로 더 가까워졌다.

다음 날 저녁 할머니와 내가 공원에서 돌아와 보니 지용이 집에 없었다. 저녁 먹을 시간이 되어도 그 아이는 나타나지 않았다. 샤오청과 밍밍의 집을 찾아가 보았더니, 그 아이들도 집에 없기는 마찬가지였다.

"도대체 어딜 간 게야?" 할머니가 역정을 냈다.

"저녁 시간이 다 되도록 어디 가서 돌아오지 않는 게야?"

나는 걱정이 이만저만 아니었다. 분명 지용과 친구들은 모자를 되찾으러 간 게 틀림없다. 진작 안이 삼촌에게 말해 볼 걸 하는 생각이 들었지만, 설사 그랬다손 치더라도 결과가 달라지진 않았을 것이다.

지용이 제 모자를 반드시 되찾겠다고 결심했다면, 내가 무슨 말을 해도 그 아이 마음을 돌릴 수 없을 것이다. 보나마나 마음에 더 큰 상처를 받고, 아마 더 많은 문제를 끌어들이게 될 것 같아 불안했다.

밤 여덟 시 반이 되어서야 지용이 돌아왔다. 한쪽 눈이 멍들고 다리를 절름거리면서도 뜻밖에도 얼굴은 웃고 있었다.

"너 또 싸웠니?" 엄마가 잡아채듯 지용의 팔을 잡고 다그쳤다.

"우리 집안에 걱정거리가 부족할까 봐 너까지 이렇게 싸우고 다니는 거니?"

"우리 셋이 힘을 합쳐서 내 모자를 되찾았어요!"

지용은 의기양양하게 모자를 높이 들었다.

"뭐야, 챙이 다 낡아 너덜너덜하잖아." 지윤이 모자를 휙 낚아챘다.

"이런 걸레 같은 모자를 찾겠다고 눈에 멍까지 들어가며 그 야단이었니?" 나는 어이가 없었다.

"걔네들을 쳐들어가서 싸우길 잘했어." 지용이 태연하게 대답했다.

"이제는 그 녀석들이 감히 나를 괴롭히지 못할 거야."

지용을 더 야단치고 싶었지만 꾹 참고, 얼음 수건을 준비하여 멍든 눈에 찜질하라고 일러 주었다.


이른 아침에 송포포 아줌마가 급히 계단을 뛰어올라와 중요한 소식을 알려 주었다. 동네 사람들이 하는 말에 따르면, 얼마 전 공동 쓰레기통에서 칼이 하나 발견되었다고 한다. 그러자 규찰대는 이것을 불법 무기라고 단정하고, 다른 쓰레기통들도 일일이 다 뒤졌는데, 거기서 불에 타다 만 사진 몇 장을 발견했다고 한다. 그 중 한 장이 우리 넷째 이모네 사진이라는 걸 알아냈다.

그렇잖아도 넷째 이모부가 해방 직전에 홍콩으로 피신했다는 이유로, 넷째 이모 가족은 지역 당 위원회에 흑색분자 가족으로 분류되어 이름이 올라 있었다. 불법 무기와 불에 타다 만 사진은 자동적으로 한데 엮어서, 육손이가 막강한 지역 당 위원회에 보고를 올리는 데 아주 좋은 자료가 되고 말았다.

하루 종일 온 가족이 안절부절못했다. 할머니와 우리 셋은 아침을 먹자마자 공원으로 향했다. 아무도 뛰놀고 싶은 마음이 없었다. 우리들은 그냥 할머니 옆에 나란히 앉았다.

"홍위병들이 우리 집에 올까요?" 지윤이 물었다.

"아마 그럴 것 같다, 아가야." 할머니가 힘없이 대답했다.

"하지만 무엇이 어찌 될는지는 아무도 모른단다."

할머니는 뜨개질거리를 꺼내 들었다. 나도 할머니를 따라서 뜨개질을 한다고 시작했지만, 조금 지나서 정신을 차리고 보면 나는 어떤 모양을 뜨던 중이었는지도 모른 채, 멍 하니 허공을 바라보고 있는 내 자신을 확인할 뿐이었다.

지용과 지윤이 놀고 오겠다며 몇 번이나 자리를 박차고 뛰어갔지만, 몇 분도 채 되지 않아서 우리가 앉아 있는 벤치로 되돌아왔다. 오후 네 시가 되자, 할머니는 집에 혹시 무슨 일이라도 생겼는지 알아보고 오라고 나를 보냈다.

조심스럽게 골목길로 접어들면서 뭔가 이상한 낌새가 있는지 바짝 경계하며 살폈다. 하지만, 북 소리, 징 소리는커녕 사방이 조용하기만 했다. 대걸레도 발코니에 여전히 그대로 있었다. 우리 집 앞을 바라보았다. 거기엔 아무런 트럭도 없었고, 모든 것이 집을 나설 때와 마찬가지였다. 나는 공원으로 되돌아와 할머니에게 집에 돌아가도 안전할 것 같다고 알려 주었다.

엄마, 아빠가 다른 때보다 일찍 집에 돌아왔다. 우리들은 서로 아무런 말도 나누지 않은 채 서둘러 저녁 식사를 마쳤다. 그러고 나서 곧바로 불을 끄고 하루가 무사히 끝나기를 바라며 잠자리에 들었다. 나는 한참을 뒤척였지만, 너무 피곤한 나머지 결국에는 잠이 들고 말았다. 아래층에서 쿵쿵 하고 문 두드리는 소리가 났을 때 나는 잠에서 깼지만, 나는 꿈인지 생시인지 분간할 수가 없었다.

꿈이 아니었다.

"누구세요?" 사촌 유미가 기어들어가는 목소리로 대문 밖의 사람을 확인하는 소리가 들렸다.

대답하는 목소리는 육손이었다.

"홍위병이다. 우리는 너희 집을 수색하러 왔다. 문 열어!"

그들이 아래층에 사는 넷째 이모네 집에 들이닥쳤다.

처음에는 별다른 소리가 없이 조용하더니, 시간이 흐를수록 점점 큰 소리가 들려왔다. 문을 거칠게 여닫는 소리, 후아후아의 울음소리가 한데 뒤섞여 소란했다. 천장 쪽에서는 사기그릇을 집어던져 깨뜨리는 소리가 요란했고, 그 밖에도 뭐라 분간할 수 없는 홍위병들의 고함 소리가 들려왔다.

온 가족이 이미 모두 잠에서 깨어났지만, 아무도 불을 켜거나 입을 열지 않았다. 우리는 누워서 숨을 죽이고 아래층에서 무슨 일이 벌어지고 있는지 신경을 곤두세웠다. 감히 몸을 뒤척일 생각조차도 할 수 없었다. 온몸은 잔뜩 긴장되었다. 넷째 이모네서 들려오는 소리 하나하나에 나는 점점 두려움에 빠져 온몸이 얼어붙었다.

삼십 분이 지나고, 또 한 시간이 지났다. 공포감에도 불구하고 또다시 잠에 빠져들 즈음이었다.

고함 소리와 함께 쿵쿵 문 두드리는 소리에 깜짝 놀라 잠에서 깼다. 누군가가 아빠 이름을 크게 불렀다.

"지앙쉬렁! 일어나! 지앙쉬렁!"

아빠가 문으로 다가갔다. "무슨 일입니까?"

"문 열어!" 육손이가 소리쳤다.

"잠시 수색하겠다! 홍위병들이 지나는 길에 이 집도 잠시 수색하려고 한다!"

지나는 길에 물건을 사오라거나 지나는 길에 소식을 들었다는 말은 들어 봤어도, 지나는 길에 수색한다는 말은 처음 들어 보았다.

아빠가 문을 열었다.

러닝셔츠에 파란 반바지, 슬리퍼 차림의 육손이가 맨 앞에 섰다. 모두 십대로 보이는 홍위병 열두 명이 그 뒤에 있었다. 아직은 날씨가 꽤 따뜻한데도, 그들은 모두 군복을 입고 그 위에 허리띠를 바짝 졸라맸다. 적극적인 자세에 우렁찬 목소리, 단발머리의 눈이 큰 여자아이가 그들을 지휘하는 것 같았다.

"아래층에 사는 지앙네 가족과는 어떤 관계요?"

고함치듯 묻는 그 여자아이는 양손을 허리에 척 올리고 공격적으로 물었다.

"저 자의 부인이 바로 아래층에 사는 여자의 동생이오."

아빠가 입을 열기도 전에 육손이가 먼저 대답해 버렸다.

"그러면 아주 가까운 친척이로군."

마치 이제야 비로소 알게 된 것처럼 그녀가 말했다.

"순순히 자백하면 관대하게 봐 주고, 저항하면 그냥 두지 않겠소! 당장 당신들이 소지하고 있는 무기를 내놓으시오. 그렇지 않으면 우리는 당신 집을 수색할 수밖에 없소."

그녀가 똑바로 자세를 가다듬으며 아빠를 빤히 쳐다보았다.

"무슨 무기를 내놓으라는 겁니까?" 아빠가 침착하게 되물었다.

"우리는 아무런……."

"수색해!"

그녀가 큰 소리로 명령을 내리며 아빠의 말을 끊어 버리더니, 아빠를 옆으로 밀쳤다. 그녀가 팔을 휘두르자 그것을 신호로 하여 뒤에 있던 홍위병들이 집 안으로 몰려들어왔다. 그들은 입을 굳게 다문 채 세 무리로 나뉘어 각각 서랍, 캐비닛, 궤짝들을 뒤졌다. 삽시간에 여기저기서 끄집어 낸 물건들이 바닥에 흩어져서 발 디딜 틈이 없었다.

홍위병들이 엄마, 아빠에게 자물쇠를 채우거나 잠가 놓은 것들을 모두 열라고 명령했다. 우리 아이들 셋은 침대 위에서 얼어붙은 듯 꼼짝 않고 그들을 바라볼 뿐이었다. 뜻밖에도, 지난 몇 주 동안 그들이 우리 집을 수색할 것이라는 추측 속에 막연한 두려움이 가슴을 무겁게 짓누르던 것에 비하면, 막상 닥치고 나니 그리 끔찍하지도 않았다.

한 무리의 사람들이 들이닥쳐 집안을 벌집 쑤시듯 들쑤셔 놓는 바람에 고양이 소백이만이 무척 놀란 모양이었다. 열린 옷장 사이를 불안하게 왔다 갔다 하던 소백이가 홍위병에게 걷어 차였다. 그러자 고양이는 후닥닥 다락으로 뛰어 올라가더니 더는 내려오지 않았다.

나는 장롱을 뒤지는 홍위병 소년을 계속 지켜보고 있었다. 그는 옷걸이에서 옷을 빼내 바닥을 향해 등 뒤로 집어던졌다. 그러고는 조심스레 서랍을 뒤지는데, 잘 개켜 놓은 양말들을 펼쳐서 일일이 확인하고 어깨 너머로 하나씩 던졌다.

또 다른 홍위병 소년이 내 책상 서랍을 여는 게 보였다. 그는 먼저 서랍 안으로 두 팔을 뻗어 한꺼번에 그 안의 물건들을 훑어 끄집어 낸 뒤, 빈 서랍을 꺼내 바닥에 뒤집어 놓았다. 그가 미처 서랍에서 꺼낸 것들을 하나하나 살펴보기도 전에, 누군가 묵직한 궤짝을 함께 옮기자며 그 홍위병을 불렀다.

내가 소중하게 간직해 오던 물건들이 바닥 여기저기에 흩어져 있었다. 유리상자 속에 간직해 놓았던 나비가 상자에서 쏟아져 나와 한쪽 날개가 구슬을 담아 놓은 병에 눌려 버렸다. 공책 갈피에 한 장 한 장 잘 펴서 꽂아 놓은 사탕 껍질들도 모두 바닥에 흩어진 채 우표 수집책에 눌려 찢어지고 구겨졌다.

더 기가 막힌 건 내 우표 수집책이다. 학교에 입학하던 첫 해 내 생일에 할머니가 선물로 사 준 것인데, 내겐 아주 소중한 보물이나 마찬가지다. 지난 6년 동안 친구들에게 얻은 우표들이 그 안에 소중하게 간직되어 있었다.

우표 한 장을 얻기 위해서는, 우표가 달라붙은 편지 봉투를 한참 동안 물에 불린 다음, 조심스럽게 우표를 떼어 내 다시 물기를 말려야 했다. 한 장 한 장의 우표를 모아 세트를 채워 나갔다. 내 용돈으로 그리 비싸지 않은 세트들을 사기도 했다.

우표 수집을 그만두어야 한다는 걸 알면서도, 나는 소중한 내 수집품을 쉬 포기할 수 없었다. 문화혁명이 시작된 후로 우표 수집은 부르주아 행위로 간주되었기 때문에, 우표 상점들도 진작부터 영업을 포기하고 문을 닫았다. 이제는 더 이상 전처럼 내 우표들을 간직할 수 없다는 걸 알게 되었다.

홍위병들을 살펴보았다. 그들은 여전히 궤짝들을 옮기느라 정신이 없었다. 나는 침대에서 살짝 빠져나와 살금살금 방을 가로질러 갔다. 그들이 우표 수집책을 발견하기 전에 내가 먼저 그것을 숨길 수만 있다면 문제되지 않을 거라는 생각에 얼른 허리를 굽혀 우표 수집책을 집어들었다.

"거기, 너, 지금 뭐 하는 거야?"

등 뒤에서 누군가의 목소리가 들려왔다. 깜짝 놀라 얼른 뒤를 돌아다보았다. 오늘의 수색을 지휘하는 바로 그 여자 홍위병이다.

"저……, 저, 아무것도 안 했는데요."

내 눈길은 우표 수집책 언저리를 향한 채, 간신히 기어들어가는 목소리로 대답했다.

"우표 수집책이라."

그녀가 그것을 손에 들었다.

"바로 이게 네 것이란 말이지?"

나는 겁에 질려 고개를 끄덕였다.

"나이도 어린것이 완전히 구악에 빠져 있구나."

그녀가 수집책을 휙휙 넘기며 빈정거렸다.

"서양 우표들도 있군." 그녀가 말했다.

"이런 서양 숭배자 같으니라고."

"저, 저는……, 그, 그게 아니고요…….."

나는 얼굴을 붉히며 말을 더듬었다.

그녀가 침대에 웅크리고 앉아 이쪽을 바라보고 있는 지용과 지윤을 쏘아보더니, 다른 홍위병에게 명령을 내렸다.

"혁명의 길에 방해되지 않게 이 애들을 목욕탕에 데려다 놔."

그녀는 내게 눈길 한 번 주지 않은 채, 대수롭지 않은 듯 내 우표 수집책을 압수한 물건들을 담은 자루에 휙 던져 넣고 아래층으로 내려갔다.

목욕탕 안에 갇혔어도 가구가 맞부딪치는 소리, 홍위병들의 고함 소리가 생생하게 들렸다. 지윤은 내 무릎 위에 머리를 기대고 조용히 울먹였고, 지용은 입을 굳게 다물고 앉아 있을 뿐이었다.

시간이 꽤 흐르고, 마침내 사방이 조용해졌다. 아빠가 화장실 문을 열자, 우리들은 겁에 질려 밖으로 나왔다.

아파트는 난장판이었다. 서랍과 궤짝들을 완전히 뒤집다시피 하여 끄집어 낸 물건들이 바닥에 어지럽게 널려 있었다. 그들은 우리 옷의 절반 이상을 압수해 갔다. 남겨진 옷들과 오래된 동전 몇 개가 바닥에 흩어져 있었다. 혹시라도 벽 속에 무기를 숨기려고 뚫어 놓은 구멍이 있는지 확인하기 위해 홍위병들이 들어내 높게 포개 놓은 궤짝들도 그대로 내팽개쳐져 있었다. 할머니의 독일제 벽시계는 뒷면에 달린 작은 문이 떨어져 나간 채로 바닥에 드러누워 있었다.

내 물건들을 찾아보았다. 나비 날개가 몸체에서 완전히 찢겨 나갔다. 유리구슬들이 담겼던 병들도 완전히 깨져 버려, 쏟아져 나온 구슬들이 방 바닥에 굴러다녔다. 짓뭉개진 사탕껍질들은 쓰레기보다 더 나을 게 없을 만큼 형편없었다.

그리고 내 우표 수집책은 영원히 사라져 버렸다.


넷째 이모네는 우리보다 훨씬 더 사정이 심각했다. 이모는 결혼할 때 좋은 사기그릇들을 많이 장만했다. 하나같이 모두 아름다웠고, 그 중에는 골동품이라 할 만한 것들도 있었다. 하지만 이제는 사기그릇들이 하나도 남지 않았다. 홍위병들이 사기그릇들을 옥상으로 가지고 올라가 콘크리트로 만든 세탁조 안으로 집어던져 모두 다 깨뜨려 버렸다. 세탁조 가득 사금파리 조각들이 쌓였고, 옥상 여기저기에 널려 있었다.

수색당한 지 이틀이 지났어도 아직도 집 안을 다 치우지 못했다.

내 책상과 서랍들을 먼저 정리한 다음에, 장롱을 정리하기 시작했다.

옷을 하나씩 주워 개서 서랍에 넣었다. 아빠의 흰 와이셔츠를 집어들다가 갑자기 부끄러움과 분노에 얼굴이 확 달아올랐다.

내 생리대! 생리대가 원래 넣어 둔 파란 비닐봉지에서 끄집어진 채 그냥 방바닥에 펼쳐져 있었다. 나는 끓어오르는 분을 가라앉히며 그것을 돌돌 말아 장롱 한구석에 집어던졌다.

다른 것은 몰라도 이것만은 정말 나만의 사생활이다. 여자들만의 비밀이다. 아빠나 지용의 눈에 띌세라 전전긍긍하며 애써 감춰 왔던 것이다. 생리대를 빨 때면, 일부러 수건으로 그것을 가려서 빨랫줄에 널어 말리곤 했다. 하지만 이제 그들 중 어느 한 명, 그것도 아마 남자 홍위병이 이것을 확인하느라 집어들었음이 분명하다! 내 자신이 사람들 앞에서 벌거벗겨진 것 같은 수치심이 확 몰려왔다.

집이라는 것에 대해 생각해 보았다. 누구에게나 집은 아주 개인적인 공간이다. 그리고 가족들이 안락함을 느끼고 편히 쉬는 공간이다. 그런데 어떻게 모르는 사람들이 예고도 없이 들이닥쳐서 우리 가족들만의 사적인 것들을 함부로 들쑤실 수 있는가?

우리 할아버지가 지주여서 문제가 된다면, 할아버지의 유품들만을 찾아 압수해 가야 했다. 나는 지주가 아니다. 그런데도 그들은 왜 내 물건들까지 다 뒤지는 것인가?

나는 불쾌한 감정을 쉬 가라앉히지 못하고 의자 위에 주저앉았다.

안이가 방으로 들어오더니 장롱에 몸을 기대앉아 수색당한 방을 둘러보았다.

나는 몸을 돌렸다. 아무리 안이가 친한 친구라 할지라도, 그 아이가 불쌍하고 측은해 하는 눈길을 내게 보낸다면 견딜 수 없을 것 같았다.

안이는 한동안 아무 말 없이 거기 서 있다가 책을 주워들어 책장에 꽂기 시작했다. 그 아이는 너무 여위어 곧 무너져 내릴 듯이 보였다. 그리고 얼굴에는 아무런 표정도 없었다.

문득 흰 수의 차림의 안이 할머니 모습이 머릿속에 떠오르는 순간, 갑자기 모든 문제의 해답을 확실하게 깨달았다.

우리들은 악질 계급 출신들이다. 그 이유 때문에 안이는 상을 당했어도 팔에 상중임을 알리는 띠를 두를 수 없었고, 돌아가신 할머니를 위해서 맘껏 울지도 못했다. 또한 그 이유 때문에 우리 집이 불시에 수색당하고, 낯선 자들이 함부로 들어와서 자기들 마음대로 휘저어 놓을 수 있는 것이다. 이렇게 간단하고도 명확한 사실 앞에서, 왜 '왜' 라는 의문을 끝없이 떠올렸을까? 그리고 이 모든 것들을 바꾸기 위해 내가 할 수 있는 일은 아무것도 없었다.

나는 눈물을 닦고 안이와 같이 바닥에 널려 있는 물건들을 하나하나 정리하기 시작했다.

# 운명

    '혁명 완수를 촉진하기 위해 학교로 돌아가자'는 새로운 정치 선전이 시작되면서, 드디어 지용과 지윤이 다시 학교로 돌아가게 되었다. 정상적인 수업이 제대로 실시되는 건 아니었지만, 그래도 그 아이들이 다시 학교에 돌아갈 수 있다는 것만으로도 의미가 있었다.

    내게는 그런 행운이 따르지 않았다. 11월이 거의 다 되었는데도, 중학교 교사들이 다른 지역과 혁명 연대를 구축하기 위해 이 도시를 떠나 있었기 때문에, 어느 학교에서도 신입생들을 받아들이지 않았다.

    나는 하루를 무료하게 보냈다. 장을 보고 돌아와서 책을 읽고, 붓글씨 연습하다가 뜨개질하는 것이 나의 일과였다. 그리고 많은 시간을 안이와 함께 보냈다. 지루한 일상이었지만, 그렇다고 잠시도 두려움에서 벗어날 수 없었다. 아빠가 걱정되고, 할머니가 염려스럽고, 안이의 엄마 문제도 마찬가지였다.

웨이 선생님이 처한 상황은 굉장히 나빴다. 선생님은 중학교에서 수학을 가르쳤는데, 문화혁명 전에는 늘 모범 교사로 선정되어 온 분이다. 선생님 방에 들어가 보면 상장이 어찌나 많은지, 한쪽 벽면을 다 가릴 정도였다.

그러나 이젠 전형적인 반동 흑색분자로 낙인찍혀 버렸다. 아버지가 자본주의자였던 데다, 얼마 전에 어머니가 자살했다는 이유로 선생님은 더욱 거센 비판을 받았다.

선생님이 가르치던 학교의 홍위병들이 거의 날마다 계급투쟁 대회를 열어 선생님에 대해 낱낱이 들추어내고 비판했다. 계급투쟁 대회가 열리는 동안, 그들은 선생님을 때리고, 매고 있던 허리띠를 풀러 그것으로 선생님에게 채찍질했다.

안이 엄마 웨이 선생님이 예닐곱 명이나 되는 홍위병들에게 둘러싸여 그들의 감시를 받으며 집으로 돌아오는 것을 여러 번 보았다. 그럴 때마다 목에 걸린 '반동 괴물 웨이둥리'라고 씌어진 표지판의 무게 탓에 선생님의 머리가 아래로 푹 처져 있었다.

선생님은 징을 한 번 울릴 때마다, "나는 반동 교사다. 나는 반동 괴물이다."라고 외쳤다. 한번은 내가 멀리서 지켜보고 있는데, 계속 구호를 외치던 선생님이 잠시 멈추더니 숨을 돌리고 있었다. 그러자 바로 즉시 홍위병 하나가 선생님에게 발길질을 했다. 또 이어서 날아오는 주먹을 맞고 나서, 선생님은 목멘 소리로 다시 구호를 외쳐야 했다.

무엇을 하든지, 어디를 가든지, 나는 도저히 문화혁명에서 벗어날 수 없었다.

춥고 매서운 바람이 부는 어느 날 오후, 길에서 청소하는 쉬웬 아줌마를 보았다.

지난번 내가 마지막으로 보았을 때보다 아줌마는 열 살은 더 들어 보였다. 양 볼은 움푹 패고, 눈 아래 눈두덩이 살이 축 처졌다. 한때는 길고 구불구불하게 말려 있던 머리가 이젠 파마기 없이 짧게 잘려, 마치 시골 아낙네의 모습이었다. 솜을 누벼 만든 겉옷 위로 헐렁하고 색 바랜, 그리고 팔꿈치를 크게 기운 파란색 블라우스 하나를 더 걸쳐 입었다.

아줌마는 자신이 하는 일에만 눈길을 고정한 채, 커다란 비를 부지런히 앞뒤로 움직이며 쓸어 나갔다. 갑자기 휙 부는 바람에 아줌마가 일껏 모아 놓은 쓰레기 더미가 흩어져 버릴 것 같았다. 아줌마는 황급히 달려가 비로 쓰레기 더미를 눌러 날아가지 못하게 막았다. 그러다가 아줌마는 비에 걸려 기우뚱하더니 바닥에 쓰러졌다.

심하게 넘어진 것 같아 보였다. 아줌마는 팔을 움직여 일어나려고 애썼지만 쉽지 않아 보였다. 어쩔 수 없이 내가 부축해 주어야겠다고 생각하던 참인데, 마침 아줌마의 막내아들 산샨이 이쪽으로 걸어오는 게 보였다. 만일 내가 나타난다면 아줌마는 골목길을 비질하는 자신을 내가 죽 지켜보았다는 사실을 눈치 채 더욱 당황할 테니, 차라리 산샨이 제 엄마를 부축하도록 내버려두는 편이 나을 것 같았다. 나는 한 발짝 뒤로 물러

서서 조용히 돌아섰다.

몇 발자국 걸어오다가, 아줌마가 아들의 부축을 받아 제대로 일어서는지 확인하려고 뒤를 돌아보았다. 도저히 내 눈을 믿을 수 없는 일이 벌어졌다. 샨샨이 자기 엄마 옆을 그냥 지나쳐 버린 것이다!

아줌마는 여전히 그 자리에 쓰러져 있었고, 그는 그런 자기 엄마를 외면하고 그냥 가 버렸다. 샨샨이 결코 자기 엄마를 못 보았을 리는 없다. 샨샨은 상대가 자기 엄마인데도, 흑색분자에게 친절을 베풀었다는 비판을 받을까 봐 일부러 피한 것이 분명하다.

어떻게 아들이 그럴 수 있을까! 나는 쉬웬 아줌마를 향해 가려다가 문득 발걸음을 멈췄다. 어쩌면 나도 아줌마를 도와주면 안 될지 모른다. 사람들이 혹시 내가 아줌마를 부축하는 광경을 목격한다면, 더욱이 흑색분자 집안 출신인 나에 대해 그들이 또 뭐라고 비판할지 모를 일이었다.

내가 어떻게 해야 할지 망설이고 있는데, 지나가던 왕 할머니가 길 위에 쓰러져 일어나지 못하는 쉬웬 아줌마를 발견했다. 왕 할머니는 급히 다가가 아줌마를 부축해 주었다. 그리고 한 손에 비와 쓰레받기를 챙겨 들고 쉬웬 아줌마가 집으로 돌아가는 길을 도와주었다.

샨샨이 자기 집을 수색당한 후에 대자보를 쓴 사실이 그제야 기억났다. 공개적으로 자기 엄마와 부모자식 간의 관계를 끊는다는 내용의 대자보였다. 그 당시에 나는 샨샨의 용기와 의지에 감탄했다.

자기 엄마와 관계를 끊는다는 것은 쉬운 일이 아니다. 어떻게 그럴 수 있는지 나로서는 상상하기도 힘들다. 샨샨은 아줌마와 한 집에서 살고 있는데, 과연 그는 제 엄마가 해 준 밥을 먹을까? 아줌마하고 대화는 하고 지내는 걸까?

그리고 무엇보다도 지금 쉬웬 아줌마는 어떤 심정일까?


12월 어느 날, 안이와 내가 산책을 마치고 집으로 오는 길이었다. 골목 안에 사람들이 모여 와글거리고 있었다. 갑자기 안이의 얼굴에서 핏기가 사라지더니, 그 아이는 내 손목을 잡아끌고 사람들이 모여 있는 곳으로 달려갔다.

마치 일부러 그렇게 만들기라도 한 것처럼, 사람들은 잘 정돈된 원형으로 둘러서 있었다. 대부분 누군지 얼굴을 아는 이 동네 사람들이다. 낯익은 목소리가 이상한 구호를 외쳤다.

"압제자 상홍젠을 타도하자! 반동 당 관료를 타도하자!"

상홍젠? 두하이의 엄마? 바로 지역 당 위원회 서기? 나는 놀란 눈으로 안이를 쳐다봤다.

안이는 안도감으로 얼굴에 미소까지 지어 보였다.

"나 정말 너무 무서웠어! 우리 엄마 학교에서 나온 사람들인 줄 알았거든."

우리는 사람들 사이를 비집고 들어갔다.

두하이의 엄마는 조그마한 의자 위에 올라선 채, 머리가 가슴까지 닿도록 푹 수그리고 있었다. '청소년 압제자 상홍젠, 수만 번을 죽어도 부족하다' 라는 표지판이 목에 걸려 있고, 그 위로 부도덕함을 상징하는 찢겨진 신발 두 짝이 함께 매달려 있었다. 잔뜩 겁을 먹고 납빛으로 변한 그녀의 얼굴 위로 헝클어진 머리카락들이 어수선하게 드리워졌다. 한때는 그렇게도 막강했던 지역 당 위원회 서기의 모습은 그 어디에서도 찾아볼 수 없었다.

그녀 바로 앞에 서 있는 한 키 작은 남자는 꽤나 분개하여 입에 게거품을 물고 큰 소리로 두하이의 엄마를 비판했다.

"당 서긴가 뭔가 하는 이 망할 놈의 여자가 나를 속여 신장으로 이사 가게 했습니다!"

그는 군중들을 향해 몸을 돌렸다. 거친 얼굴을 한 그가 누구인지 나는 바로 알아차렸다. 그는 육손이네 옆집에 살던 슈아산인데, 몇 년 전에 이곳에서 아주 멀리 떨어진 오지 신장으로 이주해 갔던 사람이다. 그러니 그 목소리가 낯설지 않은 게 당연했다.

"이 여자가 나를 속였어요! 신장이 꽃동산, 지상낙원이라고 했습니다. 그리고 그곳에 가면 먹을 걱정 없이 편히 살 거라고 했고요. 그런데 막상 그 먼 곳까지 가 보니, 신장이 어떤 덴 줄 압니까? 완전 불모지예요! 빌어먹을, 아무것도 없다 이겁니다! 살 집은커녕, 널빤지 한 조각, 벽돌 한 장이 없었다고요. 가까스로 흙을 빚어 엉성한 오두막 하나를 지었습니다. 그런데 그 오두막을 짓다가 지붕에서 떨어져 그만 이렇게 다리병신이 되고 말았습니다."

슈아산은 불구가 되어 버린 자기 다리를 쿵쿵 두드리더니 계속 목소리를 높였다.

166

"하는 수 없이 나는, 제발 내가 다시 상하이로 돌아올 수 있도록 도와 달라고 이 여자한테 편지를 보냈습니다. 이 여자는 내가 보낸 편지를 즉시 신장의 내 담당 감독관에게 보내 버렸어요. 그로부터 내 6개월치 봉급이 잘려 나가고, 한동안 나의 죄를 인정하는 자아 비판문을 날마다 써야 했습니다."

"이 여자는 우리들을 현혹시켜 신장으로 이주시킨 뒤엔, 그곳에서 우리가 살든 죽든 일절 개의치 않았습니다. 열일곱 살 청년을 이렇게 취급해야 하겠습니까? 내가 신장에서 앓아 누워 음식을 구걸하고 있을 때, 이 여자는 여기서 무엇을 하고 있었는지 압니까? 젊은 놈들과 놀아나며 즐기고 있었습니다."

그는 목덜미에 핏대를 세우고, 손가락 끝이 거의 그녀의 코에 닿을 듯 바짝 들이대고 손가락질하며 소리쳤다.

"나는 문화혁명에 진정으로 감사드립니다. 바로 문화혁명 덕분에, 이 망할 여자의 죄를 낱낱이 폭로하고, 또 이렇게 우리 동네에 혁명의 열기를 전할 수 있게 되었기 때문입니다!"

슈아산의 이야기를 듣던 사람들이 여기저기서 눈물을 찔끔거렸다. 나는 결코 그를 좋아하지 않고 신뢰하지도 않았지만, 지금 그가 말한 내용들이 사실이라면 상훙젠은 정말 나쁜 사람임이 틀림없다. 게다가 그녀는 두하이의 엄마이다. 나는 그녀에 대해 조금도 안타까운 마음이 들지 않는 게 당연하다는 생각이 들었다. 슈아산이 여전히 구호를 외치고 있는 가운데, 안이와 나는 사람들을 밀쳐내고 계급투쟁 대회에서 빠져나왔다.

"지금 두하이의 얼굴이 어떨지 한번 봤으면 좋겠다."

내 마음은 꽤나 흡족했다.

"'운명의 수레바퀴는 육십 년마다 한 바퀴 돈다', 너도 이 속담 알지?"

안이도 나와 같은 심정이었나 보다.

"이제 그들이 고통을 겪을 차례야."

"그 말은 바꿔 말하면, 곧 우리가 정상에 올라설 차례라는 뜻이니?"

한참을 생각한 끝에 내가 안이에게 되물었다.

우리는 그냥 아무 말도 않고 걸었다. 보도 위를 밟아 나가는 우리의 발을 내려다보았다. 안이와 내 발은 완벽하게 보조를 맞추어 걷고 있었다.

"어쩌면 그게 정말 사실일지도 몰라."

내 눈앞을 뿌옇게 가리고 있던 안개가 갑자기 사라지는 느낌이었다.

"운명 때문에 우리가 이렇게 고통을 당하는 거야. 바로 그 운명 때문에 우리가 흑색분자 집안에서 태어나게 된 거지. 그리고 지금도 운명의 수레바퀴는 돌고 있어. 어쩌면 우리 가족들은 이제 곧 고난에서 벗어나게 될지도 몰라."

내 주변에서 벌어진 일들을 하나하나 되새겨 보니, 운명만이 이 모든 일들을 설명할 수 있는 유일한 단서인 것 같았다.


며칠 후, 내가 장을 보고 돌아와 보니, 지윤이 나보다 먼저 학교에서 돌아와 있었다. 나는 지윤이 뒤로 살금살금 다가가서 재빨리 그 아이의 눈앞에 새로 산 손수건을 펼쳐 보였다.

"짜잔!"

뜻밖에도 지윤은 펄쩍 뛰지도 않고, 좋아서 소리 지르지도 않았다.

"이거 싫으니? 여기 이 고양이 무늬를 좀 봐, 귀엽잖아. 너 줄려고 산 거야."

색깔이 예쁜 손수건을 모으는 게 지윤의 취미였다.

그 아이는 여전히 꿈쩍도 하지 않았다.

나는 지윤이 앞으로 돌아가서 간지럼을 태우려고 하다가 그 아이의 얼굴을 보고 멈칫했다. 지윤은 울고 있었다. 두 눈이 빨개져 퉁퉁 부었고, 한 손에는 손수건들을 뭉쳐 꼭 쥐고 있었다.

"무슨 일이야?"

내 물음에 아무런 대답도 하지 않았다.

"왜 울고 있었어?"

여전히 아무 대꾸도 없다.

뭔가에 단단히 삐친 것 같았다. 어릴 때부터 지윤은 한번 울음보가 터지면 누구한테도 왜 우는지 이유를 말하지 않고 마냥 울기만 했다. 지윤의 입을 열게 하는 방법은 딱 한 가지다.

"아무래도 선생님한테 물어 봐야겠다."

나는 지금 당장 물으러 갈 것처럼 몸을 홱 돌렸다.

"안 돼! 가지 마." 지윤이 다급해서 내 옷자락을 잡아당겼다.

"그러면 왜 그러는지 빨리 말해."

"내……, 내……책가방을 잃어버렸어."

"네 책가방을 잃어버렸단 말이야? 어쩌다가?"

그 아이는 또다시 울기 시작했다.

"제발 그만 좀 울고 무슨 일인지 말해 봐."

지윤은 계속 울기만 했고, 나는 더 이상 참을 수가 없었다.

"너, 이젠 다 컸잖아. 그런데 제 가방 하나도 제대로 간수하지 못하고, 또 뭘 잘했다고 이렇게 울기만 해?"

지윤은 어깨를 들썩이며 서럽게 울부짖기 시작했다. 할머니가 뛰어 들어와서 내게 자초지종을 물었다.

"저도 몰라요. 가방을 잃어버렸다고 하더니 울기 시작했어요."

나는 화가 치밀어 손수건을 책상 위로 휙 던져 버렸다.

"잃어버린 게 아니라……, 지금 교실 창문 아래쪽 운동장에 있어요." 지윤이 훌쩍거리며 말했다.

"뭐라구?" 할머니와 내가 동시에 되물었다.

"그러면 왜 들고 오지 않았어?"

"싫어요. 나, 그 가방 안 가져올 거예요. 우리 반 남자애들이 내 가방을 창 밖으로 던졌어요. 그 애들이 나더러 반동 흑색분자 자식이라고 놀렸어요. 그러고는 내 책상 위에 올라서서, 내가 계속 자기들을 쳐다보면 내 눈알을 빼 버리겠다고 소리쳤어요. 내 가방을 창 밖으로 집어던지고는 나보고 가서 주워 가랬어요. 나 안 갈 거예요."

도대체 무슨 말을 해야 할지 몰랐다. 그런 지윤에게 화를 낸 것이 후회스럽기만 했다.

"왜 선생님께 말씀드리지 않았니? 그럼 선생님이 그 애들보고 주워 오라고 하셨을 텐데." 할머니가 물었다.

"그렇게 해 봐야 문제만 더 커질 게 뻔해요. 저번 주에 그 애들이 웨이웨이랑 나를 밀치고 괴롭혔을 때, 웨이웨이가 자기 엄마한테 말했나 봐요. 그래서 걔네 엄마가 선생님을 찾아간 다음, 선생님이 그 남자애들을 벌 세웠거든요. 하지만 그런 다음부터 그 애들은 웨이웨이를 더 못살게 굴어서, 지금은 웨이웨이가 아예 학교에도 못 나와요."

지윤의 목소리가 조금 진정된 듯했다. 이제 울음도 거의 그쳤다.

"그런 일이 있으면 진작 엄마랑 아빠한테 말씀드렸어야지."

나는 이렇게 말할 수밖에 없었다.

"그러면 엄마 아빠가 널 위해서 뭔가 조치를 취하셨을 거 아니니."

"안 돼! 그렇게 하면 문제가 더 커진다니까."

그런 지윤을 바라보는 내 가슴 속에서 뭔가 울컥 치밀어 올랐다. 오늘따라 더 들쭉날쭉 서툴게 땋은 지윤의 머리를 보니 미안한 마음이 들었다. 지윤은 아침마다 제 스스로 머리를 땋고 학교에 간다. 그동안 내가 동생에게 너무 냉정하게 굴었다는 사실을 새삼 깨달았다.

지금까지 난 언니로서 이 아이를 따뜻하게 보살펴 주기보다는, 마치 반장처럼 굴었다. 지윤을 피아노 개인교습에 데리고 가서, 그 아이가 제대로 연습하지 않으면 항상 야단쳤다. 방과 후에 친구네 집에서 놀고 있는 지윤을 집으로 끌고 오다시피 하여 숙제부터 하도록 명령했다.

내가 이렇게 못되게 굴었는데도 지윤은 나를 언니랍시고 믿고 따르면서, 무엇을 해야 할지, 어떤 옷을 입는 게 더 나은지 따위를 늘 나에게 물어왔다. 또 영화를 보러 갈 때도 꼭 나와 함께 가는 걸 좋아했다.

요즘 들어 지윤은 더 많은 걸 스스로 해 나가야 했다. 아직 열한 살밖에 되지 않은 어린아이에게 너무 힘겨운 일들을 떠안긴 것이다. 자신을 지키기에 그 아이는 아직 너무 어리고 작았다.

내가 중학교에 입학할 때 쓰려고 사 두었던 새 책가방과 필통을 꺼냈다. "자, 이것들 네가 써." 나는 그것들을 지윤의 손에 들려 주었다.

"언니가 네 머리부터 다시 땋아 줄게. 그런 다음에 뭐가 더 필요한지 생각해 보고 사러 가자."

나는 지윤의 운명에 대해 진지하게 생각해 보았다. 그 아이는 아직 너무 어리다. 그런데 왜 그 아이가 이런 고통을 당해야 하는가? 이제 운명의 수레바퀴가 돌아가고 있는데, 왜 지윤의 운명은 나아지지 않는 걸까?

빨리 모든 것이 달라져야 한다.


해마다 하던 행사를 생략하거나 건너뛰어 버려 아무런 설렘도 없이 설날이 지나가 버렸다. 내 열세 번째 생일도 특별한 행사 없이 그냥 보냈다. 시린 바람이 피부를 뚫고 들어와 온몸을 마비시켰다.

골목 입구에 지용과 샤오청이 서 있는 게 보였다. 그 둘은 추위도 아랑곳하지 않는 듯했다. 샤오청은 초록색 우체통에 기대서서 손짓을 해가며 지용한테 뭔가를 이야기하는 중이다. 멀리서 보기에도 샤오청의 동작에 자신감이 배어 있음을 느낄 수 있었다.

샤오청의 아빠가 요즘에 아주 많이 힘들다는 것을 지용에게서 들었다. 거의 하루도 거르지 않고, 그의 아빠는 계급투쟁 대회에서 비판당한다고 한다. 게다가 문화혁명 전에 우리 지역의 고위직 간부였다는 이유로, 그의 하위직 간부였던 사람들을 대상으로 한 계급투쟁 대회에도 함께 불려 나가 덩달아 비판받아야 했다. 요즘 샤오청으로서는 마음의 안정을 유지하기가 무척 어려우리라 짐작되고도 남았다.

내가 그 아이들 쪽으로 다가갔을 때, 커다란 트럭 몇 대가 일렬로 천천히 길을 따라 오다가 우리 앞에서 멈춰 섰다.

그 순간 우리 모두 깜짝 놀랐다. 샤오청의 아버지가 첫 번째 트럭 위에 서 있었기 때문이다.

그의 머리엔 죄수의 상징인, 빨간색으로 ×표시가 된 뾰족한 고깔모자가 씌워졌다. 두 손목은 등 뒤로 묶인 채, 두 팔이 높게 들려 있었다. 고개를 푹 수그려서 그의 얼굴이 잘 보이지 않았다. 목에 걸린 묵직한 나무 표지판에는 '자본주의자 관리 산어단'이라고 씌어 있었는데, 검정으로 이름을 쓴 위에 빨간색으로 커다랗게 ×표를 그었다.

우리는 할 말을 잃은 채 그 자리에 우두커니 서 있었다. 트럭에 타고 있던 사람들이 구호를 외치자, 트럭은 다시 움직이기 시작했다. 나는 차마 샤오청의 얼굴을 똑바로 바라볼 수가 없었다. 샤오청과 그의 아빠와의 사이가 아주 각별하다는 걸 잘 안다. 내가 샤오청을 위로해 줄 말을 한참 궁리하고 있는데, 그 아이가 먼저 입을 열었다.

"우리 집 노인네가 또 사람들한테 인사하러 나왔네."

놀란 눈으로 그 아이를 쳐다보았다. 눈으론 여전히 트럭을 좇고 있는 샤오청의 입가에 조소가 배어 나왔다. 나는 아무 말도 하지 않고 그냥 집으로 돌아왔다.

샤오청은 자기 아빠의 그런 모습에 이미 익숙해진 걸까? 아마 자기의 속마음을 애써 숨기느라 그랬겠지? 나는 발코니의 난간에 기대서서, 머릿속의 복잡한 생각들을 시린 바람에 날려 버리고 싶었다. 지용이 어느 결에 내 옆으로 다가와 난간에 기댔다. 그 아이의 얼굴은 잔뜩 굳어 있었다.

"밍밍 아빠가 돌아가셨대." 풀이 죽은 목소리다.

"뭐라고?" 갑자기 온몸에 소름이 돋았다.

"오늘 새벽에 재단 측에서 밍밍의 엄마한테 연락이 왔다는데, 그쪽에선 걔네 아빠가 스스로 목매달아 돌아가신 거라고 했나 봐."

"스스로 목매셨다고?"

지용이 고개를 끄덕였다.

"재단 측에서 밍밍 엄마에게 시신을 직접 보여 주지도 않고, 창 밖에서만 보도록 했대. 그러고는 바로 화장해 버렸어. 샤오청이 추측하기를, 보나마나 그 사람들이 밍밍 아빠를 고문해서 죽여 놓고는 스스로 목매달아 죽은 것처럼…… . 어, 저기 밍밍이잖아. 누나, 나 얼른 내려가 봐야겠어."

밍밍과 샤오청이 저 아래 골목에서 기다리는 게 보였다. 지용이 합류하자, 그들 셋은 어깨를 나란히 하고 어디론가 걸어갔다.

집 안으로 들어왔어도 여전히 한기는 가시지 않았다.

안이가 문을 열어 주었다. 밍밍 아빠 이야기를 미처 꺼내기도 전에, 안이의 얼굴이 먼저 내 눈에 들어왔다. 그 아이의 두 눈은 뻘겋고 퉁퉁 부어 있었다.

"왜 그래, 무슨 일이니?"

안이는 나를 위해 문을 열어 놓은 채, 아무 대답도 없이 뒤로 돌아 먼저 안으로 들어갔다.

안이네 집에 와 본 지도 꽤 오래되었다. 할머니가 돌아가신 후로, 자매지간인 아흔 살 된 손위 할머니는 매일 창 앞에 우두커니 앉아서 하루 종일 그 방을 떠나지 않는다고 한다. 집 안 여기저기에 놓여 있던 마호가니 가구들은 모두 압수당해 들려 나갔다. 방은 거의 텅 비다시피 휑해 발자국 소리마저 울렸다. 안이와 나는 이 집에서 유일하게 남은 의자인 등받이 없는 낡은 의자를 창가로 옮겨 그 위에 앉았다.

"안 좋은 일이라도 생겼어?" 내가 다시 물었다.

"우리 엄마가⋯⋯." 그 아이의 눈에서 눈물이 뚝뚝 떨어졌다.

"또 구타당하셨어?"

"그보다 더 심해. 어제, 조사 받고 있는 교사들에게 공장 굴뚝을 기어오르게 했대." 안이는 목이 메어 더 말을 잇지 못했다.

"공장 굴뚝을 기어오르게 하다니?" 나는 기가 막혔다.

"그렇게 하는 게 개조시키는 방법이래? 네 엄마는⋯⋯, 웨이 선생님도 굴뚝을 기어오르신 거야?"

"감히 안 했다가는 어떻게 되려고. 거부했다가는 혁명에 저항한다고 더 궁지에 몰릴 텐데……, 보나마나 또 구타당할 테고…….”

안이가 또다시 목이 메었다.

“어제는 공장이 문을 닫았다니 그나마 다행이야. 만일 공장이 가동 중이었다면……, 얼마나 뜨겁겠어……, 아마 엄마는 도저히 오르지…….”

나는 아무런 위로의 말을 할 수 없었다.

“지리야, 정말 너무 무서워.” 안이는 내 눈을 똑바로 쳐다보았다.

“엄마가 학교에서 돌아오는 시간이 조금이라도 늦어지면, 온 가족이 얼마나 불안에 떠는지 몰라. 아빠는 안절부절못하시고, 나도 아무것도 손에 안 잡혀. 어떤 때는 도저히 앉아서 기다릴 수 없어서, 아빠가 학교까지 엄마를 마중가시기도 해. 앞으로도 무슨 일이 어떻게 닥칠지, 너무 두렵기만 하고. 집에 돌아오는 것조차도 겁이 날 때가 있어, 지리야.”

그런 안이의 눈을 바라보고 있자니, 나도 곧 울음이 터질 것만 같았다.

안이의 엄마가 높다란 공장 굴뚝을 기어오르는 모습이 떠올랐다. 나는 온몸이 떨렸다. 안이의 할머니가 검은 옷을 입고 창가에 서 있다. 치엔 노인은 선전 벽 아래서 쓰러져 있다. 샤오청 아빠의 두 팔이 등 뒤로 비틀려 있다. 밍밍의 아빠는 푸르죽죽하게 멍투성이인 얼굴로 혀를 빼문 채 천장에 매달려 있다.

모든 것이 운명이다.

안이가 눈물을 닦아냈다. 한참을 서로 아무 말도 않고 있다가 내가 입을 열었다.

“안이야, 너, 단 한 번이라도 이런 일 때문에 엄마를 원망한 적 있니?”

"잘 모르겠어. 가끔은 우리 엄마가 너무 고지식하신 게 아닌가 하는 생각이 들기는 했지. 예를 들면, 엄마가 자기 반 학생들에게 레이훵 학습반을 그만두게 했을 때도 그런 생각이 들었어. 그 일로 학생들이 우리 엄마를 반동분자라고 몰아세우게 됐거든. 그리고 우리 온 가족이 고통당하게 되었지.

하지만 엄마는 진정으로 학생들을 위해서 그렇게 조치했던 거야. 레이훵 학습반이라는 게 장난처럼 운영되었잖아. 학생들은 레이훵의 선행과 애국심에 대해 진지하게 학습하지 않았어. 공부한답시고 모여서 잡담이나 나누고, 그러니 당연히 성적도 점점 떨어졌지. 엄마는 혁명을 방해한 반동분자가 결코 아니야."

"난 우리 할아버지가 정말 싫어!" 내가 불쑥 말했다.

"만약 할아버지가 지주만 아니었어도 내게 이런 일들이 일어나지는 않았을 텐데……. 하지만 그런 일들에 대해 잊어버리는 것 말고는, 지금 내가 할 수 있는 게 뭐가 있겠니? 모든 건 순전히 내가 이런 시대에 태어난 내 자신의 운명 때문이지."

"그래 맞아." 안이도 내 의견에 동의했다.

"그런데 왜 우리의 운명은 바뀌지 않지?"

바로 그때 내게 좋은 생각이 떠올랐다.

"내 말 좀 들어 봐, 우리 한번 우리들의 미래를 점쳐 볼까? 내 사촌이 하는 방법을 가르쳐 주었어. 먼저 종이 여러 장에 각각 다른 내용들을 써 넣는 거야. 그리고 종이들을 창턱에 붙인 다음, 그 중에서 제일 먼저 바람에 날려 떨어지는 종이에 적힌 내용이 자신의 앞날에 다가올 일들이래."

미래를 점치는 것은 구악 중 하나라고 했다. 그러나 꼭 한 번만은 우리들의 미래에 대해 미리 알아보고 싶었다. 우리는 세 장의 종이에 각각 다른 내용을 적었다. '모든 것이 더 나아진다', '계속 불운이 따른다' 마지막으로, '좋은 일도 생기고, 나쁜 일도 생긴다.' 그리고 종이들을 접은 뒤, 물을 조금씩 발라 창턱에 붙였다.

부는 바람에 먼저 떨어지는 종이를 기다리는 동안, 나는 마음속으로 간절히 빌었다.

"신이여, 우리에게 복을 주시옵소서. 신이여, 우리에게 복을 주시옵소서. 신이여, 우리에게 복을 주시옵소서."

바람이 불어와 종이들이 가볍게 흔들렸지만, 아직 한 장도 떨어지지 않았다. 또 다른 바람 한 줄기가 불어왔다. 한 장이 창턱에서 떨어졌다. 종이가 바닥에 미처 닿기도 전에 안이가 그것을 낚아챘다.

"어떤 종이야?" 내가 조급하게 물었다. "어떤 거야?"

안이가 종이를 펼쳤다.

'좋은 일도 생기고, 나쁜 일도 생긴다.'

우리는 서로를 쳐다보았다. 그리고 둘 다 아무 말도 하지 않았다.

# 중학교 입학

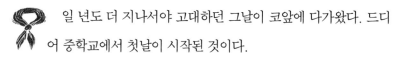 일 년도 더 지나서야 고대하던 그날이 코앞에 다가왔다. 드디어 중학교에서 첫날이 시작된 것이다.

날씨가 포근한 9월 어느 날이었다. 사백 명이 넘는 신입생들까지 가세하여, 신자 중학교 강당은 북새통을 이루었다. 새로운 얼굴들 틈바구니에서 옛날 같은 반이었던 친구를 찾느라 모두들 정신없었다. 개중에는 거의 일 년여 만에 다시 만나는 얼굴도 있었다. 전임 교장선생님에 이어 새로 부임한 교장선생님이 환영사를 말했지만, 우리들은 그동안 서로 못 만난 공백 기간을 만회하느라 너무 분주한 나머지, 교장선생님 말씀에 귀기울일 틈이 없었다.

우리 줄 앞에 있는 남자아이의 말을 들으려고, 안이와 나는 몸을 있는 대로 앞으로 굽혔다.

"……우리 형이 다니는 공장에서 사람들이 서로 싸우는데 굉장히 무시무시해. 공장 내의 두 분파가 혁명 주도권을 서로 차지하려고 치열하게 싸우는 거래. 양쪽 다 군대에서 쓰는 진짜 총을 갖고 있어. 기관총을 발사해서 사람을 여럿 죽이기도 했대. 우리 형이 두 눈으로 직접 본 이야기야……."

누군가 내 머리 꽁지를 잡아당겨, 얼른 뒤를 돌아보았다. 꾀죄죄한 거지 옷차림에서 벗어난 덩이이가 우리를 향해 웃고 있었다.

"야, 굉장히 예쁜 스웨터 입었네!" 내가 놀라 물었다.

"네가 직접 짠 스웨터니?"

"우리 언니가 나 입으라고 짜 준 거야. 새로 유행하는 쌍진주 무늬를 넣어 짰어."

그 아이는 한껏 우쭐대며 팔을 뻗어 소맷자락을 우리 코앞에 들이댔다.

안이가 덩이이의 팔을 잡더니 세 번 톡톡 쳤다. "새 옷, 새 옷, 하나, 둘, 셋." 꼬마 시절에 부르던 노래를 그 아이가 목소리를 낮추어 다시 불렀다. 우리들은 다 같이 키들거렸다.

"너희 둘은 보나마나 한 반이 되어 여전히 붙어 다니겠지?" 덩이이가 놀리듯 물었다.

"아니야." 나는 침울해졌다.

"나는 4반인데, 얘는 6반이야. 너는 몇 반이니?"

"나는 9반."

"너, 양후안은 몇 반 됐는지 아니?" 안이가 불안한 듯, 우리 오른쪽으로 떨어져 앉은 양후안을 힐끗 쳐다보며 물었다.

"내 생각에 저 아이는 2반일걸."

"두하이는 어떻게 됐어?" 걱정스런 마음을 진정시키며 내가 물었다.

"글쎄, 두하이는 몇 반이 됐는지 잘 모르겠는데."

"그럼, 인란란은?" 내가 재촉하듯 또 물었다.

"너, 그 아이가 몇 반인지 알지, 그렇지?"

"인란란은 나와 한 반이야." 천이이가 나서서 대답했다.

안이와 나는 서로 눈이 마주쳤다. 학교 입학통지서를 받은 이후부터, 우리 둘은 그 셋 중 하나라도 같은 반이 될까 봐 안절부절못했다. 이젠 그런 걱정 따윈 할 필요가 없어졌다. 아직 확인 안 된 한 명, 두하이도 제발 같은 반이 아니기를…….

교장선생님 말씀이 끝났다.

강당을 빠져나온 우리들은 가뜩이나 혼잡한 가운데서도 뛰기도 하고, 웃고 소리 지르기도 하면서 새로운 교실 건물로 향했다.

"학교 끝난 뒤에 만나서 같이 집에 가자."

3층에서 헤어질 때 안이가 말했다.

"그럼, 이따가 아래층에서 만나."

301호 팻말 아래서 멈췄다. 여기가 바로 내 교실이다. 나는 긴장이 되어 잠시 그 자리에 선 채, 새로운 학급 친구들과 선생님을 머릿속에 그려 보았다. 운명이 내게 미소 짓고 다가올까? 열린 출입문으로 교실 안을 살짝 들여다보았다. 벌써 꽤 많은 아이들이 진작부터 자기 의자를 찾아 앉아 있었다. 나도 칠판 위에 그려진 자리 배치도를 보고 내 자리로 곧장 가

앉았다. 통통한 얼굴에 양 갈래로 머리를 땋은 내 짝꿍이 나를 보고 미소 지으며 고갯짓을 했다.

마음이 두근거렸다. 교실을 한 바퀴 둘러보았다. 아는 얼굴이 하나도 없었다. 다시 자리 배치도를 훑어봤다. 전에 한 반이었던 아이들의 이름이 하나도 보이지 않았다. 그렇다면 우리 반에 있는 어느 누구도 나의 출신성분을 알 수 없겠지! 다른 아이들과 똑같이 나도 이제 새 출발을 할 수 있게 되었다. 나는 크게 소리 내서 웃고 싶었지만, 그 대신에 내 짝꿍을 향하여 활짝 웃어 주었다.

신얼 초등학교에 비하면 지금 교실이 훨씬 그럴 듯하고, 분위기도 밝았다. 길을 향한 쪽으로 커다란 창문이 세 개 있어서, 그 너머로 길 건너편 지붕 꼭대기나 나무들이 보였다. 철제 책상과 걸상이 모두 주황색으로 칠해졌다. 큼지막한 칠판은 진짜 돌로 만든 것이어서, 손으로 톡톡 두드리면 청아한 소리가 났다. 신얼 초등학교 칠판은 나무로 만들어져 정기적으로 페인트칠을 해야 했는데, 이 칠판은 그럴 필요가 없다.

여전히 교실 안을 하나하나 살펴보고 있는데, 호리호리한 남자가 교실로 들어섰다. 삽시간에 교실 안은 조용해졌다.

"내가 여러분들의 담임입니다. 내 이름은 쟝쉰이라고 합니다."

선생님이 입을 열자마자, 아이들은 서로 귓속말을 속닥거렸다. 우리들은 모두 기분이 좋았다. 선생님의 목소리가 굉장히 부드러웠고, 얼굴도 무척 젊었다. 분명 편안한 선생님임에 틀림없으리라.

선생님은 분필을 집어서 '쟝쉰'이라는 이름 두 글자를 칠판 한 귀퉁이에 썼다. 갑자기 아이들 사이에서 수군대는 소리가 멈추더니, 교실 안은 쥐 죽은 듯 조용해졌다. 아름답고 힘찬 데다, 활발하고 생동감이 넘쳐 흐르는 선생님의 필체는 일시에 우리들을 압도해 버렸다. 선생님의 부드러운 목소리와 힘이 넘치는 필체는, 선생님이 지닌 두 가지 대조적인 성격을 보여 주는 것 같았다.

자신을 소개한 데 이어서, 쟝 선생님은 다음 세 가지 내용만을 짤막하게 말해 주었을 뿐이다. "여러분이 4반에 온 것을 환영합니다.", "나는 영어를 가르치게 됩니다.", "처음 두 주일 동안은 정치 학습을 실시할 예정인데, 주로 중앙 위원회 문서와 마오 주석의 글을 읽을 것입니다."

그날은 그렇게 끝났다. 내가 기대했던 것에 비하면 무척 실망스럽기 그지없었다. 담임선생님은 참 알 수 없는 분이라는 생각이 들었다. 모순으로 가득 찬 데다, 꽤나 말을 아낀다. 첫날이니 만큼, 선생님은 최소한 우리들에게 학교 이곳저곳을 안내하고 설명해 주었어야 했다.

안이네 반도 오래지 않아 끝났다. 그 아이도 두하이와 한 반이 안 된 것이 무척이나 기쁜 모양이었다.

눈이 부시게 아름다운 가을날이다. 평범한 모양의 학교 건물들이 오늘따라 특별하게 보였다. 보도를 따라 꼿꼿하게 서 있는 키 큰 가로수들도 밝은 태양 아래서 우리들을 향해 미소 짓는 것만 같았다.

일 년이 넘도록 집에서 빈둥댄 동안 지루한 건 말할 것도 없고, 여기저기서 들려오는 싸움에 관한 소식, 엄마, 아빠 직장단위에서 서로 투쟁하는 이야기들로 내 마음은 늘 무거웠다. 이제 모든 것이 지나갔다. 드디어 나는 중학교에 입학했다. 우리 중학교는 시이 중학교만큼 크거나 아름다운 교정을 갖고 있지 않았지만, 말로 표현할 수 없을 만큼 나의 가슴은 설렜다.

포근한 11월의 햇살이 교실 안으로 기어들어와, 칠판 위에 멋들어지게 씌어지긴 했지만 따분하기 그지없는 영어 단어들 위를 따스하게 비추었다.

'DOWN WITH IMPERIALISM! (제국주의를 타도하자!)'

'DOWN WITH REVISIONISM! (수정자본주의를 타도하자!)'

'DOWN WITH THE NEW TSARS! (새로운 전제주의를 타도하자!)'

쟝 선생님은 손수 만든 대나무 지휘봉으로 칠판 위의 영어 문장들을 천천히 짚어 나갔다. 한 번, 두 번, 우리들은 계속 반복해 가며 선생님을 따라 읽었다. 남보다 빨리 읽는 아이가 있는가 하면, 느리게 읽는 아이도 있고, 또 높은 음으로 따라 읽기도 하지만, 목소리를 낮게 깔고 따라 읽는 아이도 있었다. 말 그대로 불협화음의 극치였다.

"DOWN WITH THE NEW TSARS!" 우리들이 마지막 문장을 막 따라 읽었을 때, 불쑥 어디선가 "뉴-쟈-즈" 하는 소리가 튀어나왔다. 난데없이 '기름에 튀긴 쇠고기'라니. 누군가 일부러 끝의 두 단어 '뉴 짜르'와 발음이 비슷한 중국말을 하는 바람에 반 전체가 배꼽을 잡고 웃었다. 다른 아이들도 신이 나서 그 아이를 흉내 내며 따라했다.

내 짝꿍 창홍을 힐끗 쳐다보았다. 그 아이는 연설문을 쓰느라 정신이 없었다. 나는 손으로 턱을 괴고는 한숨을 내쉬었다.

이번 학기 들어 오늘이 여섯 번째 영어 시간이다. 첫 시간에 쟝 선생님이 영어 수업의 방향에 대해 우리들에게 설명해 주었다. 혁명의 정신과 일맥상통하게 하고 다가올 전쟁에도 대비하기 위해, 우리들은 군대에서 필요한 말과 정치적인 용어들을 먼저 배우게 된다고 했다.

처음에 'Lay down your arms and we will spare your lives.(무기를 내려놓아라, 그러면 목숨만은 살려주겠다.)'라는 문장을 배울 때만 해도 썩 재미있었다. 영어 수업을 여섯 번쯤 마친 지금은, 'Long live Chairman Mao! Long live the Chinese Communist Party! Long live socialist China!(마오 주석 만세! 중국 공산당 만세! 사회주의 중국 만세!)'와 같은 문장이나, 'Stand up, Sit down, Hands up.(일어섯, 앉아, 두 팔 들어.)' 따위를 배우고 있다.

오늘은 'Down with(타도하자)'라는 구절을 배우는 중이었다. 무척 지루할 뿐만 아니라, 만일 단순히 구절들만 외우고 문법을 익히지 않는다면 영어를 제대로 배울 수 없다는 사실을 잘 알고 있는 터라, 슬슬 걱정이 되기 시작했다.

무심코 교실 창 밖을 내다보니, 참새 두 마리가 지저귀며 벌거벗은 나뭇가지 사이를 톡톡 튀듯 분주히 오갔다.

어릴 때부터 중학교에 다니는 나의 모습을 늘 머릿속에 그려 왔다. 중학교에는 교실이 훨씬 근사하고 고층건물인 데다, 여러 시설을 제대로 갖춘 체육관도 있다고 들었다. 게다가 그곳에서 공부할 내용을 생각하기만 해도, 하루 빨리 중학교에 들어가고 싶어 안달이 날 지경이었다.

갈릴레오의 가속도 법칙을 직접 실험하거나 토끼를 해부해 보고, 시험관 속의 물질을 다른 상태로 변화시키는 실험도 하게 될 줄 알았다. 내 상상 속의 중학교는 거의 어마어마하고 수수께끼로 가득한 궁전이나 마찬가지였다.

막상 꿈에도 그리던 궁전에 들어와 보니 실망스러운 게 한두 가지가 아니었다. 수학 시간을 제외하곤 재미있는 과목이 하나도 없었다. 변변한 교과서 하나 없이, 등사기로 한 장 한 장 밀어 만든 조악한 인쇄물을 교재로 대신 쓰고 있었다.

영어 시간이라고 더 나을 것도 없었다. 정치 시간에는 이미 알 만큼 알고 있는 공산당 역사에 대해서 새삼 또다시 배웠다. '교육과 실제 경험을 연계하라'는 마오 주석의 교시가 내려진 이후로는 물리, 화학, 생물 시간이 없어졌고 대신, 산업과 영농의 원리라는 과목을 배웠다.

하루는 과학 선생님이 엉뚱한 인쇄물을 들고 교실에 들어왔다. 선생님은 돼지 사육에 대한 수업을 준비했는데, 실수로 그만 '밀집식 모내기 벼 재배법'이라는 제목의 인쇄물을 가져온 것이었다. 1, 2분간을 어정쩡하게 교단 위에 서 있던 선생님은 그날 수업을 그냥 끝내고 말았다. 정말 딱하기 그지없는 노릇이었다. 정통 과학을 공부한 분들이 학생들에게 돼지 사육이나 농사에 대해 가르치려니, 선생님들조차 우왕좌왕하는 게 당연했다.

갑자기 교실 뒤쪽이 웃음바다가 되었다. 누군가 또 우스갯소리를 했나 보다. 나는 고개를 들어 선생님을 바라보았다. 쟝 선생님은 여전히 우리 쪽으로 등을 돌린 채, 우리들이 따라 읽든 말든 혼자서 "DOWN WITH IMPERIALISM!" 하고 천천히 읽어 나갔다.

맨 뒷줄에 앉은 남자아이가 교실을 가로질러 중간 어디쯤에 앉은 아이에게 뭔가를 던졌다. 별명이 땅딸보인 여자아이는 책상 아래로 팔을 뻗어 식탁보를 뜨개질하느라 등을 잔뜩 구부린 채 정신이 없었다. 네눈박이는 아예 안경을 벗고 책상 위에 엎드리더니, 요란하게 코까지 골며 잤다.

끝나는 종이 울렸다. 필통을 책상에 집어 넣고 나는 의자에서 일어나 한바탕 크게 기지개를 켰다.

"자, 여길 주목해요."

쟝 선생님이 지휘봉으로 교탁을 두어 번 두드렸다.

"다음 영어 시간에는 자습으로 하겠어요. 여러분 스스로 마오 주석의 말씀에 대해 공부하는 것입니다."

모두가 알아듣도록 선생님은 큰 소리로 일러 주었다. 우리들과 마찬가지로, 아마 선생님도 영어 시간에 신문이나 중앙 위원회 문서들을 읽고 가르치기가 지겨웠나 보다. 그래서 차라리 자습 시간으로 정해서 학생들끼리 시간을 보내게 해야겠다고 생각한 것 같았다. 나는 그저 황당할 뿐이었다.

앞줄에 앉은 남자아이가 뒤돌아서 반 전체 아이들을 향해 어처구니없다는 표정을 지어 보였다.

"선생님, 어차피 자습하는 거라면, 집에 가서 해도 되나요?"

불쑥 한 아이가 물었다. 아이들이 갑자기 조용해졌다. 누군지 궁금하여 모두들 교실을 둘러보니, 키 크고 깡마른 바이샨이 제 책상 옆에 서 있었다. 바이샨은 여느 때와 다름없이 솔직하고 진지한 얼굴로 선생님을 똑바로 쳐다보았다.

샹 선생님이 바이샨을 빤히 바라보았다. 처음에는 다소 기분이 언짢아 보이던 선생님은 잠시 침묵하다가 나지막이 대답해 주었다.

"네가 집에서 꼭 공부하겠다고 약속하면 먼저 가도 좋다."

"네, 반드시 하겠습니다."

바이샨은 서두르지 않고 차근차근 자신의 소지품들을 가방 안에 집어넣더니, 촌스러운 파란색 레이온 웃옷 자락을 펄럭이며 교실을 빠져나갔다. 반 아이들이 수군거리기 시작했다.

"태도가 왜 저 모양이니? 저런 행동은 마오 주석을 모욕하는 거나 마찬가지야."

창훙이 바이샨에 대해 꽤나 못마땅해 하는 눈치였다.

"바이샨이 집에 가서 공부하겠다고 했잖아."

나는 내 짝꿍의 비난에 동의하지 않았다. 이런 식의 영어 수업에 대해 바이샨의 화난 심정을 충분히 이해할 수 있었다. 솔직히 말하면, 영어 수업에 대해 자기 불만을 당당하게 표현한 그 아이의 용기가 부럽다 못해 존경스럽기까지 했다.

언젠가 체육 시간의 일이 떠올랐다. 전쟁에 대비한 훈련을 한답시고, 우리들은 가시철조망 아래로 기거나 나무 장애물을 기어오르는 연습을 해야 했다. 체육 선생님이 남자아이들 몇몇에게 체조 매트를 가져오라고 했는데, 그 아이들은 서로 얼굴만 마주볼 뿐, 제자리에 붙박여 움직일 생각을 하지 않았다.

교사에 대한 존경심이라곤 눈을 씻고 봐도 찾을 수 없는 학생들을 데리고 수업을 진행해야 하는 선생님의 처지가 딱해 보였다. 이렇게 황당한 순간에, 바이샨이 제 친한 친구 둘에게 눈짓으로 신호를 보냈다. 그들 셋이 자리에서 벌떡 일어나 매트가 있는 곳으로 향하자, 나머지 남학생들도 모두 그들을 뒤따랐다.

바이샨은 여러 가지로 다른 아이들과는 좀 달랐다.


부슬부슬 내리는 시린 겨울비를 맞으며, 나는 내 자리에 서서 크게 울려 퍼지는 아침 체조 음악의 전주를 듣고 있었다. 웃옷 깃을 바짝 올리고 양손을 주머니에 찔러 넣었어도, 계속 온몸이 부들부들 떨렸다. 하룻밤 새에 겨울이 성큼 다가온 것만 같았다.

내 앞에 서 있는 아이의 뒤통수에 두 눈을 고정시키고 마음을 다잡으려고 애썼지만, 할머니의 근심 어린 목소리가 아직도 내 가슴 속에서 울렸다.

"네 아빠가 정치 학습반에 보내졌다."

지난 한두 주일 동안, 아빠는 매일 밤이 늦어서야 집에 돌아왔다. 간혹 저녁 식사 전에 도착하는 날이면, 엄마와 아빠는 곧장 목욕탕으로 들어가서 문을 걸어 잠그고 한참 동안 비밀 이야기를 나누었다. 엄마, 아빠가 목소리를 낮추어서 말하는데도, 우리들은 밖에서 여러 가지 불길한 소식을 들을 수 있었다.

극장 측에서 주 아저씨의 반혁명적인 행동들을 수상하게 여겨 조사한 끝에 감금했다는 소식이 그 중 하나이다. 우 아줌마 역시 감금되었는데, 그 이유란 고작 티안 아저씨와 결혼하기 전에 다른 남자들과 사귀었기 때문이란다.

아빠는 목욕탕 안에서 늘 담배를 꺼내 물고 서성거리는 게 분명하다. 이야기가 끝나서 엄마가 욕실 문을 열 때마다 곧바로 짙은 담배 연기 냄새가 밖으로 밀려나왔다. 그 밖에 다른 때에는, 아빠는 어두운 얼굴로 책상에 앉아 있거나, 연신 줄담배를 피우며 말없이 뭔가를 써 내려갔다. 내가 정치 시간에 배우는 것과 마찬가지로, 아빠가 가는 정치 학습반에서는 마오 주석의 업적이나 당 중앙 위원회의 문서에 대해 학습한다.

그러나 내 학교 수업과는 다르게, 아빠의 정치 학습반의 궁극적인 목적은 그곳에 모인 사람들이 자신이 저지른 과오나 범죄 따위를 자백하게 하는 것이다. 매우 중대한 과오를 저지른 사람들만이 이 학습반에 보내지고 있다.

아빠가 무슨 과오를 저질렀을까? 무엇보다 지주의 아들이었다는 점이 문제일까? 도대체 어떻게 아빠가 우익 반동이라는 말인가? 나도 모르게 주머니 속에서 두 주먹을 불끈 쥐었다. 집안의 문제가 혹처럼 내 등에 달라붙어 점점 커지면서, 내가 무엇을 하든 상관없이 그것은 점점 악성 종양으로 변해 가는 것 같았다.

음악이 끊어졌다.

"자, 이제 아침 찬양을 시작하겠습니다. 마오 주석의 붉은 어록을 준비해 주십시오."

늘 들어오던 목소리가 들려오자, 상념에 빠져 있던 나는 제정신이 돌아왔다.

어느 결에, 내 짝꿍 창훙이 단상에 올라가 있었다. 또다시 조기 훈련을 지휘하는 그 아이의 순서가 돌아왔다. 그 아이는 늘 즐겨 입는 초록색 군복 차림인데, 허리에 졸라맨 허리띠 때문에 보통 때보다 더 통통해 보였다. 제일 끝줄에 서 있어도 그 아이의 양 볼이 발갛게 상기된 걸 한눈에 알아차릴 수 있었다.

창훙은 우리 학교 전체 홍위병들 중에서도 아홉 명으로 구성된 홍위병 위원회의 한 사람으로 뽑혀, 이제 학교 안에서 유명 인사가 되었다. 그 아이가 홍위병 위원이 되고 나서부터 나는 전보다 창훙이 더 부러우면서도, 한편으론 내 스스로 그 아이와 거리를 두려고 애썼다.

창훙은 정직하고 진실하며 열정적인, 한마디로 말해서, 좋은 점을 두루 갖춘 아이다. 기껏 반동 흑색분자의 자식에 불과한 나로서는 홍위병 지도자에게 선뜻 다가가지 못하고 머뭇거리는 게 당연하다.

"이제 우리의 위대한 지도자이자 위대한 스승이며 위대한 사령관, 또 위대한 영도자이신 마오 주석에게 우리의 진심 어린 충정을 다하여 만수무강을 기원합시다."

창훙의 열정적인 목소리가 확성기를 통해 울려 퍼지자, 나는 붉은 어록을 꺼내려고 주머니 속으로 손을 뻗었다.

붉은 어록이 주머니에 없었다.

어제 윗도리를 빨아 말린 뒤 그것을 다시 주머니에 넣었어야 했는데 그만 깜빡했다. 공교롭게도, 아침 찬양의 중요성을 끊임없이 강조해 온 우리 학교의 학생 대표 진 의장이 내 오른편 뒤쪽에 있었다. 만일 진 의장이 내 손에 붉은 어록이 들려 있지 않은 걸 발견한다면, 그가 나를 문제 삼을까? 혹시 전교생 앞에서 나를 비판하지는 않을까? 갑자기 온몸이 얼어붙었다. 붉은 어록 없이 맨손으로라도 흔들어야 할지, 그냥 손을 내리고 있어야 할지조차 판단할 수 없었다.

뭔가 빨간 게 눈앞을 휙 스치는가 싶더니, 붉은 어록의 플라스틱 표지가 내 손에 쥐어졌다. 멀리서 보기엔 붉은 책처럼 보이는 그 표지를 손에 꼭 쥐고 세 번 흔들었다.

"마오 주석 만세! 만세! 만세!"

나는 다른 아이들과 입을 맞추어 함께 소리쳤다.

위기의 순간에 나를 구원해 준 사람이 누구인지 두리번거렸다. 뜻밖에도 우리 반 친구 선린린이 바로 그 주인공이었다. 단상을 똑바로 쳐다보고 있는 그 아이의 두꺼운 안경알에 햇빛이 반사되었다. 그 아이는 마치 아무 일도 없었다는 듯, 표지 없는 붉은 어록을 흔들면서 태연하게 구호를 따라 외쳤다.

동작 빠르게 기지를 발휘해 나를 구해 준 사람이 선린린이라는 생각을 꿈에도 할 수 없었다. 그 아이는 학급에서 거의 드러나지 않아서, 나는 그 아이의 존재조차도 거의 알아차리지 못할 정도였다. 만일 내가 선린린의 입장이었다면, 그 순간 상대방을 구해 줄 기지를 발휘하기는커녕, 나는 내 주변 사람에게 무슨 문제가 닥쳤는지조차 끝내 알아차리지 못할 게 뻔하다.

아침 행사가 모두 끝나자, 나는 린린에게 다가가서 표지를 돌려주었다. "너무 고마워! 오늘 네가 날 살려 줬어!"

그 아이는 아무 대답도 없이 그냥 고개를 약간 끄덕이고는 수줍은 듯 미소 지었다.

"진 의장이 내 오른쪽 뒤에 있었거든. 그땐 정말 아무 정신도 없더라."

그 아이는 여전히 아무 말이 없었지만, 방금 전보다는 좀더 활짝 웃었다. 짧은 곱슬머리에다 연노랑 코르덴 재킷을 입은 선린린은 마치 작은 인형, 안경 낀 귀여운 인형 같아 보였다.


교실 안이 조용하다. 모두들 리 선생님의 낮은 목소리에 바짝 귀를 기울이고 있었다. 쉰 살이 넘은 리 선생님의 잔뜩 쉰 듯한 목소리는 그다지 크지 않았지만, 그러나 교단에 서면 선생님은 굉장히 열의가 있고 진지해서 우리들은 수업에 열중할 수밖에 없었다. 리 선생님이 거의 삼십 년이라는 세월을 가르치는 일에 전념해 왔고, 해마다 모범 교사로 선정되어 왔다는 사실은 우리들의 마음을 사로잡기에 충분했다.

여기에 더해서, 선생님이 평생 가르치는 일에 헌신하리라 결심하고 결혼조차도 포기하고 살아왔다는 그럴 듯한 소문이, 우리들이 선생님을 따르게 하는 데 한몫했다. 다른 선생님들이 외부에서 보낸 자료를 그대로 등사기로 밀어 만든 인쇄물을 갖고 수업하는 것과 달리, 리 선생님은 자신의 강의 노트에 마오 주석에 대한 인용문을 군데군데 덧붙여서 그것으로 수업하는 방법을 고집했는데, 이 사실로 우리들은 더욱 선생님을 존경하게 되었다.

"전체 평균을 비교해 볼 때, 이번 시험의 결과는 지난번보다 향상되었다."

리 선생님이 목을 가다듬고, 무의식중에 왼손으로 오른쪽 소맷자락을 털어 내면서 말을 시작했다. 매번 칠판에 글을 쓰거나 지울 때마다 해 오던 습관인데, 굳이 털어 낼 분필가루가 없더라도 선생님은 늘 소맷자락을 털곤 했다.

"다섯 명이 낙제했고, 그리고 두 명, 바이샨과 지앙지리가 백 점을 받았다."

"와아, 너 또 백 점이로구나. 대단해!"

창홍이 놀랍다는 듯 소리치더니, 다정하게 내 등을 두드려 주었다.

그 바람에 리 선생님의 말이 중단되었다. 반 아이들도 일제히 나를 쳐다보았다. 그 순간 창홍을 한 대 때려 주고 싶은 심정이었다.

그러나 나는 내게로 향한 다른 아이들의 눈길에 담긴 감정을 곧바로 알아차렸다. 모두 다정한 눈빛이었다. 창홍은 나에 대한 부러운 감정을 감추지 않고 드러내 놓고 표현했다. 린린의 부끄러운 듯한 미소는 정말로 함께 기뻐해 주는 것 같았고, 바이샨의 눈길에는 진심 어린 축하가 담겨 있었다.

마치 꿈속에서 옛날로 되돌아간 것만 같았다. 언제나 선생님들로부터 칭찬 듣고, 반 친구들의 부러움을 한 몸에 받던 지난날의 지앙지리 모습이 또렷이 되살아났다. 그래서 그 지앙지리는 언제나 더 잘하려고 스스로 노력했고, 또 그렇게 해냈다.

잠시 동안 나는 온갖 걱정거리를 잊어버리고 마음속에서부터 환히 웃을 수 있었다.

수학 시간은 언제나 빨리 지나가 버렸다. 리 선생님이 수업을 마치고 노트를 덮는 순간, 그 속에 끼워 놓은 쪽지가 생각난 모양이었다.

"참, 전할 말이 있었지. 지앙지리와 바이산은 방과 후에 남아 있어. 쟝 선생님이 너희 둘에게 하실 말씀이 있나 보다."

선생님은 쪽지를 다시 집어 넣고 돌아서서 칠판을 지웠다.

또다시 초조해졌다. 내가 뭘 잘못했나? 혹시 내 출신성분과 관련된 어떤 문제 때문인가?

반 아이들도 무척 궁금한 듯했다. 그들의 시선이 선생님에게 집중되었다. 나뿐만 아니라 반 전체가 갑자기 긴장되어 보였다.

칠판을 깨끗이 다 지운 리 선생님은 뒤로 돌아서더니 왼손으로 오른쪽 소맷자락을 툭툭 털어 냈다.

"왜들 그러고 있니, 갑자기?"

선생님은 눈이 휘둥그레진 채 우리에게 물었다.

나서서 대답하는 아이가 아무도 없었다. 창홍이 걱정스러운 눈으로 나를 힐끗 쳐다보더니, 연필만 만지작거렸다.

"아, 쟝 선생님이 왜 지앙지리와 바이샨을 보자고 하시는지 걱정돼서 그러는구나? 안심해, 걱정할 일 아니다. 지리와 바이샨은 글씨를 잘 쓰잖니. 그래서 쟝 선생님이 저 두 아이들에게 게시판 신문을 만드는 선전대에 참여할 의사가 있는지 물으시려는 거야."

그제야 안심된다는 듯, 아이들이 와아 하고 웃었다. 나도 비로소 그들과 함께 웃음을 터뜨렸다. 자세한 설명 없이 쪽지 내용만 달랑 전해 준 리 선생님의 부주의 때문에, 나는 갑자기 두려움에 휩싸여 버렸고, 완전히 엉뚱한 추측으로 공포에 떨었던 것이다.

몇몇 아이들이 나를 향해 뒤돌아보았다. 바이샨의 짝꿍이 그의 귀에 바짝 대고 뭔가를 속닥이는가 싶더니, 이내 바이샨에게서 주먹이 날아가 한 방 맞았다.

불현듯 나는 웃음을 멈추었다.

초등학교 때를 생각해 보니, 칭찬과 명예는 늘 내 차지였다. 그렇지만 결국에 내 처지가 어떻게 되었던가? 다른 아이들은 내가 칭찬을 독차지하는 것을 질시했다. 홍소병 아이들로부터 온갖 모욕적인 말을 들은 일, 다시 떠올리기도 싫은 끔찍한 내용으로 대자보에 오르내린 일들이 생각났다.

왜 내가 그런 과정을 다시 밟아야 하나? 높은 점수, 선전대 참여, 그리고 그 다음엔 내 앞에 어떤 함정이 도사리고 있을까? 만일 나의 출신성분이 밝혀진다면, 그들도 역시 두하이나 인란란이 했던 것과 다르지 않게 나를 취급할 게 뻔하다. 이미 바이샨과 나는 우리 학급에서 여러 가지 면에서 너무 많이 두드러졌다. 그 아이와 내가 함께 게시판 신문을 만드는 일에 참여하게 된다면, 아이들 사이에 이러쿵저러쿵 뒷말이 많을 게 분명하다.

수업이 모두 끝났다. 창훙이 자리를 뜨려 할 때, 내가 그 아이의 팔을 잡아 세웠다.

"내 부탁 하나만 들어줄래? 내 대신 쟝 선생님한테 가서, 내가 선생님을 기다리지 못하고 먼저 집으로 간다고 전해 줘."

"왜 서둘러 가야 하니?" 그 아이가 뜻밖이라는 듯 물었다.

"응, 얼른 집에 돌아가서 저녁 준비해야 해. 날마다 집에서 해야 할 일들이 너무 많아. 그래서 도저히 게시판 신문을 만드는 데 참여할 짬이 없거든."

나는 창훙의 다음 말을 기다리지도 않고, 부리나케 가방을 집어들고 교실 문으로 향했다.

# 감금

겨울 방학이 시작되어서, 나와 동생들은 하루 종일 집에서 지 냈다.

하루는 밤 열한 시가 되었는데도 엄마, 아빠는 목욕탕에서 나올 줄을 몰랐다. 아빠가 집에 돌아오자마자 엄마, 아빠는 목욕탕에 들어가더니 그때까지도 계속 이야기를 나누고 있었다. 지용과 지윤은 이미 잠들어 버렸고, 할머니는 침대에 누워 신문을 읽었다. 나는 『제인 에어』의 마지막 대목을 읽느라 정신이 없을 때였다.

누군가 문을 가볍게 두드리는 소리가 들렸다. 두 귀를 바짝 세웠다. 또다시 소리가 들렸다. 이번에는 두 번 가볍게 두드리더니 나지막하게 부르는 소리가 뒤따랐다.

"지앙쉬링! 지앙쉬링!"

그렇게 부르는 걸로 봐서 아빠의 직장 동료임이 틀림없다.

"누구세요?"

내가 문으로 다가가 목소리를 낮추고 누구인지 물었다.

"나다, 환웬청."

문을 열면서 나는 아저씨를 반갑게 맞았다.

"환 아저씨, 이렇게 늦은 시간에……, 어머나!"

아저씨의 얼굴을 본 순간 소스라치게 놀라고 말았다. 얼굴 전체가 퉁퉁 붓고 시퍼렇게 멍들었으며, 피투성이었다. 어둠침침한 복도에 서 있는 아저씨의 모습은 흡사 괴물 같았다. 아저씨는 몸을 가누기도 힘든 듯 앞뒤로 휘청거리면서, 이내 얼굴이 일그러지더니 눈물을 쏟았다. 나는 다급하게 뒤돌아서 내 침대로 달려왔다.

갑작스런 나의 울음에 온 가족이 깜짝 놀랐다. 할머니는 벌벌 떨면서 곧바로 침대에서 일어나 먼저 아저씨의 핏자국부터 닦아 주려고 목욕탕으로 데리고 갔다. 엄마, 아빠가 이웃들의 눈에 띄기 전에 아저씨 자전거를 집안으로 들여 놓아야 한다며 아래층으로 내려간 사이, 지용과 지윤은 잠에서 깨 목욕탕 앞에서 웅크리고 있었다.

나는 침대 한 귀퉁이에 쪼그리고 앉았다. 환 아저씨의 얼굴을 다시 보고 싶지 않았다. 제발 아저씨의 치욕스런 모습을 내 눈으로 다시 확인하지 않기를 바랐다.

내가 알고 있는 아저씨는 잘 생긴 미남에 박력이 넘치고, 표정이 아주 풍부한 분이다. 여러 공연에서 아저씨는 놀라운 성공을 거두어 꽃다발과 찬사를 한 몸에 받아 왔다. 아저씨의 문하생들은 물론, 동료 배우들까지도 아저씨를 존경하고 따랐다.

아저씨의 높은 품격과 권위는 어디로 사라져 버렸단 말인가? 내가 알고 있는 환 아저씨는 도대체 어디로 가 버린 건가?

흡사 내 자신이 수없이 두드려 맞기라도 한 듯, 나는 몸을 있는 대로 웅크렸다.

"자, 이리 침대로 오려무나. 너희들, 너무 시끄럽게 해선 안 된다."

할머니가 지용과 지윤을 방으로 잡아끌었다.

"할머니, 환 아저씨 상태가 어때요?" 내가 속삭이듯 물었다.

"괜찮다." 이렇게 대답하는 할머니의 얼굴이 무척 지쳐 보였다.

"모두 침대로 돌아가 자자. 절대로, 절대로 그 누구한테도 이 일을 말하면 큰일 난다. 알아들었지?"

할머니는 우리들에게 이불자락을 잘 여며 덮어 주고는, 불을 끄고 목욕탕으로 다시 돌아갔다.

자꾸 뒤척이는 소리가 들리는 걸로 보아 지용과 지윤도 쉬 잠들지 못하는 것 같았다.

"언니, 할머니가 얼굴을 씻겨 줄 때 환 아저씨가 많이 아픈지, 신음 소리를 냈어." 지윤이 먼저 침묵을 깨고 입을 열었다.

"손을 부들부들 떨던데." 잠시 후에 지용도 한 마디 나섰다.

"할머니가 시끄럽게 떠들지 말고 빨리 잠자라고 하셨잖아. 그만 입 좀 다물면 안 되겠어?"

그만한 일에 갑자기 동생들에게 화를 내야 했는지, 나도 그 이유를 알 수 없었다.

　어두컴컴한 방에 가만히 누워 있자니, 목욕탕 안에서 아주 희미하게 나는 소리도 다 알아들을 수 있었다. 두 눈을 감고 잠을 청했다. 막상 두 눈을 감고 나니, 환 아저씨의 짓뭉개진 얼굴이 더욱 또렷이 되살아났다. 갑자기 목욕탕 안에서 오가는 말소리가 한층 커졌다. 떨리는 가슴을 진정하고 더 바짝 귀를 기울였다.

　"그건 말도 안 되네. 도대체 자네가 어떻게 그런 짓을 할 수 있단 말인가?" 아빠의 음성이 들려왔다.

　"자네도 잘 알지 않나. 저들은 심리적인 압박을 가해 오고 있어."

　"그렇다고 자네가 하지도 않은 일을 꾸며서 거짓 자백하는 일은 있을 수 없네." 아빠의 목소리는 여전히 컸다.

　"내가 외국 라디오 방송을 들었든 안 들었든 그것이 무에 그리 대수인가? 내가 거짓을 꾸며서라도 자백하기만 한다면 그들은 더 이상 나를 고문하지 않을 걸세, 안 그런가? '자백한 자에게 관대하고, 저항하는 자에게 가혹하게 대하라'라는 말도 있잖은가. 내 몰골을 한번 보게, 지앙쉬렁. 이 이상은 도저히 견딜 수가……."

　거기서 목소리가 끊기는가 싶더니, 흐느끼는 소리가 들리는 듯했다.

　나는 이불자락을 머리 위로 끌어당겨 뒤집어쓰고는 더 이상 아무 소리도 듣지 않으려고 기를 썼다. 분명히 환 아저씨가 아닐 게다. 내가 알고 있는 환 아저씨는 외국 라디오 방송을 들었을 리가 없고, 심리적인 압박에 굴복할 사람도 아니다. 무엇보다도 환 아저씨가 운다는 것은 상상할 수도 없는 일이다.

갑자기 울음이 터져 나왔다. 왜 그랬는지 나도 모를 일이다.


우리 집에 다녀간 지 사흘 뒤, 환 아저씨는 감금당했다. 그 일이 있고 나서부터 매일 저녁마다 엄마와 할머니는 더욱 안절부절못했다. 아빠가 집에 무사히 돌아올 때까지 맘 편히 있지 못하고, 층계참으로 난 부엌에서 서성거리거나, 옥상에 올라가서 굳이 할 일을 찾아 쑤석거렸다.

날이 어둑어둑해질 무렵이었다. 지윤은 전등불 아래서 수학 숙제를 하고 있었다. 소파에 앉아 잠망경을 만드느라 골몰하고 있는 지용이 옆에서, 나는 아빠의 스웨터 짜던 것을 꺼내 뜨개질을 했다.

한 코 한 코 떠 나가는 손가락들이 기계적으로 움직일 뿐, 내 마음은 딴데 가 있었다.

얼마 전에 신문에 난 기사를 읽었다. 해방 전에 공산주의자 유격대원 두 명을 죽인 어떤 지방 관리, 즉, '역사적인 반혁명 분자'에 관한 내용이었다. 신문에 나기로는, 그 당사자가 자신의 죄를 자백하고 또 전향적인 태도를 보였기 때문에 그의 죄를 사면해 주었다고 한다. 반면에 '현재 활동 중이던 반혁명 분자' 한 사람은 홍위병들을 비방했다는 죄를 선고받았다. 그는 끝내 자백을 거부하여 감옥에 갇혔다는 것이다.

그들이 쓰는 심리적 압박책이 바로 이것이다. 환 아저씨가 자신이 하지도 않은 일을 자백해야겠다고 생각한 것 자체가, 어쩌면 그리 될 수밖에 없는 일인지도 모른다. 아저씨는 외국 라디오 방송을 들었다는 거짓

202

자백을 하고 말았을까? 만일 그랬다면, 왜 아저씨는 용서받지 못한 걸까? 왜 끝내 감금되고 말았을까? 그 의문에 대해 도무지 실마리가 풀리지 않았다.

드디어 계단을 올라오는 발소리가 들려오자 우리 가족은 문 쪽을 지켜보며 숨을 골랐다. 문이 열리자, 거기에 아빠가 서 있었다. 나는 아빠의 얼굴, 팔다리를 쭉 살펴보았다. 멍든 곳이 한 군데도 없었다. 비로소 온 가족이 안도의 한숨을 내쉬었다.

"더는 견디기 어려울 것 같아요. 오늘 회의에서 그들이 나를 지목해서 언급한 게 분명해요."

아빠는 문을 열고 들어서자마자, 우리들이 다 듣고 있는데도 상관 않고, 엄마와 할머니에게 격하고 초조한 목소리로 이야기를 꺼냈다.

"그들은 대상이 누구인지 이름을 밝히지는 않은 채, 자신들은 그 자에 대한 증거를 충분히 확보하고 있지만, 마지막으로 그 자 스스로 자백할 기회를 한 번 더 주는 거라는 말을 여러 번 강조했어요. 만일 그 자가 계속 버틴다면 그들은 그 자의 이름을 공개적으로 밝힐 것이고, 그러면 그 자는 마지막으로 용서받을 기회를 영영 놓치게 된다는 거예요."

어른들은 모두 목욕탕으로 들어가서 문을 닫아걸었지만, 밖에 남은 우리들은 어른들 사이에 오가는 이야기를 여전히 들을 수 있었다.

"그러면 이제 아범은 자백하겠다는 게냐? 아무래도 벌을 받는 것보다야 그 편이 낫겠지."

할머니의 목소리는 다른 때보다 더 지쳐 보였다.

"그들이 내 입으로 무얼 자백하라는 건지 도대체 알 수 없어요."

잠시 침묵이 흐르더니 엄마의 목소리가 들려왔다.

"당신이 당을 떠나면 어떻게……."

아빠가 엄마 말을 중동에서 잘랐다.

"절대 그렇게 못하오. 나는 죄 지은 것 하나도 없소. 대체 뭘, 어떻게 자백하라는 거요?"

깜짝 놀란 나는 뜨개질하던 손을 멈추고 고개를 쳐들었다. 당을 떠난다고? 그게 무슨 말이람? 지용과 지윤은 더 확실하게 엿듣기 위해 목욕탕 쪽으로 머리를 바짝 들이밀었다.

"환웬청 씨가 우리 집에 다녀간 일은 어떻게 됐어요?"

엄마가 물었다.

"아무래도 그 친구가 우리 집에 다녀간 사실을 자백한 모양이오. 그렇기 때문에 오늘 회의에서 그들이 자신들은 이미 모든 증거를 확보하고 있다고 큰소리친 것 같소. 그들은 환웬청이 우리 집을 왔다 간 일을 트집 잡아, 그 친구와 내가 반혁명 연대 구축을 모의했다고 뒤집어씌울 수 있을 게요."

"당연히 아범은 그리 말하지 않으리라 믿는다. 절대로 친구를 배신해서는 안 되지."

할머니의 목소리는 무척 단호했다.

"우리 모두 아무에게도 말하지 않겠다고 단단히 마음먹어야 해. 웬청은 삼십 년을 넘게 사귄 아범 친구야. 그리고 웬청도 틀림없이 우리와 관련된 내용을 불지 않았을 게다. 그러니 우리들도 절대로 어떤 말도 입 밖에 내서는 안 돼."

"그런데 만일 극장 측에서 환웬청 씨를 처벌하기로 결정하면 어떻게 되는 거예요?" 엄마가 물었다.

아무 대답도 들리지 않았다. 목욕탕 안에서 서성거리는 아빠의 발자국 소리만 들려왔고, 문 아래 갈라진 틈으로 담배 연기가 스며 나왔다.

나는 다시 뜨개질을 시작했다. 어른들끼리 불안하고 초조한 목소리로 의논하거나 때로는 논쟁을 벌이는 것이 하루하루 벌어지는 일상이 되고 말았다. 설날이 거의 코앞에 다가왔는데도, 어른들 중 어느 한 사람도 그 것에 대해 말을 꺼내지 않았다.

무슨 일이 어떻게 되어 가고 있는지 알고 싶었지만, 불길한 소식을 더 듣고 있기도 겁이 났다. 차라리 학교에서 기숙할 수 있다면 좋을 텐데 하는 생각이 불쑥 들었다. 그러면 집에서 무슨 일이 벌어지고 있는지도 잊을 수 있고, 나는 웃음을 되찾을 수 있을 것 같았다. 무엇보다도 처음부터 내가 아무 문제도 없는 집안에서 태어났더라면 좋았을걸 하는 생각까지 들었다.

설날 이른 아침에 할머니가 나를 흔들어 깨웠다. 할머니 눈가에 눈물이 번져 있었다.

"네 아빠가 어젯밤에 끝내 집에 돌아오지 않았다. 아범이 감금당했나 보다." 할머니는 내 베개 위로 쓰러져서 계속 흐느껴 울었다.

할머니의 얼굴을 물끄러미 바라보면서 나도 모르게 양손으로 파자마 소맷자락을 꼭 움켜잡았다. 설날 전날인 어제, 우리 가족은 그믐밤 저녁 상을 차려 놓고 아빠가 도착하기를 기다렸지만, 밤 열 시가 넘도록 아빠 는 집에 돌아오지 않았다. 늦게라도 아빠가 무사히 돌아오기를 빌며, 동 생들과 내가 먼저 잠자리에 들었다.

"아범 자신이 조만간 감금되리라는 걸 알고 있었어. 그래서 나보고도 마음 단단히 먹고, 걱정 말라고 당부했다."

할머니의 목소리는 안정을 되찾은 듯싶더니, 갑자기 할머니의 눈물이 내 손등 위로 뚝뚝 떨어지기 시작했다. 나도 따라 울고 말았다.

"무슨 일이야, 누나?" 지용이 잠에서 깨어났다.

"무엇 때문에 그들이 아빠를 감금했대요?"

"나도 그 이유를 모른다. 그렇지만 네 아빠는 아무런 잘못도 하지 않았 어." 할머니가 말했다.

엄마가 꺼져가는 목소리로 나를 불렀다. 나는 침대에서 튀어나와 아무 렇게나 누비 외투를 걸치고, 급히 엄마 앞으로 다가갔다. 침대 위, 아빠가 늘 눕는 쪽 이불자락이 누구의 손도 닿지 않은 채 그대로였고, 베개에도 간밤에 벤 흔적이 안 보였다. 두 눈을 꼭 감고 침대에 누워 있는 엄마의 얼 굴에 핏기가 하나도 없었다.

엄마에게 무슨 일이 생겼는지 단번에 알아차렸다. 엄마가 앓는 메니에 르 병이 또다시 도진 것이다. 몇 년 전부터 엄마는 그 병을 앓아 왔는데, 잠잠한 듯하다가도 시도 때도 없이 도지기 일쑤다. 한번 그 병이 도지면 주위가 빙글빙글 돌고, 갑자기 기운이 없어지며 속이 메스꺼워진다고 한다. 엄마가 눈을 뜨고 있어도 어지러움은 가라앉지 않는다.

"엄마, 지금 어떠세요?"

이불 밖으로 삐죽 나온 엄마의 손을 부드럽게 어루만져 주었다.

"두유를 드시고 싶으세요? 제가 얼른 지용이보고 사오라고 할게요."

"아니다. 그래서 널 부른 게 아니야. 네가 가서 티안 아저씨에게 전화 좀 하렴. 아마 그 사람은 아빠에게 무슨 일이 일어났는지 알고 있을 게다."

엄마는 베개 밑을 더듬어 주소록을 찾아 꺼내서 내게 건네주었다.

일곱 시가 채 안 된 때, 나는 옷을 겹겹이 껴입고 아침 찬 공기 속으로 뛰쳐나갔다.

여느 해 설날 아침이라면, 밤새 폭죽을 터뜨리고 난 뒤끝에 가지각색 종이 조각들이 거리 곳곳에 널려 있게 마련인데, 거리는 썰렁했다. 아침 식사를 마치고 나면, 사람들은 선물 보따리를 챙겨 들고 친척이나 친지들 집을 방문하며 새해 복 많이 받으라는 인사를 나누느라 분주했다. 올해는 폭죽 터뜨리는 것마저 구악으로 취급되었고, 겨우 몇몇 사람만 설 분위기를 맞을 뿐이었다. 거리가 너무 한산해서 마치 도시 전체가 텅 빈 듯이 보였다.

엄마가 일러 준 대로, 우리 골목에서 몇 구획 떨어진 곳까지 일부러 가서 공중전화를 찾았다. 혹시 지나가는 이웃이 아빠의 행방을 묻는 내 전화 내용을 듣기라도 할까 염려해서, 엄마가 생각해 낸 방법이다. 나는 오들오들 떨며, 교환원이 빨리 티안 아저씨에게 전화를 바꿔 주기만을 기다렸다.

"티안 아저씨, 저 지리예요."

아저씨가 수화기를 받아들자마자 내가 매달리듯 말했다.

"오, 그래, 지······." 아저씨는 갑자기 말을 멈췄다.

"그동안 별일 없지?"

갑자기 말투가 바뀌어서, 아저씨는 대사를 연기할 때처럼 물어왔다. 분명 누군가 엿듣기라도 할까 봐 아저씨가 바짝 조심하는 게 틀림없었다.

"엄마가 새해 복 많이 받으시라고 인사드리래요. 그리고 극장에 대한 일이나 아빠에 대한 것, 이것저것 모두 여쭈어 보라고 했고요."

아저씨가 지나치게 경계했기 때문에 나 역시도 두루뭉수리하게 뭉뚱그려서 물어야 했다.

"어제 회의석상에서 그들이 네 아빠 이름을 입에 올렸다. 너도 알다시피, 네 아빠 고집이 어지간해야 말이지. 네 아빠는 라디오니 연대 구축이니 하는 말을 하지 않았다. 그래서 그들의 화가 폭발하고 말았지. 네 아빠는······아무래도 안 되겠어. 가 봐야겠다. 잘 지내렴." 하더니 아저씨는 전화를 뚝 끊었다.

세찬 바람이 나를 향해 몰아쳤다. 나는 머리를 움츠리고 몸을 앞으로 숙인 채 바람을 거슬러 집으로 향했다.

할머니가 층계참에서 나를 기다리고 있었다. 집 안으로 들어와 할머니와 엄마에게 티안 아저씨가 말한 내용을 모두 전해 주었다. 엄마의 얼굴이 더 창백해 보였다.

"반혁명 연대 구축이니, 외국 라디오 방송을 들었느니 하는 걸 보면, 아무래도 환웬청이 극장 측에 말했나 보구나."

할머니는 확신하듯 천천히 말했다.

"틀림없어. 라디오 어쩌구 하는 것이 애초에 그 사람 생각이었고, 그날 우리 집에 온 사람은 웬청 한 명 뿐이야."

할머니의 목소리가 점점 노기를 띠었다.

"외국 라디오 방송이라니! 일본이 쳐들어왔을 때부터 시작해서 삼십 년 넘게 오직 단파 라디오 하나를 갖고 있을 뿐인데, 도대체 무슨 수로 우리가 외국 라디오 방송을 들을 수 있단 말이냐? 웬청이 말도 안 되는 거짓말을 했구나."

"어머니, 어머니, 진정하세요."

엄마가 기운 없는 팔로 할머니를 토닥였다.

"행여 우리가 하는 말을 이웃이 듣기라도 할까 걱정이에요. 어머니, 걱정하지 마세요. 제가 조금이라도 몸을 추스를 만하면, 극장에 찾아가서 알아볼게요."

나는 혼자 있고 싶어서 부엌으로 나와 버렸다.

부엌 안은 얼어붙을 듯 추운 데다, 준비해 놓은 음식은커녕 따뜻한 물한 방울조차 없었다. 유리창에 가득 낀 성에는 언제 보아도 예뻤지만, 오늘은 그것조차도 달갑지 않았다. 여느 설날 아침 같으면 부엌 안은 야단법석이 났을 터였다. 할머니와 엄마는 만두를 만들고 내 생일 국수를 삶느라 분주할 테고, 한편에서 우리 아이들은 설빔을 차려 입고 일없이 부억을 들락날락할 것이다.

설날에 우리 집을 찾아오는 손님들은 으레 내 생일 선물도 함께 들고 오게 마련이다. 그날이 되면, 나는 마치 전 인민이 내 생일을 경축하고 있다는 착각에 빠지고 만다.

오늘 나는 열다섯 살이 되었다. 팔을 뻗어 성에 긴 유리창에 '생일을 축하한다'라고 써 보았다. 손가락의 움직임을 따라서 성에는 물이 되어 천천히 그리고 구불구불, 마치 눈물처럼 흘러내렸다.

한밤중에 잠에서 깨어 보니, 할머니가 무릎을 꿇고 가만히 입술을 달싹이는 모습이 눈에 들어왔다.

"천지신명이시여, 부디 내 아들을 무사하게 지켜 주시옵소서."

할머니가 기원하는 소리가 들려왔다. 잠시 후 할머니는 힘겹게 침대에 올랐다.


나는 엄마가 일하는 상점 분회사무실의 회의실 밖에 놓인 벤치에 앉아 있었다. 초조한 마음에, 외투 자락에 달린 단추들을 계속 만지작거렸다. 여기에 오는 동안 엄마는 입을 다물고 아무 말도 하지 않아서, 나 역시도 단단히 겁을 먹은 상태였다. 어제도 엄마는 또 정신을 잃고 쓰러졌다. 엄마의 건강이 극도로 쇠약해져 아직은 밖에 나다니는 게 무리인데도, 사무실 측은 계속 엄마가 출근할 것을 종용해 왔다. 할머니는 엄마에게, 굳이 나가야 한다면 반드시 나를 데리고 가야 한다고 고집했다.

해방 전에 커다란 저택이었던 것을 개조한 건물에 엄마의 사무실이 있었다. 흰색으로 페인트칠된 좁다란 복도 벽에 군데군데 얼룩이 보였다. 나는 무료하게 그것들을 쳐다보았다. 안에서 나누는 이야기들이 하나도 들리지 않았지만, 그들이 지나치다 싶을 정도로 쌀쌀맞게 엄마를 맞고, 나한테도 무뚝뚝하게 대하는 태도로 보아, 대화가 좋게 오갈 리 없었다.

자꾸 아빠 생각이 떠올랐다. 아빠를 못 본 지도 벌써 여러 날 되었다. 허위 자백을 완강하게 거부하는 아빠의 모습이 머릿속에 그려졌다. 도대체 아빠더러 뭘 자백하란 말인가? 환 아저씨가 우리 집에 다녀간 일? 그걸 죄라고 할 수 있나?

너무 무서웠다. 내 생각엔, 그들은 아마 아빠를 구타할 것이다. 수없이 두들겨 맞아 일그러진 환 아저씨 얼굴을 내 눈으로 직접 보았다. 게다가 여전히 떠오르는 밍밍 아빠의 모습……, 천장에 매달려 있는 끔찍한 장면…….

한 남자가 상대방을 향해 목청을 돋우는 소리가 안에서 새나왔다. 그의 말 중에 '당신 남편'이란 소리가 내 귀에 꽂혔다. 그들은 아빠에 대한 이야기를 하고 있었다! 망설일 것도 없이, 더 자세히 들어보려고 나는 문쪽으로 다가갔다.

"당신이 우리에게 협조하지 않겠다는 건 대단히 잘못된 태도요. 당신 남편 직장단위 측에서 확실한 증거를 갖고 있으니 그러는 것 아니오? 당신 남편이 한 짓을 당신이 모른다는 게 말이 된다고 생각하오? 당신 처지가 그리 녹록지 않다는 걸 명심하시오."

한 여자의 목소리가 이어지자, 나는 신경을 더 곤두세웠다.

"……만일 당신도 당신 남편과 똑같이 끈질기게 나간다면, 할 수 없이 우리는 다음 단계에 착수할 수밖에 없어요. 지금보다 더한 일을 겪고 싶지는 않겠죠?"

엄마가 뭐라 대답했는지 들을 수 없었다. 출입문 쪽으로 몸을 더 바짝 들이밀었다. 엄마의 목소리는 희미하게 중얼거리는 게 고작이어서 통 알아들을 수가 없었다.

그 남자의 목소리가 조금 전보다 더 커져, 마치 폭격을 퍼붓는 것만 같았다.

"당신이 순순히 우리의 요구를 따르기 전까지는 더 할 이야기가 없소. 당신 남편이 자백만 한다면, 그쪽 직장단위에서 당신 남편의 월급을 원상 복귀시켜 주리라 확신하오. 그리고 당신이 협조하기로 결심한다면, 우리도 당신의 직책을 원래대로 돌려주겠소. 조만간 다시 보게 될 거요, 그때 봅시다."

출입문이 덜컥 열리더니 차가운 얼굴을 한 남자가 성큼 걸어 나왔다. 그는 내 쪽으로 눈길조차 주지 않았다. 뒤이어 여자 두 명도 회의실에서 걸어 나왔다. 그 중 한 명은 나를 똑바로 쳐다보고 내게 조소를 보내더니, 자기 동료를 향해 돌아서 갔다.

엄마가 나오지 않았다. 출입문 안을 살짝 들여다보았다. 엄마가 탁자 위에 쓰러져 있었다. "엄마! 엄마!" 나는 겁에 질려 소리치며 엄마에게 달려갔다. 엄마의 두 눈이 질끈 감겼고, 추운 날씨인데도 이마 위에 땀방울이 송송 맺혀 있었다.

"엄마, 괜찮아요? 마실 물이라도 갖다 드릴까요?"

손수건을 꺼내 엄마의 이마를 닦아 주고, 부드럽게 등을 쓸어 내렸다. 머리를 들지도 못한 채, 마침내 엄마가 희미하게 말했다.

"걱정하지 마라. 엄마 괜찮아."

조심스럽게 천천히 자전거 짐틀에 올라앉은 엄마의 모습은 힘이 다 빠지고 창백했다. 엄마는 나에게 몸을 숙여 내 어깨에 두 팔을 올려놓았다. 나는 자전거 손잡이를 단단히 쥐고 천천히 자전거를 몰았다. 멀리서 지나가는 기차의 기적 소리가 들려왔다. 문득 그 기차에 올라타서, 투쟁대회가 없고, 출신성분도, 자백도 없는 아주 평화로운 곳으로 멀리 떠나가고 싶은 생각이 들었다.


아빠가 감금된 지 일주일이 지났는데도 우리 가족은 아빠를 만나지도 못했고, 한 마디 말조차 전해 듣지 못했다. 엄마가 나더러 아빠 옷 몇 가지를 챙겨 아빠에게 전하고 오라 했다.

아동 예술극장이 있는 후아샨 길 인근은 이 도시에 어울리지 않는 전혀 생소한 모습이다. 해방 전만 하더라도 최고의 갑부들이 모여 살던 곳이어서 그런지, 철옹성 같은 담장 너머로 대저택들이 자리잡고 있었다. 양옆으로 늘어선 가로수 가지가 하늘을 향해 한껏 뻗쳐서 전차 줄까지 닿고도 남아, 길을 사이에 두고 거의 서로 맞닿을 듯했다. 그 덕분에 여름이면 길을 따라 마치 커다란 초록색 양산을 펼쳐 놓은 것 같았다.

전에는 언제라도 아빠가 소속된 극장에 가는 걸 좋아했다. 아름다운 후아샨 길을 따라 걸으며, 저마다 독특한 매력을 지니고 있는 건물들 안을 이리저리 들여다보는 게 재미있었다.

나무들은 이미 이파리들을 모두 떨어뜨린 뒤였다. 거리에는 사람 그림자도 보이지 않았고, 오늘따라 아빠의 극장은, 감히 다가가는 사람이 있으면 누구라도 잡아먹으려고 벼르고 있는 시커먼 동굴 같았다.

집을 나설 땐, 아무렇지도 않은 듯이 보이려고 애썼다. 할머니와 엄마의 걱정을 덜어 주고 싶었기 때문이다. 그러나 마음속에선 너무 떨렸다. 절대로 가고 싶지 않았다. 하지만 할머니는 지주의 부인으로 낙인찍혔고, 엄마 또한 아빠 때문에 문제의 당사자가 되어 버린 처지다. 만일 엄마나 할머니가 극장에 갔다가는 무슨 봉변을 당하게 될지, 상상조차 하기 싫은 일이다.

잠시 사무실 밖에 멈춰 서서, 다시 한 번 내 안의 용기를 그러모았다. 마침내 나는 까치발을 하고 안내창구로 다가갔다. 그곳은 너무 높아, 나로서는 도저히 그 너머를 볼 수 없었다. 고개를 있는 대로 빼고 주눅이 들어 안내인을 쳐다보았다.

"무엇 때문에 찾아왔니?" 안내인이 무뚝뚝하게 물었다.

"저희 아빠를 만나러 왔어요, 지앙쉬렁 씨." 하고는 할머니가 꾸려 준 옷 보따리를 들어 보였다.

"음, 지앙쉬렁의 딸이구먼."

이렇게 말하는 안내인의 얼굴 표정이나 말씨에는 감정이라곤 손톱만큼도 보이지 않았다.

"네 아빠와의 접견은 금지되었다. 그 보따리나 여기에 놓아라."

나는 잠시 망설였다. 하는 수 없이 옷 보따리를 들어 간신히 창구 위에 올려놓았다.

그가 탁자 위에서 보따리를 풀었다. 옷 몇 벌, 내가 얼마 전에 완성한 털스웨터, 치약, 비누, 수건, 할머니가 쇠고기를 넣어 만든 고추장볶음 등이 한꺼번에 쏟아져 나왔다. 안내인은 재빠른 손놀림으로 그것들을 하나하나 확인하고 분류해 나갔다. 그러더니 고추장볶음을 뺀 나머지 물건들을 다시 챙겨 넣었다.

"음식은 반입할 수 없다."

안내인의 말투가 하도 냉랭해서 감히 다른 말을 더 건네지도 못할 것 같은 느낌이 들었다.

아직도 온기가 가시지 않은 고추장 병을 한 손에 들고, 나는 입술을 지그시 깨물었다.

"저, 죄송한데, 아빠를 좀 만날 수 없나요? 잠깐만이라도 안 될까요? 아빠한테 아무 말도 안 할게요, 약속해요."

"내가 이미 안 된다고 말했지!" 그가 날카로운 소리로 대꾸했다.

"그게 우리 규정이다."

"무슨 일이오?"

창구 뒤편 출입문에서 작은 키에 마르고 머리를 바짝 치켜 깎은 남자가 나왔다. 그 사람의 이름은 몰랐지만, 그가 바로 무대감독임을 나는 바로 알아차렸다.

"지앙쉬링의 딸입니다. 자기 아빠를 만나게 해 달라고 성가시게 굴지 뭡니까."

"지앙쉬링이라…….."

그는 눈을 가늘게 뜨고서 무슨 꿍꿍이속인지 나를 유심히 쳐다보았다. 그의 얼굴은 하도 깡말라서 꼭 광대뼈 위에 살가죽을 펴 바른 것 같았다. 그리 크지 않은 두 눈은 무척이나 공격적이고 날카로워 보였다.

왠지 그 사람이 무서웠다. 나는 창구 쪽에서 뒤로 물러나 돌아 나가려고 했다.

"그래 좋아. 나를 따라와라."

그의 뜻밖의 말에 나는 어리벙벙했고, 안내인도 꽤나 놀란 모양이었다. 그의 뒤에 바짝 붙어 복도로 따라 들어가며, 마음속으로 도중에 그의 마음이 바뀌지 않기만을 바랐다.

우리는 위아래 층으로 오르락내리락하고 여러 번 방향을 꺾어 돌아간 끝에 드디어 무용 연습실에 도착했다. 커다란 실내는 세 벽면이 완전히 거울로 뒤덮였다. 나머지 한쪽 벽에는 프랑스식 창문들이 한 줄로 죽 나 있었는데, 창문 너머 그 아래로 근사한 극장 마당이 보였다. 그 남자가 창문 밖 한 곳을 손가락으로 가리켰다.

그곳에 아빠가 있었다.

빛도 희미하고 거리도 꽤나 떨어져 있었지만, 단번에 아빠를 알아볼 수 있었다. 아빠는 환 아저씨 그리고 내가 모르는 두 명의 남자와 함께 커다란 콘크리트 관을 어깨에 짊어지고 실어 날랐다. 아빠의 이전 모습에

216

비교해 보면, 아빠의 등은 훨씬 많이 굽었다. 어깨에 올린 콘크리트 관의 무게를 덜기 위해, 아빠가 그것을 손으로 떠받쳐 들고 있는 모습이 무척이나 어설퍼 보였다.

나는 눈물을 닦아 낸 뒤, 아빠를 조금이라도 더 잘 볼 수 있게 눈을 창문에 바짝 갖다 댔다.

아빠는 아직까지 살아 있었다. 그리고 적어도 노동을 견딜 만큼의 힘은 남아 있었다. 할머니가 걱정하신 것처럼, 매를 맞아 온몸에 시퍼렇게 멍이 들고 상처가 난 채 바닥에 쓰러져 있지는 않았다. 하지만 추운 날씨인데도 아빠는 오래된 갈색 웃옷만 입고 있었다. 오늘 내가 가지고 온 새로 짠 스웨터를 아빠가 입을 수 있게, 제발 그들이 허락해 주기를 바랐다.

"이제 네 아빠를 봤으니 그만 됐다."

깡마른 남자의 목소리가 얼음장처럼 차가웠다.

"자, 이제 내가 너한테 할 말이 있다."

그는 무용실 옆에 나란히 붙은 상담실로 나를 데리고 가더니, 책상 맞은편에 있는 의자에 앉으라는 시늉을 했다.

"네 아빠를 똑똑히 보았지? 지금 네 아빠는 노동을 통해서 개조되는 중이야. 우리는 지앙쉬렁이 아주 중대한 반혁명적 죄를 지었다는 증거를 가지고 있다."

그는 하던 말을 잠시 멈추고 내 눈을 똑바로 쳐다봤다.

"하지만 네 아빠는 아주 끈질기게 자백을 거부하고 있다. 그리고 네 엄마 말인데, 흠, 그 여자 또한 돼먹지 않은 물건이야!"

그 순간, '우리 엄마는 물건이 아니에요, 사람이란 말이에요' 하고 악을 쓰고 싶었지만, 그 남자를 화나게 해서는 안 된다는 걸 잘 알고 있었다. 그 남자는 나를 잡아 가둘 수도 있고, 아빠를 영영 다시 못 보게 할 수도 있으며, 또 아빠를 때릴 수도 있는 사람……. 나는 책상만 물끄러미 쳐다보았다.

"너는 네 부모들과 달라. 너는 새로운 중국에서 태어나고 또 길러졌어. 그래서 마오 주석의 자녀란 말이다. 얼마든지 네 운명을 네 스스로 선택할 수 있지. 알아듣기 쉽게 말하자면, 네 선택 여하에 따라, 너는 네 부모들과의 관계를 깨끗이 청산하고 마오 주석을 뒤따라서 밝은 미래를 차지할 수도 있다. 만일 그렇지 않고 네 부모 쪽을 선택할 수도 있겠지. 그러면……, 좋지 않은 끝을 보게 될 것이다."

마지막 구절을 말할 때, 그는 단어 하나하나를 끊어서 입 밖에 내며 특별히 그 말을 강조했다.

내가 고개를 끄덕였다. 숨을 쉬기조차 힘들었다. 어서 빨리 그 방에서 빠져 나가기만을 바랄 뿐이었다.

"뭐, 할 말 있나?"

이번에는 고개를 빠르게 좌우로 흔들었다.

"내가 한 말에 대해서 잘 생각해 봐라. 뭔가 생각한 바가 있으면, 언제라도 이곳으로 찾아와서 함께 이야기하자."

그가 말했다.

# 개조 가능 학생

할머니는 아빠 생각을 할 때마다 울었다. 그리고 엄마의 병세가 좀처럼 나아질 기미를 보이지 않아, 되도록 내가 집에 남아서 많은 일을 도와야 했다. 지용과 지윤이 학교에 간 낮 동안, 나는 장보고 바느질하느라 무척 분주한데도 내 마음속엔 걱정이 늘 떠나지 않았다. 아빠에 대한 염려와 무대감독의 협박에 대한 생각을 떨쳐버리기 힘들었다.

독일제 시계가 네 번 울렸다. 지윤에게 만들어 줄 겉옷 소매를 마무리하고 막 저녁 식사를 준비하려던 참인데, 누군가 길거리에서 가만히 나를 부르는 소리가 들려왔다. 도대체 누구일까? 안이라면 당연히 곧장 계단으로 올라왔을 테고, 중학교 친구들 중에 내가 어디 사는지 아는 아이는 아무도 없다. 들고 있던 겉옷 소매를 내려놓고 프랑스식 창문 쪽으로 다가갔다.

바로 린린이었다. 그 아이의 노란색 코르덴 재킷이 한눈에 들어왔다.

린린은 차가운 바람을 맞으며 덜덜 떨고 있었다. 한동안 이상 기온으로 봄 같더니, 날씨가 다시 추워졌다.

"전혀 뜻밖인걸."

내가 린린을 안으로 맞으며 물었다.

"내 주소를 어떻게 알았어?"

"쟝 선생님이 가르쳐 주셨어. 내일 학교에서 회의가 있다는데, 그 내용을 네게 전달해 줄 사람을 찾으셨거든. 그래서 내가 나섰지. 네가 학교에 못 나온 지도 여러 날 됐어. 난 네가 아프거나 꼭 무슨 일이 있는 줄만 알았지."

그 아이는 수줍게 미소를 지으면서, 내가 싫은 소리라도 할 것 같은지, 목도리 술을 만지작거렸다.

몸이 꽁꽁 언 린린에게 뜨거운 물 한 잔을 갖다 주었다.

"너 바느질할 줄 아니?"

책상과 침대 위에 마구 널려 있는 옷본과 옷감들을 보고서 린린이 내게 물었다.

"음, 조금 해."

나는 고개를 끄덕이며 살짝 웃었다.

"정말 바느질할 수 있단 말이야? 이런 것들을 다 네가 만들었어? 엄마가 가르쳐 주셨니?"

웃음이 나왔다.

"아무도 가르쳐 주지 않았어."

나는 서점에서 찾은 바느질 교본을 린린에게 보여 주었다.

"이 책을 보고 배웠어. 그냥 종이로 어떤 본을 만들어서, 보기에 괜찮다 싶으면 옷감 위에 고정시켜 놓고 자르면 돼."

"너, 정말 대단하다. 나도 한 번 해 봤는데, 잘 안 되더라. 내 딴에는 내 손으로 옷을 만들어 보겠다고 열심히 했는데, 결국은 엄마한테 마무리해 달라고 내밀고 말았어."

하루 종일 재봉틀 앞에 구부리고 앉은 탓에 어깨가 뻐근했다. 나는 두 팔을 앞뒤로 돌려 어깨를 풀어 주었다.

"만약 꼭 해야 할 상황에 부닥치면, 너도 저절로 알게 돼."

그 말이 사실이었다. 만일 린린의 가족이 달랑 육십 위안을 갖고 한 달을 살아야 할 처지에 빠지고, 절반 이상의 옷들을 압수당한 상태라면, 그 아이 역시 자연스럽게 바느질하는 법을 깨우치게 될 것이다.

린린은 눈을 깜빡이더니, 화제를 바꾸었다.

"요즘 왜 학교에 안 나오는 거야?"

"엄마가 아프셔."

"많이 아프신가 보구나?"

"응, 엄마는 메니에르 증후군이란 병에 걸리셨어. 가끔 어지럼증이 너무 심해지면 졸도하시기도 해."

"우리 엄마는 장염이야. 한번 그 병이 도질 때마다 아랫배의 통증이 얼마나 심한지, 엄마는 침대 위를 데굴데굴 구르신단다."

내가 린린의 말에 막 대꾸하려던 참에 지용이 밖에서 들어왔다. 할머니는 애가 달아 지용이 뒤를 쫓아가며 물었다.

"어떻게 됐어? 아빠 만났니?"

할머니는 다급한 마음에 린린이 와 있다는 사실을 미처 생각하지 못한 것 같다.

지용은 풀이 죽어 고개를 가로저었다.

"접견실에서 사람들이 극장 직원에게 팔 사과들을 포장하고 있길래, 제가 그들에게 우리 아빠에게 드릴 사과를 사도 되냐고 물었어요. 그러니까 그 중 한 사람이 나서서, '네 아빠에게 줄 사과를 사겠다고? 네 생각엔, 네 아빠가 병원에 입원해 있거나 어디 한가하게 놀러간 것 같으냐?' 하고 빈정대더니, 자기들끼리 와아 하고 웃는 거예요. 할머니, 저 다시는 극장에 안 갈래요."

그 순간 나는 당황스러워 린린의 얼굴을 쳐다보았다. 린린은 곧바로 자리에서 일어났다.

"시간이 너무 늦었어. 이제 돌아가야겠다."

린린과 함께 아래층에 내려가 그 아이를 배웅했다. 갑자기 서먹해지는 바람에 둘 다 아무 말도 하지 않았다.

"오늘 우리 집에 와 줘서 고마워."

내가 린린에게 문을 열어 주며 말했다.

"어머, 깜빡했네. 이거 네 수학 연습 공책이야. 수업 시간에 나눠 준 학습지들을 그 사이에 끼워 놓았어. 그리고 내일 회의 있다는 것 잊으면 안돼. 오후 네 시, 장소는 강당이다."

내 손은 여전히 출입문의 손잡이를 잡고 있었다. 생각지도 않은 말이 불쑥 튀어나왔다.

"우리 아빠는 지금 심문 받느라 감금당해 계셔."

그렇게 말해 놓고 나 스스로도 놀랐다. 그 아이에게 말할 생각이 아니었는데, 어떻게 사귄 지 얼마 되지도 않은 린린을 이렇게까지 믿는 것인지, 나 자신도 이해되지 않는 일이다.

잠시 동안 우리는 서로 마주보았다. 마침내 그 아이가 나지막하게 말했다.

"나는 네 맘 잘 알아. 우리 집도 역시 수색당한걸."

린린은 돌아서서 걸어 나갔다. 나는 그 자리에 서서 마치 인형 같은 린린이 시린 바람 속으로 사라지는 뒷모습을 바라보았다. 왠지 내 마음이 훈훈해졌다.


강당에 도착해 보니, 회의는 이미 시작되었다. 출입문 옆에 빈 자리를 찾아 앉았다. 우리 학교 혁명 위원회의 대표인 진 의장이 나서서 현재의 혁명 상황에 대해 연설하는 중이었다. 단상 위 그의 뒤로 혁명 위원회의 일원인 호우 선생님이 앉았고, 그리고 놀랍게도 창홍이 나란히 그 옆에 있었다.

도대체 무슨 회의일까? 그곳에 참석한 얼굴들을 확인하려고, 주위를 둘러보았다. 몇몇 홍위병 위원회 위원들, 선전대의 핵심 인물들과 더불어, 혁명 예술단 아이들, 그리고 마오쩌둥 학습반 아이들이 자리잡고 있었다. 바이샨은 출입문 근처에 앉아서, 무릎 위에 종이들을 펼쳐 놓고 몸을 숙여 들여다보았다.

또 선전대 때문에 모인 건가? 나는 이미 창홍을 통해서 참가할 수 없다는 뜻을 전했다. 그건 아닌 것 같다. 선전대 일로 이렇게 거창한 모임을 가질 리가 없다. 내가 머릿속으로 이런저런 추리를 하는 동안, 진 의장이 안정적으로 발전해 가는 혁명 상황에 대한 간단한 설명을 모두 마쳤다.

"동지 여러분!"

그가 갑자기 목소리를 높였다.

"문화혁명을 뒷받침하고 계급투쟁을 촉진하기 위해서, 우리 학교 홍위병 위원회에서는 계급 교육 전람회를 개최하기로 결정했습니다. 이 전람회에서는 우리들의 계급의 적을 낱낱이 폭로할 뿐 아니라, 구시대의 참상과 비교해 오늘날의 행복을 바로 깨닫고 각성하는 계기를 마련하게 될 것입니다. 이 전람회를 성공적으로 이끈다면, 우리 학생들의 혁명에 대한 열정이 고양될 뿐 아니라, 한 걸음 더 나아가 우리 학교의 문화혁명 완수를 더욱 촉발하게 될 것입니다."

"오늘 여기 모인 여러분들은 특별히 학업 성적과 정치성, 두 방면에서 모두 우수한 학생으로 평가되어 뽑힌 사람들입니다. 다가오는 유월 일일, 공산당 창당 기념일을 축하하는 자리에서, 여러분들이 우리 학교의 모든 교사와 학생들을 대표하여……."

내가 학업 성적과 정치성이 뛰어나다니, 알다가도 모를 일이다. 뭔가 착오가 있었던 게 분명하다. 비록 우리 반 아이들이 나에 대해 잘 모른다

할지라도, 선생님들은 우리 가족의 배경이 어떤지를 잘 알고 있을 터였다. 내 학생기록부에 나에 대한 모든 것이 기록되어 있다. 여기저기서 쏟아질 조롱과 멸시가 내 머릿속에 떠올랐다. '정치성이 탁월하다고? 반동 흑색분자의 자식이 지주 계급을 비판하겠다고?'

창훙이 홍위병 위원회를 대표해 한창 연설하는 중이었다. 아무도 눈치 못 채게 강당을 빠져나와 나는 쟝 선생님 방으로 향했다.

낡은 건물에 있는 계단은 어둡고도 좁았다. 막 층계참에 올라서려다가 마침 내려오던 사람과 거의 부딪힐 뻔했다. 내 앞에 쟝 선생님이 우뚝 서 있었다.

"쟝 선생님?" 예기치 못한 일이라 나는 말을 더듬거렸다.

"제, 제가 그렇잖아도 선생님을 뵈러 가던 참인데……."

"그래? 내가 뭐 도울 일이라도 생겼니? 그럼 내 방으로 가서 이야기하자꾸나."

"괜찮아요. 그리 오래 걸릴 일은 아니에요."

숨을 깊게 들이마시고 마음을 조금 진정시켰다.

"제가 오늘 전람회와 관련한 회의에 참석하라는 연락을 받았어요. 선생님도 알고 계신 일이지요?"

내가 조심스럽게 말문을 열었다.

"물론이지. 바로 내가 너를 추천한걸. 오늘 거기 갔었니? 그래, 가보니 어떻던?" 선생님은 대수롭지 않은 듯 물었다.

"아, 네, 회의는 아무 문제없어요. 그런데……, 그런데……"

적당한 말을 찾느라 한참을 더듬었다.

"하지만 저는 진정한 지도자가 될 자격이 없는걸요, 그렇게 생각하지 않으세요?"

나는 가만히 고개를 가로저으며, 애써 웃음 지었다.

선생님은 내 물음에 대답하지 않았다.

"내가 알기로는, 네가 어릴 때 아동 예술단에서 활동했다던데, 맞니?"

"네, 그러니까 저기……"

"너는 완벽한 표준 중국어를 구사할 줄 알아. 그래서 웅변대회에서 여러 번 상도 탔지. 이것도 사실이지?"

"그렇긴 한데, 모두 다 오래 전 초등학교 다닐 때 일인데……. 선생님, 어떻게 그런 걸 다 알고 계세요?"

마치 선생님이 나를 꼼짝 못하게 한쪽 구석으로 몰아가는 것 같았다.

"내 생각엔 지리, 너야말로 우리 반을 대표해서 전람회에서 완벽하게 안내할 수 있는 학생이다."

"아니에요, 절대로 아니에요, 선생님!"

내가 다급하게 손사래를 쳤다. 내 친할아버지는 지주였다. 어떻게 내가 전람회에서 구시대의 악독한 지주들을 비판할 수 있단 말인가? 인란란이나 두하이가 그런 나를 보면 과연 뭐라고 빈정댈까?

"선생님, 제가 보기엔, 우리 반에서 저보다 더 잘 해낼 사람이 분명 있어요. 다른 학생 중에서 찾아보세요."

"이미 충분히 검토해 보았다. 내 생각에는 네가 가장 잘할 수 있는 아이야. 지앙지리, 이번 일은 아주 중요한 정치적 과제란다. 선생님은 네가 그걸 맡아 주면 좋겠어. 그래서 우리 반의 명예를 위해 최선을 다하는 거야, 알겠지?"

또다시 거절할 자신이 없었다. 그렇지만 지주였던 친할아버지의 신분이나 지금 극장에 감금되어 있는 아빠 문제가 아무래도 걸렸다.

"쟝 선생님, 제……, 제 학생기록부를 자세히 읽어 보셨지요?"

이렇게 묻기까지 무척이나 힘들었다. 선생님이 내 웅변대회 수상 경력을 알 정도면, 내 친할아버지의 신분은 물론이고, 홍위병들이 우리 아파트를 수색한 사실까지도 낱낱이 알고 있을 터였다.

그때까지 계단 난간을 잡고 있던 손을 거두어 주머니에 찔러 넣는 선생님의 얼굴에서 아무런 표정도 읽을 수 없었다. 한동안 선생님은 대답하지 않고 조용히 있었다.

"누구도 자신의 집안이나 계급 상태를 자기 마음대로 선택해서 태어날 수 없다. 하지만 자신의 미래는 선택할 수 있지."

선생님은 무척 느리지만 아주 분명하게 말했다.

"너는 아직은 앞에 나서서 지도할 수 있는 위치가 아니다. 하지만 '개조 가능 학생'이지. 너는 네 집안의 출신배경을 극복할 수 있어."

선생님의 말이 잠시 끊어졌다.

"너는 자부심이 대단한 학생이다. 그리고 언제나 잘하려고 최선을 다하지. 그렇기 때문에, 네 앞에 수많은 난관들이 닥쳤다 해도, 너는 그것을 피하지 않고 당당하게 맞서서 언젠가는 반드시 극복해 내리라 믿는다."

나는 선생님이 방금 한 말을 내 스스로 되새겨 보았다. 목구멍에서 울컥 무엇인가 치밀어 올랐다.

"네, 선생님, 하겠습니다."

나는 짧게 대답하고 얼른 그곳을 빠져나왔다. 조금이라도 더 길게 말했다가는 선생님 앞에서 울음이 터지고 말까 봐 불안했다.

마침 해질녘이어서, 서쪽 하늘이 붉은 황금빛으로 물들었다. 우주의 광대함과 무한함 앞에서 새삼 경이로움을 느끼며, 그 자리에 붙박였다.

모든 걸 포기하려고 했다. 용기를 잃지 않고 '개조 가능 학생'이 되려는 노력도 거의 그만둘 뻔했다. 비록 흑색분자 집안 출신일지라도 공산당에 충성하고, 자기 가족을 부인한다면 '개조 가능 학생'이 될 수 있었다.

내 안에 또 다른 나의 모습이 보였다. 그것은 맞서서 싸워야만 한다는 두려움이다. 결코 마오 주석을 따르기 위한 노력을 포기하도록 내 자신을 그냥 내버려두지 않겠다. 우리 집안의 출신성분이 무엇이든 간에, 나는 어떤 난관이라도 반드시 극복해 낼 것이다. 새삼 나의 미래가 밝게 다가오는 듯했다.


어둠이 짙게 깔리자, 흡사 도시 전체를 움직이던 기계가 작동을 멈추는 것 같았다. 학교 역시 한낮의 분주함은 어디론가 사라졌다. 어둡고 정적이 감도는 깊은 숲 속에서 저 홀로 밝은 빛을 비추는 작은 오두막처럼, 오직 선전대 사무실에서만 불빛이 새나왔다.

사무실 한쪽에서 바이샨과 남학생 몇몇이 계급 교육 전람회에 필요한 그림을 그리고 있었다. 여학생들은 넓은 탁자에 둘러앉아, 마오 주석의 초상화 밑그림이 그려진 커다란 종이 위에 물들인 기장 알갱이들을 풀로 붙이는 중이었다.

"겨우 두 눈썹하고 두 귀를 붙이는 데 여섯 시간이나 걸렸어. 아무래도 시간이 꽤 걸리겠는데?"

한 아이가 말했다. 과연 '오리주둥이'라는 별명답게 그 아이의 말투는 빠르고 소리가 무척 컸다.

"시간이 이렇게 많이 걸릴 줄 진작 알았으면, 그냥 그림으로 그렸을 텐데." 후앙후앙이 툴툴거렸다.

"제발 이제 그만 해. 우리 모두 이렇게 하기로 동의했던 일이잖아."

양쪽에서 불거져 나오는 불평을 창홍이 나서서 재빨리 가라앉혔다. 그 아이가 들고 있던 핀셋을 오리주둥이 쪽으로 치켜들었다.

"바로 네가 이번에는 뭔가 새롭고 다른 것으로 해야 한다고 주장한 장본인이야." 하더니 다음엔 후앙후앙에게 핀셋을 겨누었다.

"삼차원 기장 알곡을 풀로 붙여 만들면 입체감이 살아나 보기에도 훨씬 멋있고, 또 단순하게 그림 그리고 마는 것보다는 마오 주석에 대한 우리의 충성심을 더 잘 보여 줄 수 있다고 한 사람이 누구야? 누군지 기억 나니?"

"난 그만두고 싶다고 하지 않았어. 그냥, 좀, 진도가 빨리 안 나간다고 그랬지." 오리주둥이가 그새 뾰로통해져 대꾸했다.

"쓸데없는 말싸움 그만하고 다시 하던 일을 계속하자."

내가 중간에서 말리듯 끼어들었다.

"그렇지 않으면 어느 세월에 끝내겠니?"

혹시라도 남학생들이 우리들의 사소한 말다툼을 비웃지나 않는지, 나는 얼른 그들의 탁자 쪽을 살폈다.

"이참에 잠시 쉬었다 하자."

창홍이 제안했다.

"내가 차를 끓여 올 테니 먼저 찐빵부터 먹어. 만일 우리가 흔들림 없이 열심히 해 나간다면 반드시 성공하고 말 거야."

그 아이는 찐빵 봉지를 탁자 위에 올려놓고 밖으로 나갔다.

아무도 말하는 사람이 없었다. 오리주둥이가 찐빵을 한 입 베어 물고는 우물우물 씹었다.

그날 오후, 우리들은 한시라도 빨리 작업을 시작하고 싶어 안달이 날 지경이었다. 물 끓이랴, 기장 알갱이들 염색하랴, 그리고 밤참까지 준비하느라 부산을 떨었다. 우리들의 열정은 흡사 영화 속에서 보았던 훌륭한 사람들의 거룩한 혁명 활동들을 떠올리게 했다. 혁명의 한 부분을 담당한다는 자부심을 갖고, 그와 같이 중요한 작업을 우리 스스로 한다는 데 대해 모두들 꽤나 고무되었다.

그러나 이제 겨우 몇 시간 밖에 지나지 않았는데, 그새 우리들의 열정은 다 사라져 버렸다. 그 작업이 오래 걸릴 거라는 예상을 아무도 하지 못했다. 아무래도 내일 회의 전까지 마치려면, 밤새도록 매달려 작업해야 할 것 같았다.

하품이 절로 나왔다. 전람회 준비에 돌입한 이래, 오늘이 벌써 네 번째 밤샘 작업이다. 전람회까지는 아직도 한 달이 남았지만, 아직도 해야 할 일이 수두룩하고, 마감 시간 안에 마쳐야 할 일들이 수도 없이 많다. 전시할 내용을 결정하는 일, 원고쓰기, 지면 구성 디자인, 전시실 꾸미기 등등……. 이렇게 많은 일들을 해 나가면서, 내가 어떻게 한편으로 공부하고 집안일 할 짬을 낼 수 있는지, 나 자신도 놀랍다.

"지앙지리." 남자아이 하나가 나를 불렀다.

뜻밖에도 나를 부른 아이는 바이샨이다. 바이샨 입으로 내 이름을 부르는 소리를 들어 보기는 이번이 처음이다.

"우리는 그림을 완성했어. 창홍이 돌아오면, 우리들은 먼저 집으로 갔다고 전해 줘."

그 아이는 막 나가려다가 그림 쪽을 바라보며 한 마디 덧붙였다.

"우리 그림을 만지면 안 돼. 아직 덜 말랐어."

남학생들이 떠나가자마자 우리들은 그들이 완성한 그림 앞으로 몰려갔다. 중국 전통 수묵화 기법으로 그린 그림이다. 이제 막 떠오르는 태양이 사방에 햇살을 비추는 배경을 뒤로하여, 수탉 한 마리가 목을 길게 빼고 밝아오는 새날을 기뻐하는 듯 꼬끼오 하고 우는 모습이었다.

"'수탉이 울자 동녘 하늘이 붉게 타오른다.'"

오리주둥이가 큰 소리로 읽었다.

"야아, 굉장히 멋있는 그림인데!"

"필체도 참 아름답다." 내가 덧붙였다.

"바이샨은 정말 재주꾼이야, 안 그러니? 그 아이는 뭐든지 잘 한다니까."

"지리, 너 바이샨 좋아하지, 그렇지? 내가 보기엔 개도 널 좋아하는 것 같더라. 언제나 너를 쳐다보는걸."

오리주둥이가 불쑥 이렇게 말했다.

"유치한 말 좀 작작해."

내가 딱 잘라 말했다.

내 이름이 다른 남자아이 이름과 같이 불리는 것은 나에게 관심 밖의 일이다. 지금 내가 감당해야 할 일만도 내겐 지나치게 벅찼다.

"제발 네 지저분한 수다에서 내 이름은 빼 줘, 알겠지?"

바로 그때, 창홍이 서둘러 들어왔다.

"여기 뜨거운 차 있다. 어, 어떻게 된 거야? 남자애들이 그림을 다 마쳤어? 어디 한번 보자."

그 아이는 팔꿈치로 우리들을 밀쳐내고 그림 앞으로 다가갔다.

"어때? 정말 멋있지, 안 그래? 오리주둥이가 숨도 쉬지 않고 물었다.

"흠……"

창홍이 그림을 한참 들여다보았다.

"왜 해를 붉은 색으로 칠하지 않았지? 제목이 '수탉이 울자 동녘 하늘이 붉게 타오른다'라면, 당연히 해가 붉은 색이어야 하지 않아?"

그 아이의 손이 거의 그림에 가 닿았다.

바이샨이 자습시간에 교실에서 먼저 나간 그날부터 창홍은 그 아이를

232

탐탁지 않게 생각했다. 아무튼 창홍은 홍위병 위원회의 한 사람이었고, 바로 그 아이는 바이샨이 마오 주석을 향해 불경을 저질렀다고 생각하고 있었다.

내가 조심스럽게 창홍의 손을 그림에서 떼어냈다.

"이건 수묵화야. 그러니까 검은색밖에 없는 게 당연하지."


새벽 세 시가 되었을 무렵, 쏟아지는 졸음을 참아내기가 거의 힘들었다. 차를 마시고 밤참을 먹어보아도 가물거리는 정신에 활력을 불어넣지 못했다. 마치 번호 순서대로 자기 차례를 기다리는 것처럼, 우리들은 번갈아 가며 하품했다. 창홍이 서로 돌아가면서 잠시라도 눈을 붙이자고 말을 꺼내기가 무섭게, 오리주둥이와 후앙후앙은 머리를 탁자 위에 올리더니 바로 잠이 들어 버렸다. 창홍과 나는 시린 물로 세수하여 졸음을 몰아내고, 다시 마오 주석의 옷깃 부분에 기장 알갱이를 붙여 나갔다.

사무실 밖의 세상이 사라진 듯 보였다. 어두운 정적이 점점 더 두터워지고, 시간조차 그 흐름을 거스르는 것 같았다. 일 분 일 초가 끝이 없어 보였다. 두 눈이 뻑뻑하고 눈꺼풀이 무거워서 손놀림조차 맘대로 되지 않았다. 끝도 없이 기장 알갱이를 하나하나 집어들어 풀로 붙여야 했다. 지금 당장 집으로 돌아가 포근한 내 이부자리에서 잠잘 수 있다면 얼마나 좋을까.

우리 집……, 휴우 하고 저절로 한숨이 나왔다.

아빠에 대한 소식은 여전히 아무것도 없었다. 엄마가 비밀리에 티안 아저씨로부터 소식을 전해 들었지만, 우리가 아는 내용이라곤, 아빠는 여전히 자백하기를 거부하고 여러 계급투쟁 대회에 끌려 나가 희생물이 되고 있다는 것뿐이다. 계급투쟁 대회를 생각할 때마다 무대감독의 얼음장 같은 눈초리가 먼저 떠올랐다. 아빠가 무슨 잘못을 저질렀는지 도대체 알 수 없는 노릇이었다.

내가 또다시 한숨을 쉬었다.

"무슨 일 있니, 왜 자꾸 한숨을 쉬고 그래?"

창훙이 졸음이 밀려든 눈을 들어 나를 쳐다보았다.

"아, 아무것도 아니야. 아마 졸려서 그랬을 거야."

잠시 후, 창훙이 부드러운 목소리로 내게 말했다.

"지리야, 난 네가 정말 부러워."

"내가 부럽다고? 왜?" 나는 놀란 나머지 불쑥 되물었다.

"너는 학교에서 뭐든 잘하잖아, 재주도 많고⋯⋯."

"뭐라고? 그런 것들 죄다 아무것도 아니야."

그 아이의 진지한 눈빛을 바라보며 내가 무심코 말했다.

"나야말로 네가 무척 부러운걸. 너는 좋은 가정에 태어났고, 출신성분도 아주 좋잖아."

그 아이는 탁자 위를 멍하니 내려다보더니, 시간이 조금 흐른 뒤에 낮은 소리로 천천히 입을 열었다.

"내 남동생은 간질병 환자야. 올해 열한 살인데, 저 혼자서 옷을 입지도 못하고, 먹지도 못해."

그 아이의 말이 잠시 끊어졌다.

"그 아이는 매일 발작해 쓰러져. 적어도 하루에 한 번 아니면 두 번, 어떤 때는 더 심할 때도 있어."

"정말 안됐다." 나는 아무 말도 해 줄 수가 없었다.

"난 내 동생 참 좋아하거든."

창홍이 다시 눈을 들어 나를 바라보았다.

"내 동생도 나를 제일 좋아해. 엄마가 동생에게 뭘 먹이려고 할 때, 가끔가다 영 먹지 않아 애먹일 때가 있어. 그런 때도 내가 먹이면 내 동생은 잘 받아먹어."

그런 아픔을 겪고 있는 당사자가 바로 내가 아는 혁명적인 아이, 창홍이라는 사실이 도저히 믿어지지 않았다.

"네 동생 말이야……, 네 동생 오래 살지 못하는 거야?"

도저히 이 말을 묻지 않을 수 없었다.

창홍은 다시 시선을 탁자 위로 떨어뜨렸다. 그 아이가 대답하기까지 꽤 시간이 흐른 것 같았다.

"의사들 말로는 내 동생이 십대를 넘기기 어려울 거래. 우리가 뭘 알겠니? 요즘 들어 그 아이 모습이 말이 아니야."

"그럼 네가 집에서 동생 옆에 있어야지. 혹시라도 너 없는 사이……."

"그것도 고민해 보았어."

창홍은 내 얼굴에서 시선을 거두고 탁자 위 쓰레기들로 얼굴을 돌렸다.

"그렇지만 우리들은 개인적인 문제 때문에 혁명을 위해 해야 할 일들을 등한시할 수 없어. 게다가 지금은 전람회라는 중요한 혁명 과제가 우리 앞에 놓여 있잖아."

진실하고 솔직한 그 아이의 눈빛을 바라보고 있자니, 창훙이 홍위병 위원회 위원이라는 사실을 까맣게 잊어버렸다. 친구처럼 자매처럼, 우리 둘은 이른 새벽의 고요함을 가르며 끝없이 이야기를 나누었다.

날이 밝아 학급 친구들이 등교할 무렵이 되어서, 마침내 마오 주석의 초상화를 마쳤다. 수천 개의 기장 알갱이들과 수천 번의 하품을 들여 만든 우리들의 작품이다. 그러나 작품을 완성했다는 기쁨도, 선생님과 친구들로부터 쏟아지는 칭찬도 달갑지 않았다. 우리들은 머리를 탁자 위에 떨어뜨리자마자 바로 잠에 빠져 버렸다.

# 도시의 절반을 차지한 지앙 집안

오월 어느 저녁, 드디어 티안 아저씨로부터 깜짝 놀랄 만한 소식을 전해 들었다. 아빠가 외국 라디오 방송을 들었다는 혐의를 벗게 되었다고 한다.

환 아저씨가 아니라, 주 아저씨가 문제의 당사자임이 밝혀졌다. 주 아저씨 역시 감금된 상태인데, 아저씨는 그들의 수사에 협조해서 자신의 상황을 좋게 해 보려고 했다.

아저씨는 외국 라디오 방송에 관한 이야기를 스스로 꾸며 낸 뒤, 만일 그것이 사실인 양 자백한다면, 자신은 관대한 처분을 받게 될 것이라고 계산했다. 아빠가 그 사건에 자신이 관련되었다는 자백을 계속 거부하자, 극장 측 사람들은 점점 인내심을 잃어 갔다.

그들은 주 아저씨에게 더 구체적인 자백을 요구했다. 그러자 아저씨는 어리석게도 그들에게 또 다른 거짓 자백을 하고 말았다. 자신과 우리 아빠가 함께 트랜지스터 라디오로 외국 방송을 들어왔고, 또 둘이서 그 라디오를 주 아저씨네 앞마당에 파묻었다고 한 것이다. 극장 측 사람들이 곧바로 주 아저씨 집으로 달려가, 증거물을 찾아내기 위해 앞마당을 모두 파 보았지만, 그들은 아무것도 발견하지 못했다. 화가 치밀어 오른 그들은 주 아저씨를 고문했다. 그제야 아저씨는 모두가 자기가 꾸며 낸 거짓 자백이었음을 실토했다고 한다.

어떻게 사람으로서 그런 짓을 저지를 수 있을까? 주 아저씨가 한 일은 배신자보다도 더 나쁜 짓이다. 배신자의 경우에는, 최소한 있는 사실만을 폭로해서 자기 주변 사람을 어려움에 빠뜨린다. 하지만 주 아저씨는 어떻게든 자기 한 몸만 빠져나가려고, 있지도 않은 일을 꾸며 거짓 자백을 한 것이다.

아빠가 곧 집으로 돌아오리라는 기대로 기쁨이 하늘 높이 치솟았다. 할머니는 눈시울을 적시며, 이 모든 것은 천지신명이 할머니의 소원을 들어 준 덕분이라고 말했다. 엄마도 이전보다 훨씬 좋아 보였다. 아빠가 집으로 돌아오는 날에 지윤은 아빠가 좋아하는 음식을 만들려면 새우가 꼭 필요하다며 당장 사러 가자고 할머니를 보채면서 성가시게 굴었다.

처음으로 신의 존재에 대해 생각해 보았다. 아빠가 감금된 이래, 할머니는 하루도 빠지지 않고 밤마다 빌어 왔다. 마치, 실제로 존재하는 신이 있어서 할머니의 간절한 소원을 듣고, 그것을 현실로 이루어 준 것만 같았다.

부엌 개수대 위로 난 창문을 활짝 열었다. 밖에서 불어오는 훈훈한 바람을 얼굴 가득 맞으며, 나는 야채를 씻고 밥을 안쳤다.

계단에서 발자국 소리가 들려오자, 병원에 갔다가 돌아오는 엄마인 줄 알았다. 내가 엄마를 맞으려고 막 몸을 돌리는데, 뜻밖에도 거기 아빠가 보였다. 내가 깜짝 놀라 소리쳤다. 할머니와 지윤이 동시에 문 밖으로 뛰쳐나왔다.

층계참에서 우리들이 서로 가까이 다가갔을 때, 아빠는 우리를 안으려고 팔을 들어올렸다. 그러더니 이내 팔을 다시 내리고, 아빠는 어깨 너머로 힐끗 뒤를 바라보았다. 얼굴 표정이 험악한 두 남자가 아빠 등 뒤로 바짝 붙어 있었다. 지용이 일부러 쿵쿵 소리 내며 계단을 올라와 두 남자 사이를 밀치고 아빠에게 다가갔다.

"아빠는……옷가지를 좀 꾸려 가려고 왔다."

아빠가 말했다.

"아빠, 이제 우리와 함께 계시려고 돌아오신 거 아니에요?"

지용의 물음에 우리 모두 아빠의 얼굴을 쳐다보았다. 아빠는 단지 고개를 가로저을 뿐이었다.

"우리 가족이 아빠와 함께 새우 요리 먹기로 했어요."

지윤이 기대를 놓치지 않으려는 듯 아빠에게 말했다.

할머니는 무슨 말인가를 시작하려다가, 아빠를 감시하는 두 남자를 쳐다보더니 입을 다물고 말았다. 할머니가 아빠 옷을 챙기려고 황급히 자리를 뜨자, 나머지 우리들은 아빠 뒤를 따라서 천천히 아파트 안으로 들어왔다. 이젠 지윤조차도 조용해졌다.

아빠를 마지막으로 본 지도 어느새 세 달이 다 되었다. 아빠는 전보다 왜소해 보였다. 낡은 푸른색 웃옷이 헐렁하게 아빠 몸 위에 걸쳐진 데다, 지친 듯 아빠의 등은 굽어 있었다. 더부룩한 머리는 아무렇게나 자라 목 뒤를 덮었고, 면도 안 한 시커먼 수염 덕에 아빠의 두 눈이 더욱 움푹 들어간 듯 보였다.

아빠에게 묻고 싶은 말이 너무 많았지만, 우리들은 서로 얼굴만 바라볼 뿐, 두 명의 감시인들이 빤히 지켜보는 앞에서 그 누구도 감히 입을 떼지 못했다. 할머니는 분주한 걸음으로 옷가지들을 들고 와 식탁 위에 올려놓았다. 할머니의 손이 부들부들 떨렸다. 할머니에게 가방을 건네받는 아빠의 손 역시 심하게 흔들렸다. 아빠는 천천히 옷가지를 분류하더니, 그 중 일부만 가방에 넣었다.

갑자기 뭔가 축축한 것이 가방 위에 뚝 떨어졌다.

고개를 들어 올려다보았다. 아빠의 뺨 위로 눈물이 흘러내렸다. 아빠는 눈물을 보이지 않으려고 자꾸 그것을 닦아 냈지만 소용없었다.

한 번도 아빠가 우는 모습을 본 적이 없다. 나는 아빠를 따라 울었고, 지윤도 마찬가지였다. 우리들은 모두 아빠와 함께 울었다.

"자, 갑시다. 당신의 옷 가방을 가져오시오."

한 남자가 지시했다.

아빠는 가방을 집어들더니 우리들을 바라보았다.

"아빠 이제 가야 해. 잘들 지내야 한다. 엄마한테는 몸 조리 잘하라고 전해 주렴."

할머니를 향해 몸을 돌린 아빠는 그러나 할머니를 바로 쳐다보지 못했다. "어머니, 안녕히 계세요." 하더니 빠른 걸음으로 두 남자의 뒤를 따라 계단을 내려갔다.

우리들은 서로 부둥켜안고 아빠가 떠나는 모습을 바라보았다. 그리고 옥상으로 뛰어올라가 골목길을 따라 걸어가는 아빠를 지켜보았다. 아빠는 감시인들보다 조금 앞서 걸었다. 세 사람의 머리가 만들어 낸 삼각형 모양이 점점 작아졌다.

"아빠!"

마침내 지윤이 소리쳐 불렀지만, 아빠는 이미 골목 모퉁이를 돌아 사라져 버렸다.


한 주일이 지났어도 아빠는 여전히 집에 돌아오지 않았다. 그리고 아무도 그 이유를 알지 못했다.

내가 학교에서 돌아와 아파트 계단을 올라오는데, 엄마가 웬 낯선 남자와 여자를 배웅하던 참이었다. 그들은 전에 한 번도 본 적이 없는 사람들이라, 혹시 아빠에 대한 소식을 전해 주러 온 것이 아닌가 하는 생각이 문득 머리를 스쳤다. 엄마는 힘없이 문틀에 기대어 그들에게 몇 번이나 인사했지만, 방문객들은 아무 대답도 없이 곧장 계단을 내려갔다.

안으로 들어서자, 식탁 위에 찻잔 두 개가 놓여 있는 게 눈에 들어왔다. 찻잔 속의 차는 이미 식어 버렸고, 누구도 손대지 않은 것이 분명했다. 할머니는 오래 된 등나무 의자 위에 쓰러지듯 앉아 있었다. 창백한 얼굴에는 절망감만 담긴 채, 할머니는 그 자리에서 미동도 하지 않았다.

잠시 후 엄마는 자리에 앉더니, 힘없이 의자 등받이에 등을 기댔다. 그리고 두 눈을 감고 아무 말도 하지 않았다. 내가 없는 사이 무슨 일이 있었는지 도저히 물어볼 수 없었다. 마음속에선 불안감만 점점 커지고, 나는 차갑게 식어 버린 찻잔을 만지작거렸다.

시간이 어느 정도 흐른 뒤, 엄마가 나에게 옆으로 가까이 다가오라는 손짓을 했다.

"어제 「노동자 항거」 신문 일면에 지앙 가문에 대한 기사가 실렸다는구나."

엄마는 숨을 고르기 위해 하던 말을 잠시 멈춰야 했다.

"그 기사에 의하면, 지앙 가문은 난징에서 알아주는 큰 지주 집안인데, 한때는 백만 평이 넘는 땅과, 여러 사업체를 거느렸다고 하는구나. 그들이 어찌나 큰 부자였는지, 사람들이 그들을 '도시의 절반을 차지한 지앙 집안'이라고 불렀대. 네가 가서 신문을 사오지 않겠니? 엄마가 직접 눈으로 확인해 봐야겠어."

갑자기 너무 혼란스러운 나머지 나는 눈만 깜빡일 뿐, 자리에서 일어날 수 없었다.

엄마가 아무도 손대지 않은 식탁 위의 찻잔들을 향해 고갯짓을 했다. "좀 전의 그 사람들, 우리를 조사하려고 왔다. 네 사촌들에 대해서도 기사에 언급되었나 보더라. 그 사람들은 네 사촌들에 대해 더 캐묻기 위해……"

242

엄마가 하는 말이 더 이상 내 귀에 들어오지 않았다. 그 대신, 온갖 생각들이 한꺼번에 떠올라 뒤엉켜 버려 머리가 어지러웠다. '도시의 절반을 차지한 지앙 집안' 그리고 '백만 평이 넘는 땅!'

모든 사람들이 「노동자 항거」 신문을 읽는다. 선생님들과 학급 친구들이 충격적인 그 기사를 읽는 장면이 내 눈앞에 또렷하게 떠올랐다. 그들은 기사를 서로 돌려가며 읽더니 이렇게 수군거린다.

"지앙지리네가 도시의 반을 차지했었다는 그들과 바로 한집안 간이래.……백만 평이 넘는 어마어마하게 넓은 땅을 한집안에서 독차지했어!"

어찌된 일인지 정신을 차리고 보니, 나는 찻잔을 손에 든 채 자리에서 일어서 있었고, 식탁 위에는 쏟아진 찻물이 여기저기 고여 있었다.

왜 엄마, 아빠는 진실을 나에게 숨겨 왔을까? 아직도 내가 모르고 있는 사실들이 얼마나 많을까? 아빠가 진짜 범죄를 저지른 건 아닐까? 극장 측에서는 무슨 이유로 아직도 아빠를 집으로 되돌려 보내지 않는 걸까? 내 속에서 화가 치밀어 올랐다. 문제투성이인 내 출신성분을 극복하기 위해 내가 얼마나 몸부림치며 애쓰는지 어른들은 모른단 말인가? 이제 내 모든 노력들은 아무 소용도 없게 되었다.

"나는 지주들을 증오해요. 이 지주 집안이 정말 지긋지긋하다고요."
내 안에 있던 온갖 말들이 한꺼번에 쏟아져 나왔다. 내가 집에 도착한 이후 처음으로 입을 열어 한 말이었다.

내가 자리를 뜨려고 돌아섰을 때, 엄마의 감긴 두 눈에 눈물이 고여 있는 것이 보였다.

이틀 동안 엄마에게 아무 말도 하지 않았다. 엄마가 내게 상 차리는 일을 도우라거나 혹은 저녁 식사 시간이 되어 지용을 불러오라고 하면 단지 그렇게 할 뿐, 단 한 마디도 엄마에게 건네지 않았다. 언제나 눈물이 그렁그렁한 엄마의 두 눈을 바라보면서도, 잘못했다는 말이 나오지 않았다.

그날도 학교에서 집에 돌아오는 길에 파출소 앞을 지나 걸어오고 있었다. 파출소 앞을 지나쳐 거의 모퉁이로 향할 때, 문득 멈춰 섰다. 그리고 그 자리에서 한참을 망설인 끝에 다시 몸을 돌이켰다.

점심시간이라 그런지 파출소 앞길에는 지나가는 행인이 보이지 않았다. 출입문 옆에 켜진 빨간 불이 나를 어서 들어오라고 재촉하는 듯했다.

조심스럽게 안쪽을 들여다보았다. 실내는 너무 어두워 그 안에 사람이 있는지 없는지 분간조차 할 수 없었다. 오늘이 아니라도 다시 오면 되겠지 하고 생각했다.

교실에서 '땅딸보'가 비열하게 내게 묻던 말이 또다시 귀에 들려왔다.

"지앙지리, 네 집안은 역시 장제스하고 관련이 있다면서?"

다른 아이들도 흥미로운 듯, 서너 명씩 모여 서서 그들의 어깨 너머로 나를 힐끔거리며 저희들끼리 수군거렸다. 우리 골목을 지나갈 때면, 동네 꼬마들은 노래를 만들어 부르면서 내 뒤를 졸졸 따라다니며 놀렸다.

"도시의 절반을 차지한 지앙 집안, 도시의 절반을 차지한 지앙 집안! 도시의 절반을 차지한 지앙 집안을 때려잡자!"

아니, 더 이상 미루면 안 돼! 저주스러운 내 성을 지금 당장 없애 버려야 해! 지금껏 당해 온 것만으로도 충분하다. '지앙'이라는 성 때문에 온갖 불행을 겪고 수없는 모욕을 당해야만 했다. 얼마 전에 자신들의 이름을 바꾼 사람들에 관한 기사를 신문에서 읽었다. 그들은 이름을 바꾼 뒤 새로운 삶을 시작했다고 한다. 만일 내가 우리 집안 대대로 내려오는 성을 버린다면, 내게 지리라는 이름만 남게 되고, 그러면 그 의미 그대로 행운이 나에게 다가올 것이다.

나는 안으로 걸어 들어갔다.

"동무, 안에 계십니까?"

어두컴컴한 접견실을 향해 불렀다. 아무런 대답도 들려오지 않았다. 안내 표시문을 보고 세대 등록 사무소로 올라가는 계단으로 향했다. 출입문에는 거주자 신고, 등록 접수처라는 팻말과, 그 아래로 관계자 외 출입 금지라는 더 큰 팻말이 나란히 붙어 있었다. 그곳에는 쇠창살을 질러 놓은 네모반듯한 유리창이 나 있고, 커다랗게 쓰인 구호가 한쪽 벽을 다 차지하고 있었다. '계급투쟁만이 혁명 완수의 핵심 관건이다.'

창문으로 안을 들여다보았다. 불만 켜진 채 사무실엔 아무도 없었는데, 판자로 만든 칸막이 뒤에서 라디오 소리가 흘러나왔다.

"동무!"

아무 반응이 없었다.

"동무! 아무도 안 계십니까?"

나는 목소리를 높이고 창구 위를 쿵쿵 두드렸다.

사무실 안에서 의자 움직이는 소리가 들리더니, 판자 칸막이 뒤에서 한 남자가 얼굴을 내밀었다. 그 사람은 다름 아닌, 우리 동네 거주자 등록 사무를 담당하고 있는 마 순경이다.

"무슨 일로 그러는 거냐?"

그는 나를 쳐다보지도 않고 짜증 섞인 목소리로 물었다.

"나, 원, 참, 맘 놓고 밥 한 끼 먹기가 이렇게 힘들어서야."

나를 향해 들고 있던 젓가락을 흔들며 그가 투덜거렸다.

"죄송해요. 미안합니다. 정말 죄송해요."

나는 어쩔 줄 몰라 연신 사과하면서, 나도 모르게 가방을 방패삼아 그 뒤로 몸을 움츠렸다.

"그래, 무슨 용무가 있어 찾아왔니?"

그는 손가락으로 이를 쑤시면서 창문으로 나를 내려다보았다.

"드시던 것 마저 드세요. 다 드실 때까지 기다릴게요."

내가 공손하게 말했다.

"나는 분명히 무엇 때문에 찾아왔냐고 물었다. 정 네가 말하기 싫다면, 나도 내 알 바 아니지, 맘대로 해."

그가 휙 돌아섰다.

"잠깐만요! 제가 찾아온 건……제 이름을 바꾸고 싶어서……."

기가 죽어서 간신히 말했다.

"뭐라고?"

"이름을 바꾸고 싶다고요."

"흠, 네 이름을 바꾸겠다? 왜?"

그가 다시 이를 쑤시며 물었다.

"사실, 저기……, 제 출신성분이 안 좋거든요. 그래서 아예 성을 바꾸고 싶은데요."

비로소 그가 입에서 손가락을 빼고 내 말을 관심 있게 듣기 시작했다.

"좋아, 아주 좋은 혁명적 행동이다."

그는 출입문을 열었다.

"자, 자, 이리 들어와. 내가 지금 바로 네 문제를 해결해 주마."

나는 약간 불안해져 그를 쳐다보았다. 마 순경이 처음 우리 골목에 나타났을 때, 그는 머리를 바짝 치켜들고 거드름을 피우며 말했다. 마치 자신의 지위를 한껏 즐기려는 듯, 그는 있는 대로 거들먹거렸다. 그런 그가 백팔십도 바뀌어 갑자기 친절하게 구는 것이 뭔가 수상쩍었다.

마 순경은 의자를 가리키며 내게 앉으라고 권했다.

"네 흑색분자 가족과 관계를 끊겠다고 결심한 건 아주 잘한 일이야. 대신 우리들이 너를 차질 없이 뒷받침해 주겠다."

우리 가족하고 관계를 끊는다니, 대체 무슨 말인가? 그가 하는 말이 잘 이해되지 않았다.

"마오 주석께서 말씀하시길, 네 출신성분을 선택할 수는 없지만, 네 미래는 네 스스로 선택해 나갈 수 있다고 했다. 네 의지와 상관없이 지금의 네 부모 아래서 태어났지만, 그러나 이젠 너도 다 컸어. 이제 네 미래를 너 스스로 선택해야 하는 시점이지. 그리고 네 부모들에게, 지금부터는 당신들이 아닌 마오 주석을 따르겠노라고 당당하게 말할 수도 있다. 혹시라도 네 부모들이 이 문제로 너를 괴롭힌다면, 즉시 이리로 와서 우리에게 신고하렴. 우리가 당장 그들의 직장단위로 찾아가, 네 부모들을 계급투쟁 대회에 세워 버릴 테다.……"

그는 젓가락을 흔들며 쉬지 않고 말했다. 나는 완전히 혼란 속에 빠졌다. 내가 원하는 건, 단지 우리 가족이 지주 계급과 연관되는 모든 것들을 단절하고 싶었던 것이지, 엄마, 아빠와 관계를 끊는다는 뜻이 절대 아니었다. 내 이름을 바꾸는 것이 엄마, 아빠와 관계를 끊는다는 의미란 말인가? 문득, 쉬엔 아주머니가 골목에 쓰러졌을 때, 샨샨이 바로 그 옆을 그냥 지나쳐가던 모습이 떠올랐다.

"자, 우선 내 손부터 씻고 온 다음, 곧바로 네 이름을 등록하기로 하자." 그가 사무실에서 나갔다.

텅 빈 사무실에 혼자 앉아, 내가 엄마, 아빠에게 내 이름을 바꾸었다고 말하는 장면을 상상해 보았다.

나는 자리에서 벌떡 일어나 밖으로 달려 나갔다.

거리는 아까와 마찬가지였다. 햇빛이 따사롭게 비추었고, 오가는 사람들이 몇몇 눈에 띄었다. 책가방 끈을 쥐고 있던 손을 천천히 펴 보았다. 손바닥이 땀에 흠뻑 젖어 있었다.


여전히 땀을 흘리며 우리 아파트 뒷문으로 들어섰다. 계단 위에서 할머니가 누군가와 실랑이를 벌이는 소리가 들려왔다.

"제발 이러지 말게. 이러면 안 되네. 제발 좀 그만두라니까."

나는 그 자리에 서서 귀를 기울였다.

"어서 그 대걸레 자루를 내게 주게. 자네가 이렇게 할수록 우리는 죄책감만 더 들 뿐이야."

할머니가 불안한 목소리로 말했다.

그제야 할머니가 누구와 말하고 있는지 알아차렸다. 송포포 아줌마가 층계를 청소하러 온 것이다. 아빠가 감금당한 뒤로, 아줌마는 다시 우리를 도와주기 시작했다. 우리의 눈을 피해서 살짝 층계를 청소하고 가기도 했다. 며칠 걸러 한 번씩 우리에게 야채를 사다 주고, 심지어는 가져온 야채들을 씻어서 썰어 놓기까지 했다. 할머니는 매번 아줌마를 말렸지만, 송포포 아줌마는 할머니 말을 듣지 않았다.

"지앙 부인, 걱정하지 마세요. 별 특별한 일을 하는 것도 아니잖아요. 할 일 없이 놀자니 심심해서 그냥 하는 거예요. 게다가 지금 형편이 어려운데, 당연히 이럴 때 서로 도와야지요. 아무도 못 보게 조심해서 할 테니, 염려 마세요."

둘이서 실랑이하는 소리를 들어 보니, 드디어 할머니가 져서 하는 수 없이 아파트 안으로 들어간 것 같았다. 송포포 아줌마가 다시 청소를 시작하는 소리가 들렸다.

문득 내 자신이 울고 서 있었다는 사실을 알아차렸다. 사람들이 우리 가족에게 대해 뭐라고 하든, 송포포 아줌마는 아랑곳하지 않았다. 아줌마는 자신이 오래 전부터 우리 가족에게 해 오던 대로 여전히 우리를 대했다. 더욱이 일손을 놓은 지 오래되어 아줌마 자신의 처지도 어려울 게 뻔한데, 아줌마는 우리들을 걱정해 주는 것이다.

내 자신이 부끄러웠다. 그동안 나는 이기적이고 나 자신만 생각해 왔다. 물론 지금 내 삶의 무게가 무척 버거운 지경이지만, 그러나 엄마는 나보다 훨씬 더 힘들다. 그런 엄마에게 어떻게 내가 그와 같은 못된 짓을 할 생각을 했을까?

송포포 아줌마가 자기 방으로 들어가는 소리가 들렸다. 나는 얼른 뒤쫓아 들어가 아줌마를 꼭 안아 주었다.

"지리야, 잠깐만, 조심, 조심. 지금 네 엄마한테 이 국을 갖다 주려던 참이거든."

"제가 들고 갈게요."

내가 다정하게 말했다.

# 계급 교육 전람회

슬픈 전통 현악기의 애절한 소리가 학교 전람회장에 칸막이 해 놓은 임시 전시실 구석구석을 휘감아 돌았다.

오늘은 단지 사전 관람일 뿐이라고 내 자신에게 이르며 떨리는 마음을 진정시켜 보았다. 나는 이미 여러 웅변대회를 경험해 본 입장이니 절대로 떨지 말고 담담하게 치러야 한다. 그렇지만 학교와 교육위원회의 직위 높은 사람들이 우리들을 평가하러 올 텐데, 지난번 「노동자 항거」 신문에 났던 지앙 집안 관련 기사 때문에, 이번 사전 관람은 내게 특별히 중요하게 되었다.

지난번 기사는 마치 폭탄이 터진 자리에 웅덩이가 패는 것처럼 내 인생에 커다란 상처를 남겼다. 우리 골목이나 학교에서, 그리고 엄마의 사무실 사람들까지 우리 가족에 대해 뒤에서 수군거렸다. 아무래도 나는 전람회 주최 측으로부터 쫓겨나게 될 것 같았다.

매일 밤, 잠자리에 누우면, 뒤늦게 쫓겨나느니 차라리 내 스스로 그만 두는 편이 낫지 않을까 하는 생각을 한다. 그래서 날이 밝으면 학교에 가서 반드시 창홍에게 내 뜻을 전해야겠다고 다짐하게 마련이다. 그러나 막상 학교에 가면, 어떤 압력이 가해져도 절대로 포기하지 않겠다는 새로운 결심에 사로잡히게 된다.

나는 우리 학급을 대표해서 그 누구보다도 잘 해낼 자신이 있었다. 그런 내가 왜 그만두어야 하나? 집안이 오래 전에 지주 계급이었다는 사실 때문에 내 인생이 망가져야 하나?

마침내 결론을 내렸다. 모든 사람들에게 나에 대해 최악의 것까지도 낱낱이 드러난 셈이다. 주위 사람들이 어떻게 생각하든 신경 쓰지 말자. 나에게 주어진 일을 잘 해내서 내 자신을 증명하면 된다. 나는 반드시 내 명예를 되찾고 말겠다.

전람회장은 마치 새로 지은 건물처럼 보였다. 학교 식당과 체육관 사이를 가로지른 벽을 터서, 넓어진 공간을 다시 열두 개의 작은 임시 전시실로 나누어 칸막이 처리했다. 각각의 임시 전시실에 진열된 그림, 사진, 흙으로 빚은 조각상들 때문에 전체 전람회장 분위기는 아주 진지했다. 낡은 중국의 썩어빠진 실상에 대해 해설하는 일이 내가 맡은 부분이다.

"자, 여기 리우웬카이의 노비 두 명을 보십시오."

악명 높은 지주와 그의 희생자들의 조각상을 가리키며 내가 해설해 나갔다.

"이쪽이 눈멀고 나이 든 할아버지입니다. 살을 에는 추위나 불볕 같은 더위 속에서도 하루도 빠짐없이, 노인의 어린 손녀는 할아버지 팔을 이끌며 음식을 구걸하러 다녔습니다. 동냥질을 해서 겨우 하루 먹을거리를 조금 얻을 뿐인데, 어떻게 지주에게 진 빚을 갚을 수 있겠습니까? 매년 빚은 눈덩이처럼 불어 갔습니다. 마침내, 리우웬카이는 빚 대신 손녀를 내놓으라고 노인을 협박하기에 이릅니다. 어떻게 그런 짓을 할 수 있을까요? 손녀는 노인 자신의 두 눈이나 마찬가지일 뿐 아니라, 노인의 전부였습니다. 그렇다고 포악한 지주의 손아귀에서 벗어날 방법이 노인에게 있을까요? 그저 앞을 못 보는 두 눈에 눈물을 글썽인 채, 노인은 다음과 같이 말했습니다.

'아가야, 아무래도 네가 리우 지주에게로 가는 수밖에 없다. 아무려면 할아비가 네가 싫어 그러겠느냐? 저 속이 시커먼 지주가 기어이 우리들을 갈라놓고 마는구나.'"

내 목소리가 가볍게 떨리기 시작하더니 안으로부터 점점 더 감정이 북받쳐 올랐다.

"가엾은 손녀는 전에 한 번도 할아버지와 떨어져 산 적이 없었습니다. 매일 밤 손녀가 잠잘 때 이불을 끌어다 덮어 주는 사람도 할아버지였고, 손녀가 울면 쫓아와 달래 주는 사람도 할아버지였습니다."

나는 또 다른 조각상을 가리켰다.

"저 손녀를 보십시오. 지주에게 끌려가면서도 한 팔로 제 할아버지를 잡고 놓치지 않으려고 안간힘을 쓰며 가엾게 울고 있습니다.……"

내가 맡은 해설을 다 마쳤을 때 나는 거의 울 뻔했다. 유 선생님의 안내

하에 다음 전시실로 향하는 열두 명의 평가단들도 눈물을 훔치고 있었다. 바이샨은 전체 전시물들의 전시 구상을 책임지는 바람에 예행 연습할 때 내가 하는 해설을 여러 번 들었는데, 그럴 때마다 그 아이 역시 눈물을 참느라 눈을 깜빡거렸다.

크게 숨을 내쉬고 의자 위에 쓰러지듯 앉았다. 땀으로 축축하게 젖은 손바닥을 바지 위에 쓱 문지르고 책을 집어들어 부채질하기 시작했다.

"지리야."

누군가 창 밖에서 나를 부르는 소리가 들렸다. 내가 대나무로 만든 발을 걷어 올리고 내다보니 안이와 린린이 거기 서 있었다.

"무슨 일로 여기까지 왔니?"

"우리도 네가 해설하는 거 보고 싶어 왔는데, 안 들여보내 주더라. 하는 수 없이 여기 서서 네가 하는 걸 들었지. 지리야, 너, 정말 대단해. 굉장히 잘했어!"

안이의 얼굴이 환하게 빛났다.

"그래, 맞아. 정말 잘 하더라."

린린은 좀더 신중하게 말했지만 역시 진실한 말투였다.

"글쎄, 내용 자체가 슬픈 이야기라서 누구라도 쉽게 나처럼 해설할 수 있을 거야."

내가 창 쪽으로 몸을 더 바짝 갖다댔다.

"너 뭐 하는 거니? 빨리 이리 와! 진 의장이 이리 오고 있어."

누군가 내 등을 치며 다급하게 말했다.

서둘러 내 자리로 돌아왔다. 좀 전에 떠났던 방문객들이 다시 내 앞에 서 있었다. 창홍이 내게 귓속말을 해 주었다.

"진 의장이 뭔가 네게 할 말이 있대."

갑자기 온몸이 오싹해졌다. 뻔히 예상해 오던 일이 드디어 들이닥치는가 보았다. 이제 진 의장이 오면, 그는 내가 지주의 손녀라는 사실을 말할 테고, 여러 사람 앞에서 나를 모욕할 것이다. 결국 나는 이 일을 그만두어야겠지. 그렇게 하는 게……. 진 의장 쪽으로 가까이 가던 나는 너무 당황한 나머지, 그만 의자 위로 벌렁 넘어지고 말았다.

진 의장이 내게 다가왔다. 나는 그의 진지한 눈빛을 올려다보다가 이내 눈을 떨어뜨렸다.

"이번 계급 교육 전람회는 초강력 무기나 마찬가지야."

그의 말이 시작되었다.

"적절하게 이용한다면, 계급의 정체성을 한층 강화하고, 계급의 적들에 대한 적개심을 더 깊게 뿌리내릴 수 있겠다. 네 해설이 아주 감동적이어서, 관람객들이 깊은 인상을 받았어. 네가 다른 참가자들을 가르쳐서 그들의 해설이 나아지도록 협조해 주면 좋겠는데, 그러면 이 전람회는 큰 성공을 거두게 될 거야."

나는 어리둥절했다. 진 의장이 나를 칭찬한 건가? 내 앞에 모여선 사람들을 둘러보았지만 특별히 이상한 점이 없었다. 다만 그들의 얼굴에서 동의의 눈빛이 보였다.

"그건 그렇고, 해설의 말미에 마오 주석의 어록 중 적당한 말을 인용해서 조금 덧붙이면 좋겠어. 그러면 분위기를 한층 끌어올린 상태에서 끝낼 수 있을 거야."

진 의장이 뒤에 서 있는 사람들을 향해 두 손을 맞잡아 보이더니, 마치 의견을 묻기라도 하는 듯 그들을 쳐다보았다. 모두 고개를 끄덕였다. 창홍은 얼굴에 자랑스러운 듯한 미소를 머금은 채, 메모를 해 나갔다.

그들이 또 다른 참가자에게 조언을 하기 위해 다음 전시실로 향했다. 나는 천천히 자리에 앉으며 마음속으로 외쳤다.

"내가 드디어 해냈어!"


며칠 후 수학 수업이 한창인데, 혁명 위원회의 호우 선생님이 교실 안으로 불쑥 얼굴을 내밀었다. 그는 리 선생님을 힐끗 보는 둥 마는 둥 하더니 퉁명스럽게 말했다.

"지앙지리, 지금 곧 우리 사무실에 함께 가자. 누가 너와 할 말이 있다고 기다리고 있다."

머릿속으로 무슨 일일까 생각하며 긴장한 채 자리에서 일어났다. 내가 굳은 자세로 교실을 빠져나갈 때, 반 아이들 모두 나를 지켜보고 있다는 걸 느꼈다. 호우 선생님은 뒤쫓아 가는 나의 존재를 잊은 듯, 나보다 한발 앞서서 무심하게 걸어갔다.

나는 말없이 그 뒤를 따랐다. 미리부터 겁먹지 않으려고 애썼다. 아마 나쁜 일이 아닐 것이다. 전람회와 관련된 일일 거야. 진 의장이 다른 참가자들에게 해설하는 방법을 가르쳐 주라고 말하려는 것이겠지. 길고 어두운 복도 끝에 이르자, 호우 선생님은 말없이 나에게 안으로 들어가라는 손짓을 하더니 그 자리를 떠났다.

이미 땀이 흥건한 손바닥을 바지 위에 문지르고 천천히 문을 열었다. 아빠 극장에서 온 깡마른 얼굴의 감독이 바로 내 앞에 있었다.

그 순간 내 얼굴에 낙심한 기미가 보였을 게 분명하다.

"자, 이리 앉아. 무조건 겁부터 먹지 말고."

진 의장이 빈 의자 하나를 가리키며 내게 권했다.

"여기 이 동지들은 너와 함께 특별학습 시간을 갖기 위해 네 아빠의 직장단위에서 나온 분들이다. 그러니 걱정할 일은 아니야."

잠자코 그가 권한 자리에 앉았다.

언젠가 그들이 우리 집에 찾아오리라 예상은 했지만, 이렇게 학교로 들이닥칠 줄은 전혀 뜻밖이었다. 그들은 학급 친구들과 선생님 앞에서 내 가족에 대해 폭로할 것이다. 나의 마지막 자존심마저 무너져 버리겠지. 그리고 두 번 다시 '개조 가능 학생'도 될 수 없을 것이다.

내 맞은편에 깡마른 얼굴이, 그리고 그 옆에는 전에 한 번도 본 적이 없는 여자가 앉아 있었다. 쟝 선생님도 그곳에 있었다. 선생님은 나에게 힘을 내라는 격려의 눈빛을 말없이 보내 주었다.

깡마른 얼굴이 바로 본론으로 들어갔다.

"네 아빠 문제는 아주 심각하다."

얼음장 같은 그의 눈빛은 나를 의자에 못 박아 버리는 듯했다.

"너도 필경은 「노동자 항거」 신문에 실린 네 집안의 더러운 과거에 대한 기사를 읽었을 테지."

나는 그 남자에게서 눈을 떼지 않은 채, 내가 앉은 의자 속으로 푹 꺼져 들어갔다.

"네 아빠는 지주 집안 출신인 데다, 오래 전에 있었던 반 우파 투쟁 때 심각한 실수들을 저질렀어. 그런데도 그는 여전히 자백을 완강히 거부하고 있다."

조금의 감정도 끼어 있지 않은 그의 차가운 말투가 조금씩 흔들리기 시작했다.

"우리들은 절대로 이대로 끝내지 않는다. 이번 기회에 네 아빠를 본보기로 삼아 끝을 내기로 결정했다. 그래서 계급투쟁 대회를 열어 전 극장의 조직을 동원해서 네 아빠를 비판하고, 네 아빠에게 자백을 받아내려 한다."

그가 갑자기 주먹으로 탁자를 탕 하고 쳤다. 탁자 위의 물잔들이 흔들렸다.

나는 그의 얼굴에서 눈을 떼고 대신에 내 앞에 놓인 물잔을 물끄러미 쳐다보았다.

"내가 전에도 말했듯이, 이제 너는 독립된 인격체다. 만일 네가 더러운 반동 흑색분자인 네 가족과 관계를 끊겠다고만 하면, 너는 곧바로 '개조 가능 학생'이 될 수 있고, 우리들은 너를 우리의 혁명 대열에 동참시킬 것이다."

그가 진 의장에게 눈길을 주자, 진 의장이 거들고 나섰다.

"그 말이 맞아. 우리들은 너를 기꺼이 환영할 거야."

"지앙지리는 학교에서 늘 모범생입니다. 공부도 매우 잘하는 데다, 교육 개혁에도 적극 참여하고 있습니다."

쟝 선생님이 한 마디 덧붙였다.

"그거 아주 다행이군. 너는 현명한 아이니, 무조건 네 아빠를 따르지 않으리라 믿는다."

깡마른 얼굴은 얼음장 같이 차가운 미소를 짓더니 짧게 말했다.

"이제 네가 혁명적인 결단을 보여야 할 때야."

그가 잠시 말을 끊었다.

"우리들은 네가 계급투쟁 대회에 참여해서 네 아빠에 맞서서 증언해 주길 바란다."

눈을 감았다. 그러자 계급투쟁 대회 단상에 서 있는 아빠가 보였다. 까만 글씨로 크게 쓰여진 아빠의 이름 위로 빨간색 ×표가 그어져 있는 표지판이 목에 걸린 채, 고개를 잔뜩 수그리고 있는 모습이다. 단상 한가운데 서 있는 내 자신의 모습도 떠올랐다. 수천 명의 사람들 앞에 서서 아빠 죄를 비판하고 주먹 쥔 손을 높이 쳐들어 구호를 선도해 간다.

"지앙쉬링을 타도하자!"

그 순간 절망감에 빠진 얼굴로 나를 바라보는 아빠의 두 눈에서 눈물이 흘러내렸다.

"저는……저는……저……"

구원을 요청하는 심정으로 쟝 선생님을 쳐다보았다. 선생님은 내 눈길을 피했다.

극장 측에서 나온 여자가 입을 열었다.

"생각만큼 그렇게 어려운 일이 아니다. 문제의 열쇠는 네 자신이 어떤 계급적 상태를 유지하고 있는가에 달려 있어. 우리 전임 당 서기의 딸도 자기 엄마와의 관계를 끊겠다고 결심했지. 그 아이는 자기 엄마를 비판하기 위해 단상에 올라섰을 때, 제 손으로 직접 당 서기의 뺨을 때렸다. 아, 물론 네게 반드시 네 아빠의 뺨을 때려야 한다고 우리가 요구하는 건 아니다. 한마디로 핵심을 말하자면, 네가 올바른 계급적 상태를 유지하는 한, 단상에 나가 증언하는 것은 그리 어렵지 않다는 사실이다."

그 여자의 목소리는 내 귀를 자극했다.

"네가 마오 주석의 진정한 자녀라는 사실을 입증하는 방법이 있다."

깡마른 얼굴이 다시 말문을 열었다.

"네 아빠가 평상시에 내뱉은 말이나 행동 중에 지주 계급이나 우익 반동의 사고방식을 드러내는 것이 있을 텐데, 네가 숨김없이 다 말해 주리라 믿는다."

나는 탁자를 빤히 쳐다볼 뿐이었지만, 내 속을 꿰뚫어보려는 그 남자의 시선을 느낄 수 있었다.

"우리에게 말해 줄 만한 내용이 있지?"

"전, 아무것도 모르겠는데요."

내가 중얼거리듯 말했다.

"저는 아무것도 모르……."

260

"한번 잘 생각해 봐라. 분명 생각나는 게 있을 것이다."

깡마른 얼굴이 말했다.

"네 아빠 같은 사람이 너처럼 똑똑한 아이한테까지 자기가 진짜 신봉하는 이념을 숨길 수는 없었을 게다. 네 아빠가 마오 주석이나 문화혁명을 비난하는 말을 분명히 했을 거야. 너야말로 마오 주석과 공산당에 충성을 다 하는 아이라는 걸 나는 안다. 어서 말해!"

"그렇지만 우리 아빠는 단 한 번도 마오 주석에게 맞서는 말을 한 적이 없어요."

나는 힘없이 저항했다.

"만일 우리 아빠가 그랬다면 진작 다 알려드렸을 거예요."

내 목소리는 확신에 차서 점점 힘이 들어갔다.

"우리 아빠는 당에 거스르는 말도 결코 하지 않았어요."

"이제, 네 앞에 놓인 두 길 중에 하나를 선택해야만 한다."

깡마른 얼굴이 내 눈을 똑바로 쏘아보았다.

"네 가족과의 관계를 끊고 마오 주석을 따를 테냐, 아니면 네 아빠를 따라가서 인민의 적이 될 테냐?"

그의 목소리는 갈수록 야멸스러웠다.

"네 결정 여하에 따라, 우리들은 네 남동생, 여동생과도 더 많은 특별 학습 시간을 가질 테고, 혁명 위원회와 학교 내 지도자들과도 더 이야기를 나누게 될 것이다. 잘 생각해서 처신해. 우리들은 나중에 다시 와서, 그때 확인하기로 하겠다."

나중에 찾아와서 또다시 내 의견을 확인하겠다는 말을 남기고 그들은 떠났다. 내가 어떻게 지금 이곳에 오게 되었는지, 정신을 차리고 보니, 나는 학교 건물과 담장 사이의 좁다란 통로에 우두커니 서 있었다. 바짝 다가선 회색 콘크리트 벽에 둘러싸인 채, 가늘게 내리는 비가 내 뺨을 적시고 있었다. 교실로 돌아갈 수도 없고, 집으로 돌아갈 수도 없었다.

그 순간 내 자신이 덫에 걸린 한 마리 작은 짐승처럼 느껴졌다. 점점 다가오는 사냥꾼의 발소리를 본능적으로 알아차리면서도, 도움의 손길 하나 없이 나 홀로 그냥 버둥거릴 뿐이었다.


밤을 거의 뜬눈으로 샜다. 깡마른 얼굴의 날카로운 눈매가 떠오르고, 아빠 볼에 흘러내리는 눈물이 보였다. 뒤척이다가 새벽녘이 되어서야 가까스로 잠이 들었다. 잠에서 깨 보니 전람회의 일일 지시 시간까지 삼십 분 가량밖에 남지 않았다. 부리나케 씻고, 옷을 갈아입고, 그리고 여전히 퉁퉁 부은 눈을 비비면서 문 밖으로 달려 나갔다.

어제 일어났던 일들을 마음속에서 몰아내려고 노력했다. 오늘은 드디어 전람회가 시작되는 날이다. 나는 누구보다도 잘 해내야겠다고 마음먹었다.

전람회장으로 다가갔다. 열린 문을 통해 참가자 전원이 둥글게 모여 앉은 것이 한눈에 들어왔다. 벌써 일일 보고가 시작되었나 보았다. 문득 급히 뛰어 들어가려던 발걸음을 멈췄다. 출입문 옆 호랑가시나무 덤불에서 그림자 하나가 내 앞으로 불쑥 다가왔다. 바이샨이다.

진작부터 그 아이가 나에게 관심을 갖고 있는 걸 알아차렸지만, 결코 내색하지 않았다. 아이들 사이에서 내 이름이 오르내리는 걸 원치 않았기 때문이다. 그 아이가 거기서 뭘 하고 있던 중인지 추측하며 그 옆을 지나쳐 가려 했다.

"지앙지리." 그 아이가 나지막이 내 이름을 불렀다.

"마음 단단히 먹어."

뒤늦게 재촉하던 발걸음을 멈추었지만, 이미 내가 전시실 안으로 들어와 버린 뒤였다. 진 의장이 나를 올려다보았다. 그의 눈길을 좇아서 다른 아이들도 나를 향해 몸을 돌렸다. 진 의장은 나를 빤히 바라보았고, 그리고 나는 그 자리에 멈춰 서서 바닥에 얼어붙어 버렸다. 그 순간 영원한 침묵만이 나를 둘러싼 것 같았다.

"지앙지리." 마침내 진 의장이 입을 열었다.

"어제 우리, 그러니까 혁명 위원회에서는 네 상황에 대해 의견을 나누었다. 네 정치적 상황 때문에 우리들은 후앙후앙을 네 후임으로 결정했어. 너는 이제 집으로 가도 된다. 그럼, 이만, 나중에 또 말하자."

그의 얼굴은 냉랭했고, 그 어떤 이의도 사절하겠다는 표정이었다. 다른 아이들을 둘러보았다. 지난 몇 달간 함께 웃고 이야기 나누며 전람회를 준비해 오던 얼굴들이다. 개중에는 안타까운 눈길을 보내는 아이들이 있는가 하면, 나와 눈이 마주칠세라 아예 눈길을 돌리는 아이들도 있었다. 더 이상 그들을 바라볼 수가 없었다. 나는 전람회장에서 뛰쳐나왔다.

"지앙지리!"

누군가 내 이름을 부르는 소리가 들렸지만, 머리를 더 낮추었을 뿐, 계속 뛰었다.

"지앙지리!" 하고 다시 부르더니 나를 앞질러 내 앞에서 멈춰 서는 사람이 있었다. 또 바이샨이다.

나는 눈길을 다른 곳으로 돌렸다. 바이샨에게 부끄러운 모습을 보이지 않으려고 태연한 척 애썼다. 그 아이의 동정을 받고 싶지 않았다.

바이샨은 잠시 나를 바라보더니 입을 열었다.

"여기, 이거 네 물건이야."

그 아이가 내게 뭔가 건네주었다. 짙은 초록색의 책 같았다. 한쪽 구석에 '지앙'이라고 씌어 있는, 그것은 바로 내 사전이었다. 내가 전시실에 두고 온 물건이다.

나는 아무 말도 하지 않았다. 그 아이를 쳐다보지도 않고 묵묵히 사전을 받아들었다. 그리고 그곳을 벗어나기 위해 힘껏 달렸다.

# 벼 수확

 창홍이 왜 나를 만나 이야기 나누려고 하는지 그 이유를 모르겠다.

건물 그림자 속을 따라 걸으며 학교로 향했다. 태양이 뜨겁게 타올랐다. 골목길을 채 벗어나기도 전에, 무겁게 가라앉은 공기 속에서 내 등은 땀으로 흠뻑 젖었다. 도시 전체는 천천히 작동을 멈추는 것 같았다. 지나가는 자전거 몇 대가 마치 시커먼 기름 속을 느리게 뚫고 나아가는 것처럼 보였다. 매미들마저 무더위에 지쳐 나른하게 울어댔다.

전람회에서 쫓겨난 지 사흘째 되었을 때, 창홍이 군이 홍위병 위원회 사무실에서 만나자는 연락을 집으로 보내왔다. 그 아이는, 우리 집이나 제 집에서 만난다면 이야기 나누기가 그리 편하지 않을 것 같다고 했다. 창홍이 분명 뭔가 공식적으로 내게 전할 말이 있는 것 같았지만, 이번만큼은 전혀 궁금하지 않았다.

내 마음속에는 깡마른 얼굴이 내게 요구한 말들만 무겁게 자리잡고 있을 뿐이었다. 이제 더 이상 감출 것도 없고, 인생의 목표도 사라졌으며, 다른 사람의 마음을 움직이려는 노력을 할 필요도 없어졌다. 내 이름을 바꾸기 거의 일보 직전까지 갔던 바로 그 파출소 앞을 지나갔다. 그때 만일 내 이름을 바꿨다면 지금쯤 뭐가 어떻게 달라져 있을지, 한번 상상해 보았다. 그런 상상 자체가 하늘을 나는 꿈보다 더 나을 게 없는 또 다른 환상에 불과했다.

홍위병 위원회 사무실은 학교 내 새로 지은 건물의 맨 꼭대기인 6층에 있었다. 복도를 지나는 길에 더러 몇몇 출입문들이 열려 있었지만, 안으로부터 아무런 소리도 흘러나오지 않았다. 복도 유리창 밖으로 깃대에 걸린 국기가 눈에 들어왔다. 한낮의 더위 속에서 국기 역시 축 처져 있었다. 국기에 그려져 있는 노란색 별 다섯 개는 색이 바래 잘 보이지 않았다.

내가 출입문을 두드리자 창홍이 열어 주었다. 그 아이가 내게 줄 시원한 물을 따르는 동안, 나는 조그만 사무실 안을 둘러보았다. 빨갛게 쓴 구호, 빨갛게 그린 벽보 그리고 빨간색 완장까지, 그곳은 온통 빨간색 일색이었다.

한쪽 벽을 거의 다 차지할 만큼 커다란 그림 속에는, 마오 주석이 초록색 군복을 입고 톈안먼 연단에 서서 홍위병들을 향해 손을 흔드는 장면이 묘사되어 있었다. 마오 주석이 자신의 시를 친히 붓글씨로 쓴 벽보들도 여러 장 눈에 띄었다. 새로 나온 벽보에는, 군복에 허리띠를 찬 홍위병들이 오직 위대한 지도자의 명령만을 기다리며 앞으로 나아가는 그림이 실렸다.

"오래 전부터 너와 이야기 나누고 싶던 참이었는데, 게다가 지금은 긴히 할 말이 생겨서 너를 보자고 했어."

창홍이 말했다. 우리가 아직 본격적인 이야기를 시작하지도 않았는데, 창홍은 약간 기분이 안 좋아 보였다. 간질병을 앓고 있는 동생은 별일 없을까? 갑자기 궁금해졌다.

"다가오는 하기 노동봉사 기간 때, 네가 농촌 대신에 이 지역 공장으로 배정해 달라는 요청을 했다고 들었어."

창홍은 계속 말했다.

"그게 사실이니?"

"맞아. 우리 엄마가 최근 들어 무척 편찮으신 데다, 할머니는 너무 연로하시잖아. 혹시라도 엄마가 병원에 가셔야 할 일이 생기면, 할머니와 내 남동생, 여동생만으로 엄마를 병원까지 모시고 간다는 건 무리야. 그래서 올 여름은 이 도시 안에 있는 공장에 배정 받아야겠다고 생각했지. 그 방법만이 내가 노동봉사에 참여하고 엄마도 보살필 수 있는 길이야."

내가 생각하기에도, 오늘은 유난히 내 마음이 차분했다.

"네 가족의 형편은 나도 충분히 알고 있어."

창홍은 팔짱을 끼더니, 진지한 얼굴로 두 팔꿈치를 탁자 위에 기댔다.

"네가 네 가족을 돌보려는 심정 잘 알아. 두말할 것도 없이 어려움이 많겠지. 그렇지만 지리야, 네 정치 생활의 중요성에 대해서 고민해 봤니? 네가 그런 집안에서 태어난 건 네 잘못이 아니지. 그러나 네 가족이 속한 계급의 성격에 의해 네가 어느 정도는 영향을 받는다고 생각해. 그 때문에 너는 네 자신을 개조해 나가기가 다른 사람보다 더 어려운 게 사실이야. 네가 조금만 경계를 늦추어도, 너는 네 가족의 일에 쉽게 발목 잡히게 되고, 끝내 그들을 벗어나지 못하게 되는 거야."

"네 아빠 극장 측에서 너에게 반동 흑색분자 가족들과 관계를 끊으라고 요구했다는 말을 진 의장한테서 전해 들었어. 네가 그들의 조언을 받아들이지 않고 주저했기 때문에 진 의장이 너를 전람회에서 제외시켜 버렸지. 그러나 지리야, 이제라도 늦지 않았어. 이번 하기 봉사 때 네가 농촌으로 자원해서 간다면, 네가 정직하게 일한 땀의 대가는 반드시 돌아올 거라고 확신해. 그래서 네 출신성분의 오점을 지울 수 있고, 또한 네 이념도 깨끗하게 정화되어서, 너는 마오 주석의 혁명 대열에 참여할 수 있을 거야. 만일 네 자신이 '개조 가능 학생'임을 증명한다면, 진 의장은 여름 하반기에 너를 다시 전람회의 일원으로 복귀시켜 줄 거야."

"지금 이 순간이 네겐 아주 중요한 시점이야. 이런 마당에, 어떻게 너는 농촌 대신 공장으로 보내달라고 요청할 수 있니? 지리야, 내가 그 말을 들었을 때 정말 네가 걱정되더라. 그렇게 통 앞뒤 분간 못하는 너를 맘껏 비난해 주고 싶었어. 이 세상에는, 그것이 아무리 심각하고 중대할지라도, 극복하지 못할 어려움이란 없는 법이거든. 만일 이번 기회를 놓친다면, 아마 그로 인해 네 모든 정치 생활은 영영 끝나 버려 다시는 복구하기 어려울 거야. 그럼 그때 가서 후회한들 아무 소용없는 거지."

창홍은 드디어 말을 멈추고 숨을 몰아쉬었다. 그 아이는 거의 울기 일보 직전이었다. 창홍은 너무 진실하고 또 나를 굳게 믿고 있었다. 그 아이의 걱정 어린 조언으로 내 마음이 흔들렸다.

다른 아이들은 나를 가까이 하는 것조차 꺼리고 있는데, 창홍 만큼은 여전히 나를 걱정해 주고, 내 처지를 안타깝게 생각한 나머지, 이 시점에서 내가 어떻게 하는 게 최선의 방법인지 저 혼자서 궁리해 온 것이다. 창홍이 나를 도와주고, 흑색분자 집안으로부터 나를 구해 주고 싶다는 말은 모두 그 아이의 진심에서 우러나온 것임을 나는 잘 알았다.

"알았어. 농촌으로 갈게."

내가 천천히 말했다.

"잘 생각했어! 나는 분명히 네 자신이 발전해 나가고 싶어한다는 걸 알고 있었어. 무엇보다도 네 자신에게 감사하렴. 이번 기회를 통해서 마오 주석의 혁명 대열에 동참하게 될지도 모르잖아."

나는 그 아이에게 마음속에서 우러나오는 미소를 지어 보였다. 그 아이를 실망시키기 싫었다. 이제 나는 농촌으로 가서 내 자신을 증명해 보이겠다고 다짐했다. 어쩌면 창홍의 말이 사실일지도 모른다. 내가 농촌에서 하기 노동봉사를 마치고 나면, 그들이 다시 나를 받아 줄 가능성이 있을 것 같기도 하다.

아무래도 창홍이 내게 말한 내용들은 진 의장의 명령 같았다. 그렇다면 나에겐 선택의 여지가 없고, 오직 내 자신을 개조해야 하는 과제만 주어진 것이나 다름없다. 어쨌든 간에 농촌으로 떠난다면 한 가지 좋은 점이 있었다. 그 생각을 하니 마음이 한결 가벼워졌다. 내가 그곳에 가 있는

동안에는 적어도, 깡마른 얼굴이 나타나 나에게 아빠에 대한 불리한 증언
을 하라고 강요할 수는 없을 것이다.

"네 동생은 요즘 어떠니?"

나는 그 아이의 팔을 가볍게 치며 화제를 바꾸었다.


우리들이 먹을 식량을 수확하는 데 참여하기로 결심한 만큼, 나는 학
급 친구들과 함께 농촌으로 떠났다.

이른바 '이중 돌격'이라고 부르는, 농촌의 '수확 돌격'과 '파종 돌격'을
돕는 것이 우리들의 임무였다. 그 지역 농부들에겐 지금이 한 해 중 가장
바쁜 때로서, 짧은 기간 안에 거두어들여야 할 벼를 수확하고, 마치 돌격
하듯 그 자리에 다시 다음 작물을 심어야 하는 것이다.

매일 아침 5시 30분이면, 우리들은 지푸라기를 엮어 창고 바닥에 깔아
놓은 짚자리에서 일어나 쌀을 수확하러 들로 나갔다. 조용한 아침 공기를
뚫고 태양이 떠오르면 들판은 온통 황금색 바다로 변해 버렸다. 한 사람
당 다섯 고랑씩 맡았는데, 고랑 하나가 얼마나 긴지 그 끝이 보이질 않았
다. 우리들은 벼 위로 몸을 구부리고 농부들이 일러 준 말을 되새기며 작
업해야 했다. 오른손에 낫을 들고, 왼손으로 벼 여섯 포기를 잡은 다음,
뿌리와 가까운 곳을 자르면서 앞으로 한 걸음씩 나아가는 것이다. 우리들
은 더딘 속도로 앞을 향해 움직였다.

태양은 등 뒤에서 이글이글 타올라, 마치 우리를 진흙탕 속으로 처박
아 넣을 듯한 기세였다. 일을 시작한 지 몇 분이 지나지 않아서 두꺼운 외

270

투가 땀에 흠뻑 젖게 마련이었다. 황금빛 벼 물결이 눈앞에서 출렁였다. 우리들의 텅 빈 머릿속에는 오직 배당 받은 고랑들을 마쳐야 한다는 생각 뿐이어서, 거의 기계적으로 낫을 휘둘렀다.

정오가 되면 우리가 일하는 곳으로 직접 점심을 보내왔다. 모두들 불과 몇 분 안에 점심을 먹어치우고, 다시 자신의 위치로 달려가 하던 일을 계속했다. 저녁 무렵이면 허리가 부러질 것만 같았다. 어떤 아이들은 너무 지친 나머지 진흙 바닥에 무릎을 꿇고 벼를 베며 조금씩 앞으로 나아갔다.

들판에서 돌아오기가 무섭게, 우리들은 온몸이 땀에 절어 더럽다는 것도, 허기져 뱃속에서 꼬르륵거리는 것도 다 잊은 채 짚자리에 쓰러져 잠에 빠져 버렸다.

일을 시작한 지 사흘밖에 되지 않았는데, 우리들은 이미 모두 탈진한 상태였다.


드디어 고랑이 끝나는 지점인 나지막한 두둑에 다다라서, 그곳에 올라앉았다. 또 한 고랑을 마쳤다! 두 눈을 감았다. 온몸의 근육과 마디가 쑤시고 저려왔다. 어렸을 때 앓던 관절염이 다시 도지는 건 아닌가 하는 생각이 들었다. 나는 쓸데없는 상념을 떨어버리려고 다시 눈을 뜨고 목에 두른 수건으로 얼굴을 훔쳤다. 오랫동안 땀에 전 수건에서 퀴퀴한 냄새가 코를 찔렀다.

천천히 허리를 펴고 내 옆줄에 있는 여자아이를 보았다. 그 아이는 벌써 네 번째 고랑을 끝내고 다섯 번째 고랑에서 작업하고 있었다! 나는 이제 겨우 세 고랑을 마쳤을 뿐이다. 해는 어느새 지평선을 향해 기울어 가고 있었다. 다섯 시쯤 된 것 같다. 어제도, 모두가 들판을 떠나고 주위가 캄캄해진 때에 이르러서야 가까스로 다섯 고랑을 마칠 수 있었다. 오늘은 내 속도가 더 느려진 듯했다. 그 사실을 깨닫자 정신이 번쩍 들어, 낫을 다시 집어들었다. 그리고 다음 고랑으로 달려가 속도를 내 정신없이 낫질을 시작했다.

'여섯 포기 잡고, 낫으로 베고! 여섯 포기 잡고, 낫으로 베고!' 머릿속으로 이 말을 끊임없이 되뇌면서 팔다리가 효율적으로 움직이도록 잔뜩 긴장했다. 힘이 빠져 버린 내 손에서 갑자기 낫이 빠져 나가는가 싶더니, 어느 결에 다리에 반 뼘 정도의 깊은 상처가 났다. 낫으로 베인 자리에서 피가 흘러나왔다. 이미 진흙투성이가 되어 버린 손으로 상처를 감싸 안은 채, 통증에 더하여 너무 절망스런 나머지 소리 내어 울고 말았다.

가볍게 부는 바람에 벼가 우수수 소리를 내며 출렁였다. 마치 벼이삭들이 내게 뭐라고 속삭이는 것만 같았다. 고개를 들었다. 주위에 한 사람도 보이지 않았다. 누구도 내가 우는 소리를 듣지 못했나 보다. 나를 도와주러 올 사람이 아무도 없었다.

사방이 어두워지고 있었지만, 그에 상관없이 내게 할당된 다섯 고랑을 모두 끝마쳐야 한다. 만약 그렇게 하지 않았다가는 비난을 받게 될 터였다. 나는 울음을 그치고 목에 두른 수건을 풀어 상처에 동여맸다.

통증이 말할 수 없이 심했다. 이를 악물고 한 손에 낫을 잡은 채, 어서 일을 끝내야 한다는 생각만 하려고 애썼다. 고통이 서서히 무뎌졌다.

갑자기 이상한 소리가 들려왔다. 나는 낫질을 멈추었다. 쉭쉭 하는 소리가 규칙적으로 나면서 점점 내가 있는 쪽으로 다가오고 있었다. 바람에 벼가 찰랑거리는 소리 같지 않았다. 들판을 둘러보았지만 아무도 눈에 들어오지 않았다. 그들은 이미 일을 마치고 돌아간 뒤였다. 주위가 어두웠다. 인가나 사람들로부터 내가 얼마나 멀리 떨어져 있는지를 확인한 순간, 가슴이 두방망이질했다.

쉭, 쉭, 쉭. 다리에 점점 힘이 빠졌다. 만일 지금 누가 나를 공격해 오기라도 한다면 나는 그와 싸울 기력조차도 없다. 떨리는 손으로 낫을 들고서 그 자리에 주저앉아 점점 가까이 다가오는 소리의 주인공을 기다렸다.

문득 소리가 멈추더니 누군가가 논에서 허리를 폈다. 바이샨이다.

그 아이는 손에 든 벼 포기들을 내려놓고 몸을 일으켜 등을 편안하게 폈다. 그 아이가 비로소 바닥에서 일어나려는 나를 발견하더니, 얼른 다시 등을 굽혔다. 우리는 이십 미터쯤 떨어진 곳에 마주서서 서로를 빤히 쳐다보았다.

"점점 어두워지고 있어. 그래서 내가 네 일을 좀 해 주던 참이야."

그 아이가 쑥스러운 듯, 웃음을 지어 보였다. 그 아이의 목소리는 낮았지만, 조용하고 확 트인 넓은 벌판에서 또렷하게 들렸다. 어둑한 하늘을 배경으로 서 있는 바이샨의 모습이 마치 크고 단단한 동상 같았다. 나는 갑자기 울음을 터뜨렸다.

"왜 우는 거야?"

그 아이가 내가 있는 곳으로 서둘러 달려왔다.

"제발, 제발 울지 마. 내가 도와줄게. 금방 끝낼 수 있어."

바이샨의 목소리는 나를 달래듯 다정했지만, 한편으론 무엇을 어찌 해야 좋을지 모르는 어린아이처럼 당황한 것 같았다.

나는 더 크게 울었다. 마치 지난 시간 동안 내 속에 쌓인 울분을 한꺼번에 쏟아내는 것 같았다.

"제발 진정해."

진흙 묻은 손으로 눈물을 닦아내는 내 모습을 보더니, 바이샨이 자기 수건을 내 얼굴에 들이밀며 말했다.

"이제 그만 울고 잠깐만 쉬고 있어. 내가 네 대신 얼른 끝마칠게."

그 아이는 중얼거리며 다시 등을 구부리고 벼를 베기 시작했다.

나는 계속 울었다. 그러다가 불현듯 한 생각이 머리를 스쳤다. 내가 지금 뭐 하는 거지? 내가 남자아이의 도움을 받으며 천연덕스럽게 울고 있는 것이다. 그 아이로부터 동정 받고 싶지 않았다. 그리고 누가 이 사실을 알기라도 하면, 나는 비난받을 게 뻔할 뿐만 아니라, 바이샨까지도 난처한 상황에 빠지고 말 것이다.

울음을 멈추고 낫을 다시 집어들었다. 그리고 바이샨 쪽으로 다가가서 그 아이가 막 베려던 벼 포기 앞에 내 발을 쑥 내밀었다.

"이제 내가 할게."

내가 짧게 말했다.

"괜찮아. 어차피 나는 이제 할 일도 없는걸. 게다가 내가 너보다 빠른

274

편이니까, 네가 조금이라도 일찍 돌아갈 수 있을 거야."

"아니야. 이러다가 누가 우릴 보면 어쩌려고 그래?"

"캄캄하잖아. 아무도 볼 수 없어."

그 아이가 나를 옆으로 살짝 밀어내려고 했다.

나는 꿈쩍하지 않았다.

"네 도움 필요 없다고 했잖아!"

냉정하고 고집스러운 목소리로 내가 말했다.

바이샨이 구부린 등을 펴고 일어섰다. 벼 포기들이 아직도 그 아이의 왼손에서 흔들리고 있었다. 그 아이는 혼란과, 안타까움 그리고 실망감이 가득 찬 눈으로 나를 바라보았다.

사방이 어두웠다. 키 큰 그 아이의 모습조차 어둔 밤에 빨려 들어가 버렸지만, 깊은 어둠 속에서도 나를 향한 그 아이의 빛나는 눈빛을 느낄 수 있었다.

정체가 불분명한 그 어떤 것, 전에 경험해 보지 않은 새롭고 혼란스러운 동요가 내 안에서 느껴졌다.

나는 고개를 숙이고 날카롭게 말했다.

"제발 나 혼자 있게 내버려 둬."

내가 다시 올려다보았을 때, 그 아이는 이미 그 자리에서 사라지고 없었다.


이른 아침에 작업 시작을 알리는 종이 울렸다. 잠이 덜 깬 눈을 비비면서 창 밖을 내다봤다. 하늘은 비가 올 기미가 보이지 않고 맑게 개었다. 오늘도 쉬기는 다 글렀다. 비가 올 것이라는 일기예보 때문에, 어제는 저녁 식사를 마친 뒤 서둘러서 자정 무렵까지 타작했다.

몸을 조금씩 움직여 보았다. 바로 신음 소리가 터져 나올 것만 같았다. 머리는 꼭 쪼개져 나가는 것만 같고, 목도 잔뜩 붓고 아팠다. 멀쩡한 곳 하나 없이 온몸의 근육이 안 아픈 곳이 없다. 그저께부터 아프기 시작하더니, 아무래도 열이 많이 오른 것 같다.

나는 간신히 돌아누워 눈을 질끈 감았다. 그와 동시에 거의 순식간에 자리에서 벌떡 일어나고 말았다. 도저히 이대로 잠잘 수는 없는 노릇이었다. '이중 돌격'에 도전해서 내 자신을 개조하기로 결심했는데, 어떻게든 성공해야 한다. 빨리 일하러 나가야 한다.

가까스로 자리를 털고 일어나서 이곳에 올 때 가져온 진통제를 두 알 꺼내 먹고, 타작하는 곳으로 무거운 발걸음을 옮겼다.

바이샨은 벌써 그곳에서 부지런히 일하고 있었다. 나는 재빨리 그 아이로부터 제일 멀리 떨어진 탈곡기로 다가가서 볏단 하나를 집어들었다.

볏단을 하나씩 들어올려 탈곡기 주둥이에 밀어 넣고 회전하는 원통에 계속해서 돌려가며 대면, 잘 익은 알곡들이 껍질이 벗겨진 채 떨어져 나왔다. 기계에서 튕겨 나오는 쌀알들이 내 얼굴을 때리는 바람에, 얼마 지나지 않아 얼굴 전체가 마비된 듯 감각이 없어졌다.

태양은 우리를 완전히 녹여 버리기로 작정한 듯했다. 몇 분이 지나지 않았는데도 나는 땀에 흠뻑 젖었다. 마치 커다란 가마솥에 들어앉아, 점

276

점 높아 가는 열에 내 몸이 타들어 가는 것만 같았다.

얼음과자가 그리웠다. 하나에 사 환씩 하는 크림 맛, 단팥 맛, 레몬 맛 나는 얼음과자다. 얼음과자 하나를 입에 물고, 한 번 꿀꺽 삼킬 때마다 차갑고 맛있는 얼음물이 목을 타고 넘어가는 그 느낌을 상상해 보았다. 그늘에서 쉬면서 한가하게 부채질하는 모습도 떠올렸다. 시원한 물을 가득 채운 욕조에 들어앉아 소설을 읽는 생각도 했다.

덥고 힘든 상황을 잊어버리기 위해 온갖 시원한 장면들을 상상해 보았지만, 두 다리는 점점 떨리기 시작하고, 눈의 초점을 맞추기가 힘들었다. 아무것도 뚜렷하게 보이지 않았다. 탈곡기 굴림대도, 손에 든 볏단도 흐릿하게 눈에 들어왔다.

'정신 차리자. 쓰러지면 안 돼. 오늘만 지나면 다 괜찮아질 거야.' 마음속으로 끊임없이 외쳤다. 마오 주석의 어록에 있는 말을 반복해서 떠올렸다. '굳건하라. 희생을 두려워 말라. 그리고 모든 장애를 극복하고 승리를 쟁취하라.'

정오가 되기 직전, 또 다른 볏단을 집어들려고 돌아섰다가 그 길로 정신을 잃고 말았다.


마치 중세 시대의 성당처럼 둥그런 천장이 있는 커다란 교실에 내가 있었다. 그곳에는 사람들로 북적거렸는데, 나는 제일 마지막 줄에 앉아 있었다. 내 눈에 보이지 않는 그 어떤 지시에 따라, 다른 사람들은 모두 모자가 달리고 두 눈에 달랑 검은 구멍 두 개만 뚫린 흰 가운을 뒤집어썼다. 오싹한 정적이 흐르는 가운데, 그들이 나를 향해 고개를 돌렸다. 그들은 모두 완벽하게 일치된 동작으로 움직였다.

소리를 지르고 싶었다. 달아나고 싶었다. 그러나 움직일 수 없었다. 그때 무엇인가가 나를 일으켜 세우더니, 진공 상태와 같은 정적이 흐르는 통로를 한 걸음 한 걸음 걸어가게 했다. 하얀 모자들, 그리고 검은 눈구멍 뒤에서 광채를 내는 수많은 눈들이 나를 지켜보았다.

황갈색 모래 외에는 아무것도 없는 광활한 사막을 달리고 또 달렸다. 무엇 때문에 달리는 줄도 모르고, 무엇을 향해 가는지도 알지 못했다. 비틀거리다가 넘어지고, 그러면 기어갔다. 갑자기 거대한 그림자가 내 앞에 나타났다. 위를 올려다보았다. 그것은 바로 거인 바이샨이었다. 양손을 허리 위에 얹고 말하는 그 아이의 목소리가 쩌렁쩌렁 울렸다. "하, 하, 하, 지앙지리. 하, 하, 하."

잠에서 깨어났다.

나 혼자서 텅 빈 창고 안 짚자리에 누워 있었다. 팔다리를 쭉 뻗어 보았다. 온몸 구석구석이 너무 아프고, 견디기 힘든 끔찍한 두통도 여전했다. 그제야 아침에 일어났던 일들이 떠올랐다. 바보 같으니라고! 내 자신에게 화가 났다. 탈곡기 쪽으로 쓰러지지 않은 것이 그나마 다행이었다.

나는 그곳에 누워 정적 속에 빠져들었다. 털털거리며 기계 돌아가는 소리, 타작마당에 모여 있는 사람들의 웅성거림 따위로부터 멀리 떨어져 있었다. 지금 이 순간만큼은 자유다. 나를 향한 감시의 눈초리도 없고, 우리 가족을 조사하려는 사람들도 없다. 오직 평화로운 가운데 나는 그곳에 누워 있었다.

"지리야." 갑자기 들려오는 커다란 목소리에 나는 화들짝 놀랐다. 창홍이 달려 들어왔다.

"창홍 아니니! 네가 여기 웬일이야? 지금쯤 공장에서 일하고 있을 줄 알았는데. 언제 도착했어?"

나는 얼른 일어나 앉아, 놀랍고도 기쁜 마음으로 창홍을 바라보았다.

"방금 이곳에 도착했어. 쟝 선생님이 상하이에서 열리는 회의 참석 차 돌아가셔야 하거든. 그 때문에 선생님을 대신해 내가 여기 오게 되었어. 아이들이 네가 오늘 아침에 기절했다는 말을 전해 주더라. 그래서 제일 먼저 너부터 보려고 이리 왔지."

그 아이는 여행 가방을 바닥에 던져 놓더니 내 옆에 털썩 주저앉았다.

"그래, 어때? 좀 괜찮아졌니?"

"많이 좋아."

내가 환하게 웃었다.

"내일은 다시 들판으로 나갈 수 있을 거야."

"내일은 일하러 나가지 못할걸. 너 당장 오늘밤에 상하이로 돌아가야 하거든."

창홍이 웃음을 거두고 말했다.

"난 싫어. 난 중도탈락자가 되기 싫어."

"너보고 중도탈락자가 되라는 말이 아니야."

그 아이가 좀더 부드럽게 말했다.

"네 아빠 극장 측에서 너와 함께 특별학습 시간을 갖길 원한다고 연락이 왔어. 혁명 위원회에서 날더러 너보고 전하라고 하더구나."

창홍은 내 얼굴을 바라보며 말하더니, 내 손 위에 자기 손을 가만히 올려놓았다.

"지리야, 걱정할 것 없어……."

"알았어."

나는 퉁명스럽게 그 아이의 말을 자르고 나서 다시 자리에 누워 얼굴을 돌려 버렸다.

"더 이상 아무 말도 듣고 싶지 않아."

# 고발 편지

극장 측으로부터 언제 호출 명령이 떨어질지 알 수 없었기 때문에 한시도 긴장을 풀 수 없었지만, 우리 집에 있는 것이 역시 가장 좋았다. 침대에 누워 있자니 이 생각 저 생각이 떠오르고, 몸은 편안함에 함빡 빠져 있었다. 온몸의 근육과 관절들이 모두 아팠다.

문 밖에서 누군가 살짝 문을 두드렸다. '똑똑' 하고 두 번 두드리더니 잠시 쉬었다가 다시 세 번 더 두드렸다. 엄마가 밖에 있는 사람의 신분을 확인도 하지 않고 문을 덜컥 열어 주었다. 바로 티안 아저씨의 목소리가 들려왔다. 아저씨와 엄마는 얼른 목욕탕 안으로 사라져 버렸다.

얼마 지나지 않아서 엄마가 목욕탕 문을 다시 열고 나와 티안 아저씨를 배웅했다.

"내가 그것을 수정하는 대로 연락할게요."

엄마는 떠나가는 아저씨 등 뒤에서 문을 닫더니 안으로 들어왔다.

"너무 늦었다. 어서 자렴."

엄마가 내게 나지막이 말하고는, 서류처럼 보이는 종이 몇 장을 침대 옆 작은 탁자에 올려놓더니 목욕탕으로 다시 들어갔다.

불을 끄고 눈을 감았다. 대체 저 종이들의 정체가 무엇일까? 왜 엄마는 티안 아저씨에게 끝마치는 대로 연락하겠다고 했을까? 도대체 무슨 일이람?

방안은 아주 조용했다. 좀 전에 지용과 지윤은 잠이 들었다. 할머니도 침대에 누워 깜빡 잠이 들었나 보다. 가슴께 신문이 올려져 있고, 안경도 콧등에 그대로 걸려 있었다. 엄마가 씻는 소리가 들리는 것으로 보아, 엄마는 지금부터 적어도 십오 분 가량은 목욕탕에서 나오지 않을 것이다. 충동적으로 나는 침대를 빠져나와, 슬리퍼도 신지 않은 맨발로 까치발을 하고 엄마의 침대께로 다가갔다.

여러 장의 종이들이 함께 접힌 채 침대 옆 탁자 위에 놓여 있었다. 맨 위 종이를 집어들고 엄마 침대 머리맡에 켜진 약한 전등불 아래로 가져갔다. 나는 숨을 죽이고 처음 몇 단어들을 읽었다. '존경하는 시 당 위원회 동지들께.'

나도 모르게 편지를 내 가슴에 꼭 갖다 댔다. 편지의 서두에서부터 너무 놀란 나머지 더 읽어 나가기가 힘들었다. 목욕탕에서 수돗물 트는 소리가 들려오자, 엄마 것을 몰래 훔쳐본다는 생각에 나도 모르게 움찔하며 어깨 너머를 힐끗 돌아보았다. 그러고는 나머지 편지들을 최대한 빨리 읽어 내려갔다.

편지는 극장 내부에서 벌어지는 상황들에 대해 고발하는 내용이었다. 현재 권력을 장악하고 있는 혁명파들이, 당 중앙 위원회로부터 하달되는 정책 지침을 무시한 채, 무엇이든 자신들이 원하는 방향으로 몰아가고 있다고 씌어 있었다. 혁명파들은 비정치적인 개인의 일까지 들추어 내 문제 삼는다고 지적했다.

계급의 적으로 분류된 우 아줌마의 경우, 그들은 아줌마를 모욕하기 위해 이른바 '음양 머리' 식을 좇아, 아줌마의 머리 절반을 갈라 한쪽만 면도질했다고 한다. 또한 그들은 감금한 사람들을 수시로 구타해서, 그 중 두 명은 이미 죽고 말았다고 한다. 게다가 그들은 구타당하는 사람들의 비명이나 신음 소리를 녹음해 두었다가, 또 다른 사람을 고문할 때 그 테이프를 틀어놓아, 그가 미리 겁에 질려 순순히 자백하도록 하는 방법으로 사용하고 있다고 한다.

'상황이 더 악화되기 전에, 시 당 위원회에서 이와 같은 상황을 조사해 바로잡아 주시기를 긴급히 요망합니다.' 편지는 이와 같은 말로 끝을 맺었다. 그리고 '혁명 대중 일동' 명의로 서명되었다.

나는 살금살금 걸어 다시 내 침대로 돌아왔다. 가슴 속에서 심장이 쿵쿵 뛰었다. 비록 그것이 극장 내부에서 벌어지고 있는 사실을 공산당 상부에 보고하는 편지에 불과하긴 하지만, 그 내용은 현재 극장을 장악하고 있는 혁명파를 고발하는 것이다.

만일 그들이 이 편지를 발견한다면, 엄마와 티안 아저씨는 매우 위험한 상황에 빠지고 말 것이다. 그러면 아빠와 우 아줌마에게도 더 안 좋은 일이 닥치겠지? 만일 깡마른 얼굴이 이 편지를 찾아낸다면 어떻게 될까? 자기에게 미리 알려주지 않았다고 나를 다그칠까?

엄마가 잠자리에 드는 소리가 들렸다. 눈을 뜨고 어둠 속에 누워 있자니, 편지가 몰고 올 온갖 끔찍한 일들이 자꾸 떠올랐다. 모든 것이 두렵기만 할 뿐, 나는 어찌 해야 좋을지 몰랐다.


저녁 무렵이다. 콩 꼬투리를 까던 참이다. 방에서는 지윤과 그 아이의 단짝 친구 샤오훙인이 조잘거리며 웃고 있었고, 지용은 새총을 만드느라 분주했다. 옥상에서 콸콸 수돗물 소리가 요란하게 들려왔다. 할머니가 빨래를 하고 있었다. 엄마는 전화를 걸러 나갔다. 부엌 안이 점점 어두워졌지만 아직 전등을 켤 정도는 아니다. 나는 창밖을 물끄러미 바라보았다. 이렇게 또 하루가 지나갔지만, 아직도 깡마른 얼굴은 나타나지 않았다. 무엇 때문에 그가 뜸을 들이는 걸까? 그가 나타나면 뭐라고 말해야할까? 깡마른 얼굴은 나에게 무엇을 요구할까?

휴우 하고 한숨을 내쉬면서 더 많은 콩 꼬투리를 까 나갔다.

아빠는 어찌 되었을까? 그들은 온갖 방법을 다 동원해 아빠를 괴롭혔을 것이다. 그들이 아빠를 구타했을까? 이틀 전에 엄마의 편지를 읽고 난 다음부터, 아빠의 모습이 부쩍 자주 떠올랐다. 아빠가 콘크리트 관을 어깨로 들어 나르거나 눈물을 훔치는 모습뿐만 아니라, 이제는 아빠가 고문 당하는 장면까지 머릿속에 그려졌다.

아빠가 정말 잘못한 게 있는 건가? 만일 그렇다면, 왜 아빠는 자백을 하지 않는 걸까? 그들이 말한 대로 우리 아빠가 정말 우익 반동이란 말인가?……

갑작스럽게 쿵쿵거리며 계단을 올라오는 소리에 나는 퍼뜩 현실로 되돌아왔다. 계단을 뛰어 올라오는 엄마가 공포에 질려 소리쳤다.

"편지, 편지!"

할머니와 내가 엄마를 쫓아 방으로 뛰어 들어왔다.

"우리 집을 수색하려고 극장 측에서 사람들이 몰려오고 있어. 지금 규찰대가 우리 골목 어귀를 지키고 있다. 그들은 내가 전화 걸러 가지도 못하게 길을 막았어."

할머니와 내가 바라보는 가운데, 엄마는 베개 밑으로 손을 뻗쳤다.

"서둘러!" 엄마가 내 손에 편지를 찔러 넣었다.

"어서 이 편지를 감춰라. 그들 눈에 띄면 큰일 난다. 내가 그들을 잡고 시간을 끌어 볼게." 하더니 엄마가 비칠거리며 다시 아래층으로 내려갔다. 샤오훙인이 얼른 그 뒤를 따라 가 버렸다.

나는 어리둥절하여 그 자리에 우두커니 서 있었다. 최근에는 경찰로부터 허락을 받지 않고는 임의로 수색할 수 없게 되어 있다. 그런데도 어떻게 그들은 우리 집을 수색한다는 말인가? 우리는 이미 전에 한 번 수색당한 처지였다.

시끄러운 소리가 계단을 타고 들려오자 나는 정신이 들었다. 편지를 내려다보았다. 엄마와 티안 아저씨가 써서 시 당 위원회에 보내려던 두툼하고 묵직한 편지다. 내 손이 부들부들 떨려왔다.

방으로 뛰어 들어와 필사적으로 숨길 곳을 찾아 두리번거렸다. 안 되겠다. 아무래도 그들은 방안을 샅샅이 뒤질 게 분명하다. 다시 부엌으로 달려 나갔다. 개수대 뒤에 숨길까? 안 돼. 재빠르게 목욕탕으로 들어갔다. 변기 수조에 넣을까? 그것도 아니다. 그럼 어디? 어디에 숨기는 게 좋을까? 아무 생각도 떠오르지 않았다. 관자놀이 부근의 핏줄이 불끈 솟아오르는 게 느껴졌다.

불현듯 고양이 소백이의 분뇨통이 생각났다. 쏜살같이 옥상으로 뛰어 올라갔다. 내가 소백이 분뇨통 위에 재를 잘 깔아 덮은 뒤 옥상에서 막 내려올 때, 수색자들이 우리 집 문 앞에 들이닥쳤다.

엄마는 복도에 서서 깡마른 얼굴이 집안으로 들어오지 못하게 가로막았다.

"시 당 위원회에서 지시하기를, 경찰의 승낙 없이는 누구도 함부로 수색하지 못한다고 하지 않았습니까?"

깡마른 얼굴이 비웃듯 코웃음 쳤다. 그는 주머니에서 종이 한 장을 꺼내 들더니 그것을 엄마 코앞으로 들이밀었다.

"네 눈으로 직접 읽어보시지. 네 남편 지앙쉬렁은 그동안 교묘하게 잘도 빠져나가 아직까지 처벌받지 않은 악질 지주라고 이미 상부에서 결론 내렸어. 그리고 너는 악질 지주의 교활한 여편네지."

그는 그 종이를 엄마 얼굴에 홱 집어던지더니 자기 부하들을 데리고 방으로 몰려 들어갔다.

또다시 수색이다.

그들은 극장에서 커다란 조명등과 굵은 전깃줄을 가져와 방과 옥상, 발코니에 그것들을 설치했다. 아파트 전체가 마치 영화 촬영장처럼 조명으로 밝게 빛났다. 골목에 모인 구경꾼들이 수군거리는 소리가 집 안까지 들렸다.

깡마른 얼굴과 그의 부하들은 조직적으로 빈틈없이 움직였다. 그들은 궤짝과 서랍에 담긴 것들을 모두 쏟아내서 뒤지고, 침대를 분리하고 소파를 뒤집어 일일이 살펴볼 뿐만 아니라, 먼지가 쌓인 다락도 샅샅이 수색했다.

한 여자가 할머니가 전에 입었던 겉옷에서 잘라 낸 천 조각들을 찾아냈다.

"이것들을 이어 붙이면, 악독 지주 지앙쉬링의 계급투쟁 대회에 요긴하게 사용할 수 있겠어요. 그의 사치스러운 생활을 폭로하는 아주 좋은 증거물들이에요."

그 여자는 흥분해서 목소리를 높이더니, 천 조각들을 담아 놓은 통을 들고 나가 버렸다. 또 다른 사람이 창문 아래 있던 자기로 된 둥그런 의자를 들여다보았다. 그것은 여러 군데 금이 가서 다른 물건들과 함께 팔지 못하고 남은 것이다.

"이 의자는 오래 전에 만들어진 값진 골동품이오."

그가 그렇게 말하자, 사람들이 그 의자도 들고 나갔다.


수색은 오랫동안 계속되었다. 지윤, 지용 두 동생과 나는 방 한구석에 앉아서 옷장이나 궤짝 문이 쾅 하고 닫힐 때마다 화들짝 놀랐다. 내 온 신경은 잿더미 아래 파묻은 편지에 뻗쳐 있었다. 갑자기 지용이 벌떡 일어나더니 한 수색자 앞으로 다가갔다.

"저 책은 제가 빌린 건데요."

그 남자가 밖으로 실어 나르려고 한쪽에 쌓아둔 물건 더미를 가리키며 지용이 말했다.

"뭐라고? 다시 한 번 말해 봐라."

젊은 남자는 돌아서더니 가소롭다는 듯 지용을 내려다보았다.

"저 책은 제가 빌려온 거라고요. 다시 주인에게 돌려주어야 해요."

젊은 남자가 물건 더미에서 지용이 가리키는 책을 뽑아들었다.

"제목이 '내가 사육한 야생 동물'이라."

그가 큰 소리로 읽었다. 그는 책을 유심히 살피더니 지용을 날카롭게 쏘아보았다.

"너 이게 무슨 책인 줄 알아?"

"몰라요. 무슨 책인데요?"

"이건 박애주의라는 부르주아들의 이론을 유포시키려는 음모로 번역된 책이다."

"무엇을 유포하든 저는 관심 없어요. 빌려온 책이라 내일까지 꼭 돌려주어야 해요."

지용이 고집스럽게 말했다.

"이 자식 보게. 시커먼 반동 흑색분자 자식치고 성깔 좀 있는데. 너, 뭘 믿고 이 더러운 수정 자본주의자들의 책을 감히 내놓으라고 하는 게냐?"

그는 책을 지용이 코앞에 들이대더니, 이보란 듯이 천천히 책장을 찢기 시작했다.

지용이 그 남자에게 달려들어 책을 빼앗으려고 안간힘을 썼다. 그러자 그는 지용의 목덜미를 움켜쥐고 자기 앞으로 잡아끌더니 갑자기 뒤로 확 떠다밀었다. 지용이 비틀거리고 뒤로 몇 발짝 떠밀리더니 옷 무더기 위로 벌러덩 나자빠졌다. 지용이 일어나 다시 남자에게 돌진하려 할 때에, 지윤과 내가 달려들어 지용을 억지로 잡아끌었다.

"저 남자가 나를 쳤어. 봐! 제발 나를 놓으란 말이야!"

지용의 눈에 눈물이 그렁그렁했다. 그 아이는 우리들 팔에서 벗어나려고 거칠게 몸부림치며 씩씩거렸다.

우리가 지용을 꼼짝 못하게 잡고 전전긍긍하는 사이, 육손이가 급하게 뛰어 들어왔다. 그는 깡마른 얼굴을 한 구석으로 끌고 가더니 뭔가 귀엣말을 하고는 자리를 떴다.

빠져나가려고 용을 쓰는 지용, 그리고 그 아이를 잡아끌며 헉헉거리고 있는 우리들을 내려다보는 깡마른 얼굴의 모습이, 마치 덫에 걸려 버둥대는 사냥감을 지켜보는 사냥꾼 같았다. 지용이 드디어 포기했나 보았다. 나는 비로소 자리에서 일어섰다.

"최근 들어 나랑 자주 마주치는군, 그렇지 않나?"

그가 웃음을 지었지만, 그 얼굴은 잔뜩 일그러진 모습이었다.

"믿을 만한 정보에 의하면, 우리가 이곳에 도착하기 직전에 너희들이 아주 중요한 편지를 숨겼다고 하더구나."

그는 잠시 말을 끊더니 우리들의 반응을 주의 깊게 살펴보았다.

"자, 마오 주석의 혁명을 도울 기회가 드디어 왔다. 누가 먼저 우리에게 알려 주어서 가장 큰 영예를 차지할 테냐?"

나는 온몸이 확 달아오르는 것을 느꼈다.

"한 혁명 대중으로부터 보고가 들어왔다."

깡마른 얼굴은 아예 나를 향해 말했다.

"우리들은 편지가 숨겨진 곳을 이미 알고 있지. 그러나 우리 손으로 편지를 수거하기 전에, 마오 주석에 대한 너희들의 충성심을 증명해 보일 마지막 기회를 주기 위해 기다리는 것이다. 자, 그러니……."

지윤의 친구 샤오홍인이 틀림없다고 생각했다. 엄마가 내게 편지를 건넬 때 그 아이가 거기 있었다. 그 아이가 그들에게 알려준 게 확실했다. 그러나 샤오홍인이 우리 집에서 떠난 뒤에 내가 편지를 숨겼다. 그들은 편지가 숨겨진 곳만큼은 알지 못할 것이다.

우리들로부터 아무런 반응이 없자, 깡마른 얼굴의 태도가 한순간에 변했다. 그가 우리 앞으로 다가와서 몸을 굽히는가 싶더니 갑자기 내 얼굴에 대고 소리쳤다.

"너는 모르는 것이냐, 아니면 알고도 시침 뚝 떼는 것이냐?"

온몸이 벌벌 떨렸다. 지윤이 내 옷자락을 잡더니 내 등 뒤로 얼굴을 파묻었다. 그의 얼굴이 내 얼굴에 거의 닿을 듯, 깡마른 얼굴이 바짝 다가왔다. 그의 두 눈은 잔뜩 핏발이 서 툭 튀어나온 탓에 흰자위가 평상시보다 더 커 보였고, 몹시 성난 듯, 얼굴이 벌게졌다. 깡마른 얼굴이 당장 나를 때릴 듯한 기세로 하도 거칠게 노려보는 바람에, 내 몸이 바짝 움츠러들었다. 그리고 눈을 꼭 감고 이를 악물었다.

"전 몰라요."

심장이 쿵쿵 뛰었다. 나는 기다렸다. 그러나 아무 일도 일어나지 않았다. 눈을 떠보았다.

"네 입으로는 말하지 않겠다는 뜻이지."

그가 나를 옥박질렀다.

"내가 널 도울 방법을 하나 찾았다."

그가 몸을 일으키더니, 좀 전에 책을 찢은 젊은 남자를 불렀다.

"지주 여편네들을 이리로 데려 와."

할머니가 엄마에게 힘없이 몸을 기댄 채 둘이 함께 방으로 들어왔다.

깡마른 얼굴이 곧바로 엄마와 할머니 앞에 다가섰다.

"자백하면 용서해 주고, 반항하면 혹독하게 다룬다는 말을 당신들도 기억하리라 믿는다. 자, 이제 말해 보시지. 대체 편지를 어디에 숨겼나? 말해!"

엄마의 얼굴색이 변했다. 할머니가 그를 쳐다보더니, 힘이 **빠진** 목소리로 물었다.

"편지라니요? 무슨 편지 말씀인가요?"

"빌어먹을 할망구 같으니라고!"

깡마른 얼굴이 손바닥으로 할머니의 얼굴을 있는 힘껏 때렸다. 할머니가 비틀거리며 엄마의 팔에 안겼다.

"할머니!"

우리들은 모두 자리에서 뛰어올라 얼른 할머니를 감쌌다.

"일흔 살이 넘은 분이에요. 당신, 당신들이 어떻게 이런 짓을 할 수가 있어요?"

엄마가 몸으로 할머니를 가로막고 나서서 깡마른 얼굴을 향하여 소리쳤다.

"일흔이 넘었어! 그까짓 게 무슨 대수야! 이 망할 놈의 늙은 지주 여편네가 뭐 그리 대단해!"

깡마른 얼굴이 다른 손으로 방금 전에 할머니를 친 손을 주물렀다. 그가 할머니의 뺨을 하도 세게 치는 바람에 아마 그의 손에 무리가 갔나 보았다.

"지금부터 늙은 할망구 지주 여편네는 바닥에 무릎 꿇고 앉아 벽을 쳐다보고 있어. 네가 순순히 자백할 때까지 그러고 꼼짝 말아야 한다. 그리고 너……"

그가 우리들을 향해 돌아섰다.

"너희들은 여기 앉아 구경 똑바로 해. 절대 할망구에게 가까이 가선 안돼. 너희들이 저 할망구가 걱정된다면 지금이라도 자백해. 그렇지 않으면 할망구는 계속 저 자리에 무릎 꿇고 있어야 한다. 누가 이기나 어디 한번 해 보자."

그는 뒤로 돌아 걸어 나갔다.

할머니가 벽을 향한 채 무릎을 꿇었다. 깡마른 얼굴이 손찌검한 자국이 할머니 얼굴에 불긋불긋하게 남아 있었다. 할머니의 겉옷이 흔들릴 만큼 할머니는 심하게 온몸을 떨었다.

"할머니……."

지윤이 갑자기 울음을 터뜨렸다. 내 뺨에서도 눈물이 흘러내렸다.

"할망구 때문에 울지 마라. 저 할망구는 다른 사람들을 착취한 악독한 지주의 여편네다."

젊은 남자가 지윤이 앞으로 다가와 협박했다.

"너 자꾸 시끄럽게 굴면 네 엄마도 무릎 꿇게 할 테다."

엄마를 쳐다보았다. 엄마의 얼굴이 심하게 흐트러져 있었다. 당장에 실신할 것만 같은 모습이다. 엄마가 손수건을 꺼내서 지윤의 얼굴을 닦아 주었다.

"울지 마라, 아가야. 울지 마. 모든 게 다 괜찮아질 거야."

엄마가 부드러운 목소리로 지윤을 달랬다.

할머니는 힘없이 무릎 꿇고 앉아서, 지난 날 치엔 노인이 그랬던 것처럼, 양손으로 바닥을 짚고 가까스로 몸을 지탱하고 있었다. 벌겋게 상기된 할머니 볼에 흰머리 몇 가닥이 엉겨 붙어 있었다.

'어쩌면 사실대로 말하는 게 나을지 몰라.'

내 머릿속에서 생각이 꼬리를 물었다. 할머니 건강이 너무 안 좋은데, 이러다가 쓰러지기라도 하면……, 그런데 만약 실토하면 우리들은 더 큰 위험에 빠지는 건 아닐까? 도대체 어떻게 해야 하지? 엄마, 어떻게 할까요? 엄마에게 눈길을 몇 번 보냈지만, 엄마는 고개를 푹 수그리고 바닥만 쳐다볼 뿐이었다.

시간이 꽤 흘렀을 때, 우리를 지키고 있던 젊은 남자가 목욕탕으로 들어갔다. 우리를 감시하는 사람이 아무도 없었다. 엄마가 얼른 내게 귓속 말로 물었다.

"그 편지를 어디에 감추었니?"

"소백이 분뇨통 잿더미 속에 묻었어요. 엄마, 저 사람들에게 말하실 거 예요?"

엄마는 머뭇거리면서 고개를 저었다. 할머니를 바라보더니 엄마가 중 얼거렸다.

"할머니가 다시 일어나실 수 있을지 걱정이구나. 저들은 편지를 찾을 때까지 포기하지 않을 것 같은데."

부산하게 움직이는 소리가 들려오자 우리들은 말을 멈추었다. 옥상으로 향하는 발자국 소리가 저벅저벅 났다. 몇 분 동안 사방이 조용했다. 그러다가 갑자기 한 떼의 사람들이 거친 목소리로 웃으면서 쿵쾅거리고 다시 계단을 내려왔다.

"그 고양이가 아주 큰 공을 세운걸, 상이라도 줘야겠어."

"하지만 지금 이 편지에서 고양이 오줌 냄새가 얼마나 심한데요."

편지!

나는 힘없이 의자에 주저앉았다. 소백이가 제 분뇨통에 일을 본 뒤, 위에 깔아놓은 재를 긁어 덮어서 그 속에 감춘 편지가 드러난 게 분명했다.

깡마른 얼굴이 방안으로 뛰어 들어왔다. 그의 얼굴은 승리를 만끽하는 악마의 미소로 활짝 펴졌다.

"내가 뭐라고 했지? 결국은 누가 이겼나? 누가 더 힘이 세지? 너냐, 아니면 '노동자 독재'의 무쇠 주먹이냐? 흥!"

그는 편지를 엄마 코앞에 대고 흔들었다.

"이 편지를 보내서 우리의 결정을 뒤집을 수 있다고 생각했단 말이지? 하!"

그는 매우 흡족한 듯, 코웃음 쳤다.

"천잉, 내일 날이 밝는 대로 네 발로 직장단위에 가서 이제 네가 지주의 부인이라고 보고해야 한다. 우리가 그들에게 오늘 일어난 일을 알릴 것이다. 또 네 남편 계급투쟁 대회에도 함께 끌려 나가게 될 것이다."

그는 아직도 바닥에 무릎 꿇고 있는 할머니를 내려다보며 말했다.

"할망구 지주 여편네, 너는 내일부터 다른 지주 여편네들처럼 골목을 청소해야 한다. 좀더 일찍 발각되지 않은 것만 해도 운 좋은 줄 알아라. 여덟 시에 지역 규찰대에 가서 등록해."

나가려고 뒤돌아서던 그는 나를 보더니 내게 가까이 다가왔다.

"너!" 그가 내뱉듯이 나를 지목했다. 득의만면해 있을 때조차도 깡마른 얼굴의 날카로운 두 눈은 나를 얼어붙게 만들었다.

"이제 너는 '개조 가능 학생'이 될 기회를 잃었다. 안타까운 일이지. 우리가 네 학교에 하나도 달라지지 않은 너의 계급 상태에 대해서도 모두 알릴 것이다."

시계가 새벽 4시 30분을 가리키고 있었다. 골목길에는 아무도 없었다. 우리 집 물건들을 가득 실은 커다란 트럭이 무시무시한 정적을 뚫고 경적을 한 번 울리더니, 마치 개선장군이라도 되는 양, 의기양양하게 그 자리를 떴다.

사방이 어둠 속에 파묻힌 채 모든 소리가 점점 사그라져, 마치 무덤 안처럼 고요했다.

우리들은 엄마와 할머니를 둘러싸고 앉았다. 송포포 아줌마도 조심스럽게 올라와서 우리와 함께 있었다. 집 안의 가구들이 사라지고, 그 밖의 물건들도 모두 빼앗겼지만, 지금 그런 것들은 안중에도 없었다. 편지, 그것이 발각될까 봐 우리는 밤새도록 전전긍긍했건만, 이제 저들의 손에 들어가고 말았다. 우리는 그 생각밖에 할 수 없었다.

"지금 당장 티안 씨에게 편지를 빼앗긴 사실을 알려주어야 해요. 그는 극장에 나가자마자 잡힐 거예요."

엄마의 목소리가 정적을 깨고 괴기하게 들렸다.

"골목 어귀를 지키고 있던 규찰대들이 이제는 가 버렸는지 알 수가 없구나. 그들이 여전히 남아 지키고 있다면 우리 식구들은 아무도 빠져나갈 수 없을 게다."

할머니가 기운이 빠진 목소리로 말했다.

"그래도 한번 해 봐야 해요. 다른 방법이 없잖아요."

송포포 아줌마가 목소리를 낮추어 말했다.

"내가 가서 보고 오겠어요. 그냥 두유를 사러 가는 것처럼 행세하면,

아무도 눈치 채지 못할 거예요."

"무섭지 않겠어요?"

엄마가 물었다.

"무섭기는요."

할머니가 고맙다는 듯, 송포포 아줌마의 손을 쓰다듬었다.

우리들은 아무 말도 할 수가 없었다.

아줌마는 두유를 담기 위한 작은 통을 하나 들고, 지치고 힘든 모습으로 걸어 나갔다.

오 분도 채 되지 않아서 아줌마가 황급히 되돌아왔다.

"지앙 부인, 감시자들이 아직도 골목을 지키고 있어요. 아무도 못 빠져 나가겠어요."

"이제 어찌 해야 하누?" 할머니는 초조해 보였다.

"조금이라도 꾸물거렸다간 일이 터지고 말 텐데."

"제가 갈 수 있어요."

지금까지 잠자코 있던 지용을 우리 모두가 놀란 눈으로 쳐다보았다.

"제가 뒷담을 타고 넘어가면 돼요. 친구들이랑 많이 해 봤거든요."

우리의 미덥지 못한 눈길을 의식한 듯, 지용이 덧붙였다.

엄마에게는 그것밖에 달리 방법이 없었다.

"아저씨 집에 도착하거든, 초인종을 누르거나 아저씨를 큰 소리로 부르면 절대로 안 된다는 것을 꼭 기억해야 한다. 그냥 집 뒤쪽으로 돌아가서 침실 창문을 조용히 두드리면 돼. 반드시 다른 사람은 못 듣게 잘 해야 한다!"

엄마는 지용에게 버스 차비를 내주면서 몇 번씩이나 되풀이해서 당부했다.

지용이 안개 낀 새벽 공기 속으로 사라지는 것을 지켜보았다.

모두들 완전히 탈진한 상태였다. 엄마가 할머니를 부축해 옷 더미 위에 눕도록 돕고 나서, 우리들은 각자 있던 자리에서 그냥 쓰러졌다. 그리고 잿빛 어둠 속에 가만히 누워, 지용의 발소리가 들릴세라 바짝 귀를 기울였다.

백 년은 흐른 것 같았다. 동녘 하늘이 밝아올 무렵, 드디어 계단에서 삐걱거리는 소리가 들려왔다. 우리들은 모두 일어나 한 가닥 희망을 걸고 방으로 들어서는 지용을 바라보았다. 그 아이의 낙심한 표정이 단번에 모든 것을 말해 주었다.

"한참 동안이나 창문이란 창문을 모두 두드렸는데 아무 대답도 없었어요. 그들이 벌써 와서 아저씨를 잡아갔나 봐요."

엄마는 절망해서 한숨을 내쉬고, 손으로 얼굴을 가렸다. 할머니는 다시 자리에 누워 나지막하게 신음했다. 지용, 지윤과 나는 어떻게 해야 할지 몰라 서로 바라볼 뿐이었다.


태양은, 언제나 그렇듯이 또다시 떠올랐지만, 그 나머지 것들은 어제와 같은 것이 하나도 없었다.

지용은 엄마와 같이, 엄마가 이제 지주의 부인으로 분류되었다는 사실을 엄마의 직장단위에 보고하기 위해 집을 나섰다. 지윤과 나는 할머니를 부축해 지역 규찰대에 거리 청소 담당을 등록하러 갈 차비를 했다.

집을 나서기 전, 문간에 서서 집 안에 남은 것을 둘러보았다. 마호가니로 된 가구는 하나도 남아 있지 않았다. 아빠가 새로 색칠한 할머니의 가죽 궤 네 개도 모두 사라졌다. 소파도 마찬가지였다. 우리는 이제 침대도, 식탁도, 의자도 없었다. 오직 오래된 책상만이 한쪽 구석에 동그마니 남아 있었고, 바닥 한가운데 옷 무더기가 쌓여 있을 뿐이다.

내 몸은 황폐한 빈껍데기에 불과했다. 너무 지친 나머지 다른 어떤 감정도 느껴지지 않았다. 더 이상 싸울 힘이 남아 있지도 않았다. 할머니를 부축해서 계단을 힘겹게 내려가면서, 전에는 없던 어떤 한 생각이 불쑥 뇌리를 스쳤다.

내가 더 이상 살아가야 할 이유가 있을까?

# 골목 청소

창 아래 기대 놓은 망가진 대나무 의자 위에 웅크리고 앉아, 나는 걱정스레 커튼 너머로 창 밖을 훔쳐보았다.

어제는 종일토록 차가운 가을비가 내렸다. 떨어진 낙엽이나 종이조각들이 축축하게 젖어 포장된 골목길 바닥에 단단히 달라붙었다. 할머니는 천천히 조심스럽게 비질을 해 나갔다. 비의 긴 자루 끝을 몸에 붙여 단단히 쥐고 도로 위를 청소하느라 안간힘 쓰는 할머니의 몸은 비질을 할 때마다 앞뒤로 움직였다.

제발 할머니가 빨리 청소를 마치기를 바랐다. 골목 안에 사는 이웃들이나 내 학급 친구들 중 우리 가족에게 일어난 일을 모르는 사람이 없을 만큼 이미 다 알려졌지만, 그래도 할머니가 골목길을 비질하는 모습이 그들의 눈에 띄지 않기를 바랐다.

신음 소리가 들려와 뒤돌아보았다. 엄마가 내 뒤쪽으로 바닥에 깐 짚

자리에 누워 있었다. 엄마의 얼굴은 창백하고 아무런 표정도 남아 있지 않았다. 언제부터인가 관자놀이 쪽에 희끗희끗 흰머리가 눈에 띄었다. 어제 또다시 엄마는 정신을 잃고 쓰러졌다.

수색을 당한 지 몇 주일이 지났는데도, 아직도 우리 집은 낯설기만 하다. 아늑하던 보금자리는 마치 쌓아둔 물건이 거덜 나 버린 휑한 대형 창고처럼 변해 버렸다. 침대 대신 바닥에 짚자리를 깔아 우리 가족의 잠자리로 사용했다. 지용이 길거리에서 발견한 나무 짐 상자에 그나마 남은 옷가지들을 넣어 정리했다. 그 나무 상자의 뚜껑을 뜯어서 긴 의자 두 개에 걸쳐 놓은 것이 우리 집 식탁이다.

다시 골목으로 눈길을 돌렸다. 비질만으로는 쉬 떨어질 것 같지 않게 바닥에 단단히 들러붙은 신문 쪼가리를 긁어모으기 위해 할머니는 힘겹게 몸을 구부렸다. 할머니가 퉁퉁 부은 무릎을 굽혔다가 다시 천천히 펼 때, 나도 모르게 내 몸이 움찔했다.

살아간다는 것이 정말 힘들고 고통스러워서, 어떤 때는 숨을 쉬기조차 어려웠다. 바짝 줄어든 수입으로 살림을 꾸려 나가야 하고, 병이 한층 악화된 엄마를 돌봐야 할 뿐 아니라, 우리 가족들을 향한 이웃들의 눈초리나 수군거림을 견뎌야 하고, 학교에서는 특별학습에 참석해야 한다.

그러나 이런 것들은 내게 사소한 걱정거리에 불과하다. 내가 정말 견디기 힘든 일은 따로 있었다. 끊임없이 휘감는 미래에 대한 두려움이 정말로 나를 어렵게 한다.

다른 지주들이 겪은 것처럼, 할머니도 농촌으로 끌려가서 농부들에게 수모를 당하게 될까 봐 겁난다. 또 아빠를 도우려는 음모를 계획했다는 죄로 엄마마저 감금될까 걱정이다. 아빠가 계속해서 완강히 자백하기를 거부하다가 죽음에 이르도록 구타당할까 두렵다. 제 억울함을 참지 못하는 지용이 더 큰 문제에 휘말리게 될까 걱정이고, 우리 가족에게 벌어진 일로 크게 충격 받은 지윤이 앞으로는 두 번 다시 웃지 않을 것 같아 염려되었다.

그러나 무엇보다도, 내가 편지를 제대로 감추지 못해 우리 가족들의 삶을 영원히 무너뜨리게 되었다는 사실이 나를 가장 괴롭혔다.

학생지식인들은 농촌에서 생활하며 배우라는 마오 주석의 교시에 따라 하방 운동이 시작되었다. 나도 하방 운동에 참여해 아예 집을 떠나, 멀리 국경 부근의 오지에 꼭꼭 숨어 있고 싶은 충동이 일었다.

더 이상 살고 싶지 않다는 생각이 떠오르기도 했지만, 엄마 때문에 그 생각에서 벗어나게 되었다.

수색을 당한 지 닷새가 되었는데도 엄마의 병세는 여전히 심했다. 내가 엄마를 도와 머리를 감길 때였다.

"지리야."

엄마가 갑자기 나를 불렀다.

"만약에 할머니나 나한테 무슨 일이 생기면, 네가 맏이라는 사실을 절대로 잊어서는 안 된다. 네 남동생과 여동생을 잘 돌봐야 한다는 걸 명심해라."

내 눈시울이 뜨거워졌다.

"엄마, 무슨 말씀하시는 거예요?"

엄마는 몸을 똑바로 세워 앉더니 눈을 떴다.

"너는 지금 우리 상황을 잘 알고도 남을 게야. 앞으로 또 무슨 일이 벌어질지 모른다."

엄마는 다음 말을 잇기 전에 크게 숨을 들이쉬었다.

"어쩌면 지윤이를 이모네 양녀로 들이게 하는 편이 나을지도 모르겠다. 네 이모네는 집안 배경이 좋잖니. 그리한다면 아마 지윤이에게도 더 나은……."

"안 돼요!"

나도 모르게 와락 소리 질렀다.

"엄마, 그러지 마세요. 제발 부탁이에요. 제가 지용이하고 지윤이, 둘 다 잘 돌볼 수 있어요. 엄마, 제가 약속할게요."

그 말을 하는 순간, 오래 전부터 내 마음속으로 우리 가족 모두에게 약속했던 일들이 떠올랐다. 할머니와 내가 언제 수색당할지 모를 집을 빠져나와 하릴없이 공원에서 시간을 보낼 때, 아빠에게 불리한 증언하기를 거부했을 때, 그리고 허겁지겁 편지를 숨길 때도 스스로 내 자신과 약속했다. 우리 가족을 절대로 아프게 하지 않겠다고, 내가 할 수 있는 한 그들을 돌보겠다고 내 자신에게 약속했다. 그들은 내게 너무 소중해 잊을 수 없을 뿐만 아니라, 다른 무엇도 우리 가족을 대신할 수 없었다.

할머니가 고개를 들고 등을 폈다. 혹시라도 할머니가 내가 지켜보는 걸 눈치 챌까 봐 나는 커튼 아래로 얼른 몸을 낮추었다. 날마다 할머니가 골목 청소를 마칠 때까지 나는 할머니를 지켜본다. 일곱 살 때, 매일 오후 내가 학교에서 돌아올 무렵이면, 할머니는 지금 내가 서 있는 바로 이 창가에 서서 나를 지켜보며 기다렸다.

이제는 내 차례다. 내가 할머니를 지켜주고 할머니를 돌보아야 할 때이다. 할머니가 지주의 부인이었다는 사실에 대해 더 이상 신경 쓰이지 않았다. 할머니는 나의 할머니일 뿐이다.

한때는 학생회장이 되거나, 전람회에 참여하고 홍위병이 되는 것이 내 인생의 전부인 줄 알았다. 그러나 이제는 그런 것들이 더 이상 내게 중요하지 않았다.

지금 내 인생에서 가장 중요한 것은 책임이다. 나는 우리 가족을 돌보겠다고 약속했고, 그리고 날마다 그 약속을 마음속에 되새긴다. 앞으로도 얼마나 더 큰 어려움이 닥쳐올지 모르지만, 결코 포기하거나 움츠러들지 않을 것이다. 엄마와 할머니를 위해서라도 나의 눈물이나 두려움 따윈 감추어야 한다. 이제 내가 그들을 지켜 주어야 할 때다.

해를 가리던 구름이 흩어지자 하늘이 조금 밝아졌다. 할머니는 비를 들더니 힘겹게 몸을 돌려 집으로 향했다.

"또 새로운 하루의 시작이다."

나는 숨을 깊게 들이쉬고 머리를 세차게 흔들었다.

"나는 내가 해야 할 일을 꼭 하고 말겠어!"

## 뒷이야기

많은 사람들이 의아해했다. 그렇게 힘든 일들을 겪으면서도, 그 당시에 마오 주석과 문화혁명을 전혀 원망하거나 증오하지 않았다는 것이 그들은 이해되지 않는다고 했다. 답은 간단하다. 우리는 모두 눈과 귀가 멀었기 때문이다.

우리에게 마오 주석은 신이었다. 우리가 읽고 듣는 것, 학교에서 배우는 모든 것들을 그가 통제했다. 우리는 그가 말하는 것을 모두 믿었다. 자연히 우리는 마오 주석과 문화혁명의 밝은 면에 대해서만 알게 되었다. 만약 좋지 않은 상황이 발생하면, 그것은 마오 주석이 아닌 다른 사람들의 잘못이 되고 말았다. 마오 주석은 늘 완벽해서 아무런 흠이 없었다.

내가 이 책을 쓰기 시작할 무렵, 안이 엄마에게 공장 굴뚝을 기어올라가야 했을 때 마오 주석을 원망했느냐고 물어보았다. "나는 그를 원망하지 않았어." 아줌마가 분명하게 대답했다.

"그때 나는 수정 자본주의자들의 이론과 자본주의 이념으로부터 우리 중국을 지켜 내기 위해서는 문화혁명이 꼭 필요하다고 생각했지. 물론 내가 부당한 처분을 받고 있다고 생각했지만, 어떤 제도라도 허점은 있게 마련이라고 내 자신을 이해시켰어. 비록 나는 그것으로 인해 박해를 받고 있지만, 바로 그 문화혁명 때문에 중국이 더 발전하게 된다면, 나는 그것을 기꺼이 따르기로 했지. 마오가 죽은 뒤에야 그동안 내가 기만당해 온 사실을 깨닫게 되었지."

1976년, 마오쩌둥의 죽음 뒤에야 온 국민은 깊은 잠에서 깨어났다. 그리고 문화혁명은 당 최고위층들 간의 권력투쟁의 산물이었음을 비로소 알게 되었다. 우리의 지도자는 중국을 자기 손아귀에 움켜쥐기 위해 그에 대한 우리들의 신뢰와 충성심을 이용했다. 한 개인이나 소수 몇 명이 법 위에 군림하면서, 얼마든지 그들 마음대로 온 나라를 통제할 수 있다는 점이 문화혁명을 통해 깨닫게 된 가장 두려운 교훈이다. 이것은 과거에도 그러했듯이, 지금도 되풀이되는 역사의 진실이다.

자신의 미래에는 성공에 이르는 탄탄한 길만 놓여 있을 거라고 굳게 믿었던, 붉은 스카프를 목에 두른 어린 소녀였던 나, 이제 그로부터 삼십여 년의 세월이 흘렀다. 지금은 나는 성인이 되었고, 미국으로 이주했다. 그러나 내가 무엇을 하든, 또 어디에 있든, 어릴 때의 기억들은 아직도 또렷이 되살아나 여전히 나를 사로잡는다. 그때의 일들을 끝없이 떠올리다 보면, 어린 소녀였던 나 자신, 그리고 아름다워야 할 어린 시절을 나처럼 송두리째 빼앗겨 버린 다른 이들을 위해 무언가를 하고 싶은 충동이 일었다. 그 결과물이 바로 이 책이다.

열세 살 되던 해부터 열다섯살 때까지 내가 겪은 일들을 이 책에 쏟아냈다. 내 가족에 대해서는, 내 기억 속에 있는 그대로 묘사했다. 그러나 책 속에 언급된 친구나 이웃들의 경우, 그들의 사적인 영역을 지켜주기 위해서, 이름을 바꾸거나 그들과 관련된 구체적인 이야기를 부분적으로 재창작했다.

그로부터 어떻게 되었을까?

우리 집이 수색을 당한 지 몇 달이 지난 후 극장 내부의 혁명적 상황이 다시 뒤집어졌다. 그때까지 모든 것을 통제해 온 혁명파들이 힘을 잃고 또 다른 그룹이 권력을 장악했다. 환 아저씨, 우 아줌마를 비롯해서, 편지 사건으로 우리 집이 수색당한 후 바로 잡혀갔던 티안 아저씨까지, 그동안 감금되었던 사람들 대부분이 풀려 나왔다.

마침내 아빠도 집으로 돌아왔다. 그러나 아빠는 여전히 지주로 간주되어, 거리의 청소부로 일하라는 지시가 내려졌다. 엄마는 아빠와 갈라서지 않았다는 이유로 계속 자아 비판문을 써서 제출해야 했다. 할머니 역시, 이틀에 한 번 꼴로 골목 청소를 해야 했지만, 그러나 우리 가족은 최소한 다시 함께 살게 된 것이다.

우리 집안의 출신성분이 끊임없이 우리들의 발목을 잡아당겼다. 내 정치적인 배경이 문제되어 나는 무대 배우가 될 수 있는 기회를 박탈당했고, 트럼펫 연주자가 되려던 지용이나, 가수가 되려던 지윤도 모두 출신성분의 벽을 넘지 못했다. 그러나 우리들은 결코 좌절하거나 포기하지 않았다. 문화혁명 이후 학교가 다시 문을 열었을 때, 우리들은 모두 대학교에 입학해 학업을 마쳤다. 지윤과 나는 교사가 되었고, 지용은 시계 공장에서 일했다.

드디어 1980년에 이르러서 아빠에 대한 혐의들이 모두 풀렸다. '도주한 지주' 라는 죄목이 말소되었을 뿐만 아니라, '반 우파 투쟁' 이 벌어지던 때 아빠가 의심받던 대목도 모두 원상 복구되었다. 그제야 나는 아빠가 의심받던 일이 무엇인지 소상히 알게 되었다.

아빠가 대학생이었을 때만 해도 공산당 활동은 불법이었고 비밀 지하조직이어서 정부로부터 탄압 받는 상황이었다. 아빠는 그 당시 위험을 무릅쓰고 공산당 조직에 가담해 활동했다.

1958년, '반 우파 투쟁' 이 한창이던 때, 아빠는 몇 가지 공산당 정책에 이의를 제기했다가 당으로부터 탈퇴하라는 압력을 받았다. 비록 아빠가 공식적으로는 단 한 번도 우익 분자로 분류된 적은 없지만, 그로부터 아빠의 직책은 제자리에 머물러 달라지지 않았고, 중요한 직분에서 늘 제외되었으며, 아빠의 경력에 커다란 손실을 가져오게 되었다.

1980년에 아빠는 복직되어 아동 예술극장의 부대표가 되었다. 당시에 이미 반백이 되어 버린 아빠의 머리를 보니 기쁨보다는 슬픔이 앞섰다. 아빠가 그 무엇보다도 연기를 사랑한다는 걸 잘 안다. 그러나 그 어떤 것으로도 아빠의 지난 세월들을 보상할 수 없다는 것 또한 잘 안다.

지난 세월에 대한 실망 속에 나는 미국으로 이주했다. 1992년, 아흔 여덟에 돌아가신 할머니를 빼고, 우리 가족은 모두 이곳에 있다. 지용은 시애틀에 거주하며 관광산업에 종사하고 있다. 지윤은 인근에 있는 지역사회 대학교에서 교편을 잡고 있는데, 엄마, 아빠는 지윤네 가족들과 함께 살며 손자 둘을 키우는 재미에 푹 빠져 지낸다. 그리고 나중에 가서야 아빠는 무대에 다시 설 수 있게 되었다.

내가 미국으로 건너온 지 얼마 되지 않아 송포포 아줌마는 뇌일혈로 쓰러져, 끝내 다시 일어나지 못했다.

가끔 우리들이 겪어 온 지난날들을 되돌아보면, 그 어떤 절대자의 은혜로 인하여 우리 가족이 살아남을 수 있었다는 느낌을 지울 수가 없다. 암울하기만 하던 그 세월 동안, 할머니나 엄마, 아빠는 몇 번이나 심각하게 자살을 떠올렸다고 한다. 절대자의 보살핌 없이는 그들은 결코 살아남지 못했을 것이다.

이 이야기에 등장하는 여러 인물들 역시 지금은 제각각의 삶을 살아가고 있다.

창홍은 몽골리아 근처의 국영농장에서 여러 해 동안 일했다. 그 아이가 그곳에 머무는 동안 동생은 죽고 말았다. 그 농장에서 창홍은 자신의 남편을 만났다. 사람의 운명이란 알다가도 모를 일이, 그녀의 남편은 전 자본주의자의 아들인 반동 흑색분자 자식이었다. 창홍이 상하이에 있는 공장으로 전근이 허락되는 바람에, 마침내 그들 부부는 다시 돌아올 수 있었다.

천식에 시달리는 안이는, 그 때문에 농촌 지역으로 보내지지 않고, 대신에 그 기간 동안 조그만 공장에서 일했다. 바이샨 역시 러시아와 맞닿은 국경 인근 오지에서 몇 년을 지냈는데, 지금은 외국계 회사의 상하이 지사에서 경영관리인으로 일하고 있다. 린린은 학교로 복귀해 한 공장 소속 의원의 의사가 되었다. 최근 경제 불황의 여파로 그 공장이 폐쇄되었고, 내가 마지막으로 그녀를 만났을 때도 여전히 일자리를 구하지 못한 상태였다. 두하이는 어릴 적 우리들이 살던 곳 부근의 공장에 다니고 있다. 나는 먼발치에서 그를 한 번 보았을 뿐이다. 인란란은 어찌 되었는지 전혀 들은 바가 없다.

나는 한때 마오쩌둥과 중국 공산당을 열렬하게 따랐다. 이 책에 풀어놓은 내가 겪은 일들, 그리고 그 이후 더 많이 고통스럽고 절망스런 경험을 거치고 나서, 1984년, 나는 중국을 떠나 미국으로 이주했다. 당시 나는 서른 살이었다. 그리고 돈 한 푼 없이 밑바닥부터 시작해야 했다. 친구도 없었고 영어도 영 서툴렀다. 새로운 나라에서 나의 터전을 만들어 나가기 위해서라면 나는 기꺼이 어떤 어려움도 감수하겠노라고 결심했다. 내가 원하는 대로 생각하고, 말하고, 쓰는 자유를 누리기 위해서는 그 정도의 대가는 당연히 치러야 한다고 깨달았기 때문이다.

미국에 머무는 처음 몇 해 동안, 나는 미국인들이 누리는 자유에 대해 놀란 적이 한두 번이 아니었다. 어느 해 부활절 저녁, 우연히 호놀룰루의 와이키키 해변에서 벌어지는 행진을 지켜보게 되었다. 행진에 참여한 사람들이 너무나 자유롭게 그들의 축제를 즐기는 모습을 보고 나는 적잖이 충격 받았다. 그들의 모습 가운데, 그들의 상급자로부터 비난당하리라는 두려움이나 자신의 감정을 맘껏 드러냈다는 이유로 정부로부터 구속될 것이라는 공포 따위는 전혀 찾아볼 수 없었다. 오히려 한술 더 떠, 그들은 자신들의 대통령을 비판하고 조롱했다.

1987년, 하와이 대학을 졸업하고 나서, 몇 해 동안 한 호텔 리조트 체인회사에 근무했고, 건강 관련 회사에서 일하기도 했다. 성공과 승진이 계속 이어지는데도, 나는 그다지 행복하지 않았다. 그리고 비로소 깨달았다. 비록 내가 새로운 땅에 적응해서 뿌리내리는 데 성공했지만, 내 마음속에 자리잡은 중국을 영원히 지울 수는 없다는 사실을. 나는 언제나 내 조국 중국의 현재를 떠올리고, 중국의 미래를 염려했다. 나에게 수많은 고통을 안겨 준 곳이지만 내가 태어나서 성장한 그 나라, 중국은 늘 내 마음속에 자리잡고 있었다.

그 결과, 내가 미국과 중국 간의 문화 교류를 촉진하겠다는 구상 아래, '동서교류'라는 회사를 발족해 운영하는 것은 어쩌면 당연한 일인지도 모른다. 만일 내가 하는 일을 통해서 미국인들이 중국을 이해하고, 중국인들이 미국을 알게 된다면, 아무리 작은 변화에 불과할지라도, 그것은 나에게 큰 위로가 될 것이다. 내 나라 중국, 그리고 현재 나의 안식처 미국을 위해 나는 뭔가를 기여하게 될 것이다.

이 책이 나의 사명을 이루는 데 한몫해 나가기를 진심으로 바란다.

내가 어릴 때의 일이다. 문화혁명기에 중국에 살고 있던 먼 친척뻘 되는 아저씨에 관한 이야기를 할머니가 내게 들려주었다. 그는 미국에 있는 친척들에게 자신의 사진을 찍어 보내겠다고 했다. 만일 살기가 편하면 서서 사진을 찍어 자신의 형편을 알리겠다고 미리 약속했다. 혹 상황이 안 좋으면 사진 속의 그는 앉아 있을 것이다. 그리고 할머니가 숨을 죽여 내게 말했다. "우리한테 보낸 사진을 보니 그가 아예 누워 있더구나!"

남부 캘리포니아에서 중국계 미국인으로 태어난 내가 중국의 문화혁명에 대해 감지한 것이라곤 매우 제한적이어서, 중국에 남아 있는 몇몇 친척들을 통해 걸러 듣는 소식이 고작이었다. 내가 성장해 감에 따라, 그리고 중국이 점점 서방세계에 문을 열면서 비로소 나는 문화혁명에 대해 좀더 많이 알게 되었다. 중국에 가서 영어를 가르치고 돌아온 친구가 문화혁명의 생존자에게 직접 전해들은 이야기보따리를 하나하나 풀어놓을 때마다, 그의 입에서 쏟아져 나오는 이야기들은 갈수록 더 충격적이었다.

노동자 문화대혁명은, 그것이 세상에 모습을 드러낸 1966년보다 훨씬 이전에 이미 그 씨앗이 뿌려졌다. 그로부터 열일곱 해 전인 1949년, 카리스마가 있는 혁명가 마오쩌둥은 공산당과 함께 전면에 등장하여 새롭게 중국을 지배하게 되었다. 중국인들 중에는, 공산당의 지배를 피해 본토를 떠나 가족을 이끌고 뭍에서 멀리 떨어진 작은 섬 타이완으로 이주한 경우도 있다. 내 조부모도 그런 사람들 중 하나이다. 그러나 기득권층에 속하는 사람들 중에서 본토를 선택한 경우도 많았다. 지난 수세기에 걸쳐 부패한 정부와 서구 열강의 침략으로 쇠약해진 중국을 마오쩌둥과 그가 이끄는 공산당이 바로잡을 것이라는 굳건한 믿음 속에, 그들은 잔류를 선택한 것이다.

공산주의자들은 여러 가지 긍정적인 방향으로 중국을 개조해 나갔다. 어린 소년이었던 내 아버지는 마오가 해방시키기 이전의 상하이의 모습이 얼마나 처참했는지 생생히 기억하고 있다. 부자들이 운전기사가 모는 리무진을 타고 여유 있게 거리를 달리는 한옆으로, 거지들 시체가 즐비하게 늘어서 있었다고 한다. 공산주의자들은 빈곤층의 권익을 위해 노력했고, 지난 수십 년간 여러 파벌로 분열된 나라를 하나로 통합했다.

그러나 마오쩌둥이 대중적 설득력을 갖춘 지도자며 뛰어난 혁명가였음에도, 그가 실제로 한 나라를 경영해 나가는 데는 미숙한 점이 많았음이 서서히 드러나기 시작했다. 예를 들면, 참새들 때문에 벼의 소출이 줄어든다는 판단 하에, 마오는 전 국민에게 참새를 닥치는 대로 잡아 죽이라고 교시했다. 그의 지시가 성공적으로 수행되어 참새의 숫자가 급격히 줄어들었지만, 그는 새들이 해충을 잡아먹는다는 중요한 사실을 간과하는 우를 범하고 말았다. 돌연 온 나라에 곤충으로 인한 각종 전염병이 만연하게 된 것이다.

1966년, 류사오치로 대표되는 마오쩌둥의 정적들이 힘을 얻고, 공산당 내부에서 영향력을 확대해 갔다. 같은 시기에, 마오 자신은 중국을 개조해 나가는 데 드러난 몇 가지 혁명적 오류들로 인하여 환상에서 깨어나게 되었다. 늘 그의 내부에 도사리고 있는 불안감, 그리고 그의 위치를 위협하는 권력투쟁에서 또다시 우위를 차지하려는 그의 욕구가 결합되어, 마침내 문화혁명이 탄생하게 되었다.

'영속적인 혁명' 이라는 마오의 요구에 부응하여, 젊은이들은 홍위병을 조직하여 전래의 것이든 외래문화이든 상관없이, 전통 사회의 낡은 유물에 맞서는 계급투쟁에 돌입했다. 그러나 인민 대중을 위한 투쟁이라고 선전된 마오의 전술은 오히려 그들에게 막대한 고통만을 안겨 주었고, 오늘날 소위 '잃어버린 세대'라 불리는 그 당시의 젊은이들을 사회적인 불구자로 전락시키고 말았다. 굳이 역사적인 가정을 해 보자면, 만일 마오쩌둥이 문화혁명이 일어나기 이전에 사망했다면, 오늘날 그는 대단히 존경받는 역사적인 인물로 기억될 것이 틀림없다.

지앙지리의 이야기는, 마치 내 자신이 문화혁명의 격류 한가운데 서 있는 것처럼 생생한 현장감을 느끼게 했다. 내가 중국에서 태어났다면, 1966년에 내 나이 열 살로서, 지앙지리의 여동생 지윤보다 한 살 어렸다. 그리고 나 역시도 그들처럼 선택하기 어려운 두 갈래 길에 직면하게 되었을 것이다. 존경하는 선생님을 비판하든지, 아니면 인민의 적으로 낙인찍히고 말든지. 금지된 서류를 어디에 숨겼는지 폭로하든지, 아니면 홍위병들에 의해 그것이 발각되어 위기에 처하든지. 거짓 증언으로 부모를 배반하든지, 아니면 나의 미래를 파멸시키든지.

내 먼 친척뻘 되는 아저씨가 바닥에 드러누워 멀리 바다 건너 사는 친척들을 그리며 사진을 찍었을 때 그가 무슨 생각을 했는지, 지앙지리의 이 책을 읽고 난 지금 더 깊이 이해하게 되었다. 내가 실제로 문화혁명의 소용돌이에 휩싸였다면, 나도 지앙지리처럼 용기를 갖고 절도 있는 행동으로 내 앞에 마주한 혹독한 현실을 이겨낼 수 있기를 바랄 뿐이다. 그녀의 행동을 통해, 어떠한 상황에 처하더라도 인간은 정의를 믿을 수 있다는 사실을 새삼 깨닫게 되었다. 그리고 특히 사랑을 믿을 수 있다는 것을.

데이비드 헨리 황(미국의 저명한 중국계 극작가)

문화혁명은 1966년 중국의 공산당 최고 지도자 마오쩌둥에 의해 제기된 이래, 그가 사망할 때까지 10년간 중국 대륙을 격랑 속으로 밀어 넣은 엄청난 정치적 사건이다.

1976년 마오쩌둥이 사망하면서 사실상 문화혁명은 막을 내리게 되었다. 1981년 중국 공산당은 '문화혁명은 건국 이래 당, 국가, 인민에게 가장 심한 좌절과 손실을 가져다 준 마오쩌둥의 심각한 오류였다' 고 규정했다. 문화혁명은 그 자체가 지니는 파장의 크기만큼이나 역사적인 평가 또한 다양하고 여전히 분분하다. 따라서 문화혁명의 성격을 쉽사리 단정하기는 어려운 일이다.

그러나 문화혁명으로 인해서 중국이 수십 년을 후퇴하게 되었다고 단정하기도 할 만큼, 그 기간 동안 모든 사회적 기능이 거의 중단되는 극도의 혼란 속에서 수많은 사람들이 억울하게 목숨을 잃었고, 경제가 피폐해졌으며, 전통적인 문화와 가치가 파괴되었다. 그리고 이 책의 저자 지앙지리가 들려준 그녀의 이야기처럼, 각 개인의 삶이 권력이라는 거대한 힘에 의해 뿌리째 뽑혀 표류했던 것 또한 부인할 수 없는 사실이다.

당시에 열세 살이었던 저자 지앙지리는 늘 최선을 다하는 만큼 자신에 대해 확신에 차 있었고, 자기만의 미래를 소중하게 꿈꿔온 소녀였다. 그런 그녀의 일상이 문화혁명이라는 급류에 휩쓸리면서, 지앙지리는 자신이나 가족에 대한 정체성을 점점 잃어가고, 오직 성큼성큼 다가오는 불길한 미래를 속수무책으로 기다리는 수밖에 없는 처지로 전락하고 만다.

문화혁명의 한가운데서 저자가 겪은 이야기를 풀어 놓은 만큼, 이 책에 등장하는 모든 상황들은 상상을 초월하여 아주 혹독할 뿐만 아니라, 무척 생생하게 다가왔다. 그리고 잠시도 호흡을 늦출 수 없는 긴박한 사건의 연속으로 인해, 이 책을 읽으면서 나는 내 자신이 마치 폐쇄된 공간의 암흑 속에서 사방 벽이 점점 좁혀드는 것을 느끼면서도 살려달라는 비명조차 지를 수 없는 숨막힘을 느꼈다.

그러다가 문득 우상화된 절대 권력의 일방성 즉, 힘의 절대 우위에 있는 한쪽이 아무런 저항할 능력도 없는 상대에게 가하는 일방적인 폭압에 점점 화가 났고, 나도 모르게 자꾸 우리나라가 떠오르더니, 이 책에 쏟아 놓은 지앙지리의 이야기 가운데 적잖은 대목이 내가 겪은 일들과 많은 유사점이 있음을 알아차렸다.

1979년 10월 26일, 늦가을의 이른 아침이었다.

어머니는 한참 단잠에 빠져 있던 나를 흔들어 깨우며 다급히 말했다.

"큰일 났다. 대통령이 돌아가셨어!"

나는 퉁기듯 잠자리에서 일어났다. 갑자기 눈앞이 캄캄하고 알 수 없는 두려움에 휩싸였다. '이제 우리나라는 어떻게 되지? 북한이 쳐들어오지는 않을까?'

이미 언론이나 학교 교육에 의해, 당시 박정희 대통령은 나에겐 지앙지리가 느끼는 마오 주석 못지않은 절대자로 자리잡은 터여서, 그가 없는 우리나라를 도저히 상상할 수 없었다.

그리고 세월이 흘러갈수록 나에게 분별력이 생기고, 그 대통령이 집권하던 때의 감추어진 진실이 속속 밝혀지면서, 비로소 나는 부하의 총에 맞아 죽은 그 대통령이 18년이라는 긴 세월 동안 법을 멋대로 바꿔가며 우리나라를 지배해 왔고, 그의 독재 정권을 유지하기 위해 수없이 많은 사람들을 고문하고 죽이는 등 온갖 끔찍한 일을 저질러 왔다는 사실을 알았다. 지앙지리가 마오쩌둥의 사망 이후에야 중국인들은 오랜 잠에서 깨어났다고 밝혔듯이, 나 역시도 그의 죽음 이후에야 조금씩 눈이 열리고 귀가 뚫린 것이다.

아무리 그들이 표방하는 목표가 국민을 위한 절대선絕對善이라 할지라도, 국민의 동의를 얻지 않고 한 사람 또는 소수 몇몇에 의해 행해지는 권력의 일방성은 대다수 국민의 삶을 파괴하고 만다는 사실을 지앙지리의 이야기를 통해 다시 한 번 깨달았다.

역사는 끝없이 흐른다는 사실을 생각해 볼 때, 독재 역시 일그러진 역사의 한 부분으로서 끝없이 되풀이되어 왔고, 지금 이 시간에도 지구상 어디에선가는 수많은 사람들이 독재 정권 아래 신음하고 있으며, 또 우리의 소망과는 달리, 앞으로도 그것은 쉽게 사라지지 않을 것이다.

이 책을 읽은 청소년 독자들도 지앙지리의 이야기에 빨려 들어가, 그녀와 함께 어느 날 갑자기 절망의 나락으로 곤두박질치기도 하고, 엄습하는 두려움에 떨기도 했을 것이며, 그러면서도 희망의 끈을 놓지 않았으리라 믿는다.

이제 독자들에게 책장을 덮고 절대 권력의 일방성에 대해 곰곰이 생각해 보기를 권한다. 절대 권력의 일방성, 그것이 물리적인 힘에 의한 것이든 정신적 권위에 의한 것이든, 분명 우리 주변에는 크고 작은 권력의 일방성이 행해지고 있고, 또 그것으로부터 상처받고 신음하는 사람들이 있게 마련이다. 나 자신일 수도 있고, 우리일 수도 있는 또 다른 지앙지리가 분명 거기 힘겹게 서 있음을 보게 될 것이다.

미국 사우스웨스트에서

홍영분

아침이슬 청소년 ＊ 002

# 붉은 스카프

첫판 1쇄 펴낸날 · 2005년 3월 25일
개정판 1쇄 펴낸날 · 2006년 1월 16일
개정판 4쇄 펴낸날 · 2008년 4월 25일

지은이 · 지앙지리
옮긴이 · 홍영분
펴낸이 · 박성규

펴낸곳 · 도서출판 아침이슬
등록 · 1999년 1월 9일(제10-1699호)
주소 · 서울시 마포구 합정동 411-2(121-886)
전화 · 02)332-6106
팩스 · 02)322-1740
이메일 · 21cmdew@hanmail.net

ISBN · 89-88996-60-7  44840
ISBN · 89-88996-58-5  (세트)

책값은 뒤표지에 있습니다.